江蘇地方詩文總集叢刊

金陵詩徵

〔清〕朱緒曾 輯

①

廣陵書社

圖書在版編目（CIP）數據

金陵詩徵 / (清) 朱緒曾輯. -- 揚州 : 廣陵書社,
2024.3
（江蘇地方詩文總集叢刊）
ISBN 978-7-5554-2167-2

Ⅰ. ①金… Ⅱ. ①朱… Ⅲ. ①古典詩歌一詩集一中國
一清代 Ⅳ. ①I222.749

中國國家版本館CIP數據核字(2023)第243334號

書　　名　金陵詩徵
輯　　者　〔清〕朱緒曾
責任編輯　徐大軍
出 版 人　曾學文
出版發行　廣陵書社
揚州市四望亭路 2-4 號　郵編 225001
(0514)85228081（總編辦） 85228088（發行部）
http://www.yzglpub.com E-mail:yzglss@163.com
印　　刷　無錫市海得印務有限公司
裝　　訂　無錫市西新印刷有限公司
開　　本　889 毫米 ×1194 毫米 1/32
印　　張　64.5
版　　次　2024 年 3 月第 1 版
印　　次　2024 年 3 月第 1 次印刷
標準書號　ISBN 978-7-5554-2167-2
定　　價　680.00 圓(全 4 册)

出版説明

《金陵詩徵》四十四卷，清朱緒曾輯。本書爲一部收録自晉代至明代南京地區詩人詩作的總集。

朱緒曾（一八〇五—一八六〇），字述之，號北山，江蘇上元（今南京）人。幼嗜讀書，從師孫鈐。與甘石安、陳宗彝、金鰲爲契友，有所得輒互相商榷。道光二年（一八二二）舉人。官浙江孝豐、嘉興知縣，台州知府。精訓詁，於《爾雅》用力尤深。著有《曹集考異》《梅里詩輯》《北山集》等。

金陵即南京，清代爲江寧府所在，領上元、江寧、句容、溧水、江浦、六合和高淳七縣。金陵一地自六朝建都以來，隨着文化南遷，經濟發展，詩學日益昌盛。自晉至明，代有名家，如南朝之顔延之、陶弘景，唐之王昌齡、劉昚虚、劉三復，宋之張孝祥、吴潛，明之顧璘、顧起元、黄周星、顧夢游、邢昉、龔賢、紀映鍾等，皆爲其中之佼佼者。金陵又爲通都大邑，歷來經過或流寓此地之詩人更是不勝枚舉，留下了不少佳作名篇。

朱緒曾爲清代南京地區著名的藏書家、目録學家，以研經博物而聞名東南。官浙江秀水時，他獲抄『文瀾閣』書，故所藏多宋元秘笈，爲外間所罕見。所居『秦淮水榭』，藏書十數萬卷，皆以精審稱。咸豐三年（一八五三）太平軍至江寧，其所藏書籍多爲兵火所焚。過後，他又日夕搜集，所藏復以舊觀。著述甚豐，與藏書有關者有《開有益齋讀書志》六卷《續志》一卷、《開有益齋金石文字記》一卷等。朱氏自云好搜尋鄉梓文獻，所藏鄉邦文獻極多。朱氏自道光十二年開始編纂此書，原本始於周秦歌謡，止於明代，有聞必録，收羅極廣。書前光緒五年（一八七九）江寧汪士鐸序云：『朱君述之之《詩徵》，爲用力勤而計功最。』書前又有《凡例》八條，詳述編纂刊刻體例，其中云：『是書寶茲片羽，闡彼幽光。招賈島之殘魂，慰方干於身後。藉《湖海》《英靈》之集，寫梓桑恭敬之思。詩以人存，寧寬毋隘。』本書收録自晉葛洪至明鍾山野老，以及寓賢、閨秀、方外，凡一千三百餘位詩人，其中『寓賢』二百餘人，由此可見金陵地區詩學之盛。所録作者，均有小傳，有的還加按語，考訂訛誤，評論詩作，或記録遺聞軼事。如卷十一『李誠』條下云『余得建文元年《京闈小録》，第七名李誠』，後又記其考題、評卷官批語及同榜人姓名籍貫等，於人物傳記研究考訂較有價值。

此書在朱氏生前未刊，一直以鈔本流傳，直至光緒間，纔由江寧翁長森出資刊行。朱氏所編原稿，『原本托始周秦歌謡，古之作者荒遠無徵，六朝寓公，客多於主』；録人存詩也較爲寬泛，幾乎是有聞必録。所以光緒間刊刻時，由秦伯虞、甘劍侯、陳伯雨、蔣紹由等人作整理修訂，删去原稿中晉以前歌謡；僑寓諸賢，斷自唐始；過於濫者，則稍加甄别删減。

本書作爲江蘇地方文獻典籍的重要組成部分，從一個角度顯示了江蘇文化的整體實力，是研究南京乃至江南地方文化、社會狀況的重要文獻資料。今特據清光緒十八年（一八九二）刻本影印，并編製目録和人名索引，以方便讀者的使用。

廣陵書社

二〇二四年三月

總目録

第一册

卷六

宋

卷九

元

卷十

元

卷十一

明一

卷十二

明二

第二册

卷十三

明三

卷十四

明四

卷十五

明五

卷十六

明六

卷十九

明九

卷二十

明十

卷二十一

明十一

卷二十二

明十二

第三册

卷二十三

明十三

卷二十四

明十四

卷二十五

明十五

卷二十六

明十六

卷二十七

明十七

卷二十八

明十八

卷二十九

明十九

卷三十二

明二十二

第四册

卷三十三

明二十三

卷三十四

明二十四

卷三十五

寓賢一　唐　南唐

卷三十六

寓賢二　宋

卷三十七

寓賢三　元

卷三十八

寓賢四　明

卷三十九

寓賢五　明

卷四十

寓賢六　明

卷四十一

寓賢七　明

卷四十二

閨秀 宋 元 明

卷四十三

方外　六朝　唐　南唐　宋　元

卷四十四

方外　明

金陵詩徵

光緒壬辰刊成
德清俞樾署檢

金陵詩徵序

朱文公作言行錄呂成公作文鑑而宋代中原之文獻裒然具存厥功偉矣然皆不及詩選詩而詳其仕履若元遺山錢牧齋朱竹垞王述庵諸先生人爲小傳善矣又皆鳩合天下才士而非止一郡至网羅桑梓前民之言上溯秦漢下逮於朋舊并陳其人之生平則吾友朱君述之之詩徵爲用力勤而計功最述之卒於官哲嗣桂模謹護其稿於兵燹顚沛中今復繕爲清本百有餘卷而問序於予予謂金陵不以文著桐城派興始有管梅兩君而他罕以古文見然文以闡道釋惑記事記言記人者爲上攷經史議政事模山水辨堅白者次之若夫贈序壽言洒其貢諛媚以希恩寵之實證必當去之惟夫人之善言篤行足以樹風聲而振頑懦宜詳載以爲

後進之圭臬故逑之略古文而蒐詩兼注其言行以備尚友者之取法此采掇之微旨與抑予別有議焉有明嘉靖以後吾郡主壇坫者二顧而卓見之儒獻取英玉肰則名家詩已有集行天地閒與詩選詩綜詩傳所已錄者甄消之而拾其遺珠惟一二幽憂伊鬱之士外擯於有司內不得志於戚里甚或受侮市井其棖觸聞見語默皆不可遂取徑曲而屬詞票搖采色穠至而意味苦於六義爲風若比斯文所不能載而詩足以達之尤非疏其身世遭遇不能箋其寄慨之旨矣君與予同受知於歸安姚文僖公齒相次耆好相等而君有良子繼其志俾無失墜異時賢大夫修簒志乘得君此書於文苑庶備杞宋之徵予困窮且無後犆有吟嘯未審後世有纘君之業者否也因黯肰識之時

光緒五年門五日江甯汪士鐸序

凡例

一尉氏臨沂六朝置縣勛戚軍衞著籍勝朝遷居有年郎同土斷謹仍其舊

一原本託始周秦歌謠古之作者荒遠無徵六朝寓公客多於主稍從刊落蓋其慎也僑居諸賢斷自唐始

一原本爲逑之先生付胥傳鈔有聞必錄但珍碎玉未暇披沙或專集久已風行或前後不免歧出經秦君伯虞甘君劍侯陳君伯雨蔣君紹由稍加甄錄始付手民其名存詩佚者附注以傳其人

一是選先刊　國朝集腋無多溯源有待張君楚寶爲請之蕖田孫先生商諸奉新許河帥慨捐廉俸以倡先聲登高而呼藝林響應克蕆是役此其濫觴

一是書校讎之勞同志分任刻期蕆事競此駒隙積帙在案纚若牛腰奉手丹黃自昕達夕盖伯虞伯雨實總厥成而劉君藎臣羅君少田著勤尤最

一是書係述之先生鈔本又經輾轉錄副嗣崇嶧明經校勘未竟遽歸道山事閱卌年人非一手石鼓已闕酒誥俄空三寫成烏識者所哂糾繩其闕有餘望焉

一是書寶茲片羽闡彼幽光招賈島之殘魂慰方干於身後藉湖海英靈之集寫梓桑恭敬之思詩以人存甯寬毋隘

一是書導其先路自六朝迄於　國朝作者悉加甄錄而咸同以來兵事旣興詩人輩出少陵同谷之哀香山樂府之作暇已彙成一集先付鈔胥表而出之以待來者

光緒十八年壬辰孟春月江甯翁長森謹識

助刊姓氏

奉新許仙屏河帥振禕　銀壹百兩

合肥劉省三爵宮保銘傳　洋二百元

望江倪豹岑中丞文蔚　洋五十元

合肥周子昂觀察家駒　銀五十兩

上元伍芝孫大令桂生　洋五十元

江甯詒硯堂翁　銀二百兩

金陵詩徵目錄

卷六宋

卷七宋

卷十七 明七

陳沂　王暐　李言恭　强鋭　季維

吳惠　王文光　沈恩　蔣繼蕃　賈承

王希臯　趙兌　徐京　司馬泰　鄭濂

鄭淮　管景　武局　武昜　朱宇

卷二十　明十

金大車　金大輿　高遠　劉雨　張昂

張如蘭　謝少南　楊成　余光　張合

沈越　馬應龍　吳恂　孫瑤　劉逵

王元坤　陳芹　吳珝　晃卿　馬光靈

陸艮　張正蒙　姚之裔　顧源　顧澄

楊穀　伊澤　顧巒　吳汝紀　盛鸞

卷二十一　明十一

羅　燾　李思誠　李思訓　李思聰　張應覲

孔衍昇　武光宸　劉　楚　卜有徵　謝黃鐘

姚履素　俞　彦　漆　經　陳師儉　徐一鳴

業從盛　張可大　張可仕　張可度　柏　純

姚　貞　張　榜　汪宗姬　焦　周　焦潤生

焦德生　馮　嘯　孫　瑚　王　登　俞　佾

阮鳴韶　華　矩　韓　管　張　藩　張振英

鄧　燿　葛如龍　廖孔悅　程國祥　楊公翰

陳　琯　鄭觀光　賈明道　王名登　徐鳳翔

余大成　賈必選　楊名世　顧應祥　顧端祥

卷二十七明十七

胡宗仁　魏之璜　顧起鳳　汪元哲　王孟瑛

卷二十八 明十八

房宏中　徐　瑛　金汝礪　張　璡　翁之裔
黄周星　程　上　笪金鏡　湯祖武　徐開吕
何開遠　汪　俟　崔　粲　張　晟

卷三十一　明二十一

顧夢游　陳丹衷　楊承言　李長盛　李長祚
杜鼎玉　王　圭　唐　時　鄺　典　孫宗岱
李　信　許士楷　李　磊　宋　嵋　程家摯
鄒　典　張　琪　李克愛　李尙志　王士性
吳聖窻　瞿天葵　楊彭齡　方　沂

卷三十二　明二十二

張　怡　張　飌　李　詩　黄士珙　范　植
張大侯　陳篮姜　汪國涓　汪國聘　田　治

王錫褋　林登儁　孫　越　湯之典　湯之孫
周掌文　張士騆　王明科　夏衷愷　秦　濂
梁之憲　吳　翀　程希孔　閔仲儼　朱寶鍠
王　楫　陳　璿　周蓼卹　陳　周　芮　城
王　民　葉士奇　徐　研　鄭司勛　劍西山人
鍾山野老

卷三十五 寓賢一 唐 南唐

李　白　崔宗之　崔成甫　韋渠牟　司馬承禎
吳　筠　秦　系　顧　況　劉　商　顧非熊
張　賁　呂從慶　郟　滂　宋齊邱　李建勳
韓熙載　高　越　孫　魴　潘　佑　查文徽
鍾　謨　廖　凝　孟賓于　沈　彬　左　偃

李中　許堅　陳陶　徐鉉　徐鍇
張泌

卷三十六　寓賢二　宋

胡則　王益　邱濬　王安石　袁陟
孫覺　張瓌　黃履　王安禮　劉誼
鄭俠　王安國　王安上　崔子方　趙揚
王雱　王滂　葉濤　朱彥　晁說之
蘇庠　章甫　崔敦禮　崔敦詩　李處勱
李處權　李處全　周洎　劉宰　張侃
劉翰　李兼　周文璞　陳已　曾極
蘇泂　沈大椿　文復之　梁棟　陳鉞
黎廷瑞　孔潼孫　廖應淮　諸葛舜臣

卷三十九 寓賢五 明

卷四十 寓賢六 明

至慧　智圓　大訢　妙高　雨花老人

靜淵

卷四十四方外　明

宗泐　清濬　居頂　溥洽　清濋

廷俊　惟則　普莊　守仁　夷簡

覺澄　雪梅　法聚　性嘉　普泰

林運素　清涼也　錢月齡　法住　僧瀓

明智　善堅　白雲霽　正岳　宗乘

眞可　果斌　可浩　永昇　德清

洪恩　欽義　寬悅　法果　通潤

雪谷　如浸　智舷　通洽　道研

大雲　智相　達旦　南音　正煜

金陵詩徵卷一

上元朱緒曾編

晉

葛洪

洪字稚川丹陽句容人以平賊功賜爵關內侯從祖元學道得仙洪悉得其法著有抱朴子內外篇晉書有傳　洪從祖元字孝先生而秀穎天才超軼名振江左州郡辟爲掾固辭乃入赤城山精思學道赤烏七歲八月十五日白日昇天弟子鄉朋攀戀不已於是仙公駐駕空中賦五五言歌詩三篇降付鄉朋昔令歌誦開悟方來詩云

眞人皆遺教慇念孤癡子嬰邪不信道禍亂由斯起身隨朝露晞悔恨何有已罪大不可掩流毒將誰理冥冥未出期劫盡方當止轉輪貧賤家仍復爲役使四體或不完甕蘼行乞市不知積罪報怨天神不恃大道常無爲宏宏由善始吾今獲輕舉修行立功爾三界盡稽首從容紫宮裏停駕虛元中人生若流水臨別屬素翰粗標靈妙紀有我今便昇天慇念諸儒英大道禮虛無寂寂中有精

覩之若冥昧窈窕中照明莫言道虛誕所患不至誠奚不登名山誦是洞眞經一諷而一詠元音徹太清太上輝金容衆仙齊應聲十方散香花旛烟栴檀馨皇娥奏九韶鸞鳳相和鳴龍駕翳空迎華蓋曜杳冥倏開劫仞臺帝釋欻降庭八王奉丹液挹瀨身騰輕逍遙有無間流朗絕形名神童夾侍側自然朝萬靈飄飄八景輿遊衍白玉京七祖昇福堂一先亡悉超生王侯能篤信必爲天下貞大人體至德一切蒙其成散誕遊山水吐納靈和津鍊氣同希夷靜詠道德篇至心宗元一冥感令乃宣飛駕御九龍飄飄乘紫烟華景曜空衢紅雲擁帝前暫迂蓬萊宮倏忽已賓天偉偉乳眞會渺渺凌重元體固無終劫金顏隨自鮮歡樂太上境悲念一切頭誰能離死壞結是冥中緣悠悠成至道無有入無間微妙良難測智者謂我賢若能宏衆妙輕舉昇神仙

洗藥池在贛州興國縣洪過境見山靈水秀遂結廬築壇鑿池洗藥留四言詩一首

洞陰泠泠風珮清清仙居永劫花木長春

王鑒

鑒字茂高堂邑人拜駙馬都尉奉朝請出補永興令

有文集傳於世晉書有傳

七夕觀織女

牽牛悲殊館織女悼（一作怨）離家一稔期一宵此期良可嘉（可作何且）赫奕元門開飛閣鬱嵯峨隱隱驅千乘闐闐越星河六龍奮瑶轡文螭負瓊車火丹秉瑰燭素女執瓊華絳旂若吐電朱（一作彩）蓋如振霞雲韶何嘈嗷靈鼓鳴相和停軒紆高盼眷予在岌峩澤因芳露沾恩附蘭風加明霞發相從遊翩鸞鷟羅同遊不同觀念子憂怨多敬因三祝末以爾屬皇娥

王彪之

彪之字叔武琅邪人累遷尚書令晉書有傳

登會稽刻石山

隆山嵯峨崇巒岩嶤傍覿滄洲仰拂元霄文命遠會風淯道

遼秦皇遐巡邁茲英豪宅靈基阿銘跡峻嶠青陽曜景時和
氣淯脩嶺增鮮長松挺新飛鴻振羽騰龍躍鱗

王珣

珣字元琳丞相導之孫累遷尙書令晉書有傳

歌太宗簡文皇帝

皇矣簡文於昭于天靈明若神周淡如淵沖應其來實與其
遷亹亹心化日用不言易而有親簡而可傳觀流彌遠求本
逾元

歌烈宗孝武皇帝

天鑒有晉欽哉烈宗同規文考元默允龔威而能猛約而能
通神鉦一震九域來同道積淮海雅頌自東氣陶湻露化協
時雍

南宋

王微

微（一作徽）字景玄琅邪人太保弘弟光祿大夫孺之子也官中書侍郎素無宦情尚書江湛欲舉爲吏部郎不就南史有傳（別有王徽仕宋文帝時爲廷尉遷交州刺史）

雜詩二首（錄一首見文選）

桑妾獨何懷傾筐未盈把自言悲苦多排卻不肯捨妾悲叵陳訴填憂不銷冶寒夜歸所從半塗失憑假壯情抃驅馳猛氣捍朝社常懷雲漢慙常欲復周雅重名好銘勒輕軀願圖寫萬里度沙漠懸師蹈朔野傳聞兵失利不見來歸者奚處埋旍麾何處喪車馬摲心悼恭人零淚覆面下徒謂久別離不見長孤寡寂寂掩高門寥寥空廣廈待君竟不歸收顏今

就櫝

四氣

蘅若首春華梧楸當夏翳鳴笙起秋風置酒飛冬雪

詠愁藝文作王徽

自予抱羈思耿與日月長載離悲朱遠誰謂河難航憂隨積霖密慨因朗旭彰負之若不勝卽之竟無方如彼引鯤魚待盡守空梁天地豈私貧運至豈固當旣悟非形兆茲數詎可攘

王僧達

僧達琅琊臨沂人太保弘之孫累封寧陵縣侯遷中書令屢經犯忤孝武因事下之獄賜死南史有傳

答顏延年

長卿冠華陽仲連擅海陰珪璋既文府精理亦道心君子聳高駕塵軌實爲林崇情符遠迹清氣溢素襟諧遊略年義篤顧棄浮沉寒榮共偃曝春醞時獻斟聿來歲序暄輕雲出東岑麥隴多秀色楊園流好音歡此乘日暇忽忘逝景侵幽衷何用慰翰墨久謠吟棲鳳難爲條淑貺非所臨誦以永一作詠周旋匪以代兼金

和琅琊王依古

少年好馳俠旅宦遊關源既踐終古跡聊訊一作許興亡言隆周爲藪澤皇漢成山樊久設離宮地安識壽陵園仲秋邊風起孤蓬卷霜根白日無精景黃沙千里昏顯軌莫殊轍幽途豈異魂聖賢良已矣抱命復何怨

顏延之

延之字延年瑯琊臨沂人仕至金紫光祿大夫南史
有傳

從軍行

苦哉遠征人畢力幹時艱秦初略揚越漢世爭陰山地廣傍
無界邑阿上虧天嶠霧下高鳥冰沙固流川秋飈冬未至春
液夏不涓閩烽指荆吳胡埃屬幽燕橫海咸飛驪絕漠皆控
弦馳檄發章表軍書交塞邊接鏑赴陣首卷甲起行前羽驛
馳無絕旌旂晝夜懸臥伺金柝響起候亭燧煙邈矣遠征人
惜哉私自憐

歸鴻

昧旦濡和風霑露踐朝暉萬有皆同春鴻雁獨辭歸相鳴去
澗氾長引發江畿嗷潔登雲侶連綿千里飛長懷河朔路緬

與湘漢違

辭難潮溝

徘徊眷郊甸俛仰引單襟一塗苟不豫百慮畢來侵永懷交在昔有願⿱保言瑟琴寫言勞者事將用慰亡簪

北宅祕園

夕天霽晚氣輕霞澄暮陰微風清幽幌餘日照青林收光漸朧歇窮園自荒深綠池翻素景秋槐響寒音伊人儻同愛絃酒共棲尋

懷園引

鴻飛從萬里飛飛河岱起辛勤越霜霧聯翩遡江汜去舊國違舊鄉舊海悠且長迴首瞻東路延翮向秋方登楚都入楚關楚地蕭瑟楚山寒歲去氷未已春來雁不還風肅幌兮露

濡庭漢水初綠柳葉青朱光靄靄雲英英離禽喈喈又晨鳴菊有秀兮松有蕤憂來年去容髮哀流陰逝景不可追臨堂危坐悵欲悲試託意兮向芳蓀心綿綿兮屬荒樊想綠蘋兮旣冒沼念幽蘭兮已盈園夭桃晨暮發春鶯旦夕喧青苔蕪石路宿草塵蓬門

顏師伯

師伯字長深竣族兄也累遷吏部尚書轉左僕射奪其京尹師伯懼謀廢立事泄伏誅南史有傳

自君之出矣

自君之出矣芳帷低不舉思君如回雪流亂無端緒

顏竣

竣字士遜延之長子累遷吏部尚書諫諍懇切下獄

賜死南史有傳

淫思古意

春風飛遠方紀轉流思堂貞節寄君子窮閨妾所藏裁書露微疑千里問新知君行過三稔故心久當移

南齊

王儉

儉字仲寶琅琊人宋孝武時官至侍中後輔齊高帝受禪改封南昌郡公累遷侍中尚書令南史有傳

春日家園

徙倚未云暮陽光忽已收羲和無停晷壯士豈淹流冉冉一作荏苒老將至功名竟不修稷契匡虞夏伊呂翼商周撫躬謝先哲解紱歸山邱

春詩二首

蘭生已匝苑萍開欲半池輕風搖雜蘤細雨亂叢枝
風光承露照霧色點蘭暉青荑結翠藻黃鳥弄春飛

春夕

露華方照歲雲彩復經春虛閨稍疊草幽帳日凝塵

後園餞從兄豫章

茲夕竟何夕念別開曾軒光風轉蘭蕙流月汎虛園

檀　約

約丹陽秀才

陽春歌

青春獻初歲白日映雕梁蘭萌猶自短柳葉本能長已見花
紅發復聞花蘂香乘此試遊衍誰知心獨傷

陶功曹

功曹失其名邑志載之

採菱曲

朝日映蘭澤乘風入桂嶼棹影已流倡輕舟復容與勿遽佳期移方追明月侶采采詎盈掬還望空延佇

朱孝廉

孝廉失其名邑志載之

白雪曲

凝雲没霄漢從風飛且散聯翩下幽谷徘徊依井幹既興楚客謠亦動周王歎所恨輕寒早不迫陽春旦

梁

王暕

暕字思晦儉之子齊明帝時除驃騎從事中郎天監中歷吏部尚書領國子祭酒南史有傳

詠舞

從風回綺袖映日轉花鈿同情依促柱共影赴危絃

觀樂應詔

趙瑟含清音秦箏凝逸響參差陳九夏依遲分下上從風繞金梁含雲映珠網遞奏豈二八繁絃非一兩幸叨東郭吹側陪南風賞忘味信鏗鏘餐和終俯仰輕塵已飛散游魚亦翻蕩恩光實難遇詠言甯易放

王融

融字元長琅琊人弘曾孫累遷太子舍人中書郎下獄賜死南史有傳

三婦豔詩

大婦織綺羅中婦織流黃小婦獨無事挾瑟上高堂丈夫且安坐調弦詎未央

靑靑河畔草

容容寒烟起翹翹望行子行子殊未歸寤寐君一作若容輝夜中心愛促覺後阻河曲河曲萬里餘情交襟袖疏珠露春華返瓊霜秋照一作桂晚入室怨蛾眉情歸爲誰婉

從武帝瑯邪城講武應詔

治兵聞魯策訓旅見周篇敎民良不棄任智理愜全白日映丹羽赬霞文翠旆淩山炫組甲帶水被戈船凝葭鬱摧愴淸管乍聯綿早逢文化洽復屬武功宣願陪玉鑾右一舉掃燕然

棲玄寺聽講畢遊邸園七韻應司徒教

道勝業玆遠心閑地能隙桂橑鬱初裁蘭墀坦將闢虛檐對長嶼高軒臨廣液芳草列成行嘉樹紛如積流風轉還音旋逕清煙泛喬石日汨山照紅松暎水華碧暢哉人外賞遲遲卷西夕

寒晚敬和何徵君點

疏酌候冬序閒琴改秋律如何將暮天復值西歸日搖落迎軒牖飛鳴亂繩華煙灌共深陰風篁兩蕭瑟虛堂無笑語懷君首如疾早輕北山賦晚愛東皋逸上德可潤身下澤有徐戀叶音必

和王友德元古意二首

遊禽暮知返行人獨未歸坐銷芳草氣空度明月輝嚬容入

朝鏡思淚點春衣巫山彩雲没淇上綠楊稀待君竟不至秋雁雙雙飛

霜氣下盟津秋風度函谷念君淒以寒當軒卷羅縠纖手廢裁縫曲鬢罷膏沐千里不相聞寸心鬱紛蘊平聲況復飛螢夜木葉亂紛紛

春遊迴文詩 藝文類聚作賀道慶

枝分柳塞北葉暗榆關東垂條逐絮轉落蘂散花叢池蓮照曉月幔錦拂朝風低吹雜綸羽薄粉豔粧紅離情隔遠道歎結深閨中

侍遊方山應詔

巡蹕望登年帳飲臨秋縣日羽鏡霜潯雲旂落風甸四瀛良在目八寓婉如見小臣竊自嘉預奉柏梁讌

奉辭鎮西應教

忝學謝能算高義幸知遊雷庭參辨奭梁苑豫才鄒徘徊歲光晚搖落江樹秋風旗縈別浦霜琯迥遙洲

餞謝文學離夜

所知共歌笑誰忍別笑歌離軒思黃鳥分渚愛青莎翻情結遠旆灑淚與行波春江夜明月還望情如何

奉和纖纖

兩頭纖纖綺上紋半白半黑鵲翔羣腷腷膞膞烏迷曛磊磊落落玉石分

王　泰

泰字仲通僧虔之孫天監中爲秘書丞歷遷吏部尚書南史有傳宋書時人語曰王有養炬謝有覽舉王泰事梁武刻燭賦詩名與王筠並重養

爲泰小字炬筠小字也謝覽與弟舉齊名江淹一見欽挹曰所謂驥二龍于長途也

賦得巫山高

迢遞巫山竦遠天新霽時樹交涼去遠草合影開遲谷深流響咽峽近猿聲悲只悲雲雨狀自有神仙期

王筠

筠字元禮一字德柔僧虔之孫泰弟累遷太子洗馬中書舍人有集百卷行於世南史有傳

北寺寅上人房望遠岫翫前池

安期逐長往交甫稱高讓遠跡入滄溟輕舉馳昆閬艮田心獨善兼且情由放豈若尋幽棲即目窮清曠激水周堂下屯雲塞檐向閑牖聽奔濤開窗延疊嶂前階復虛沿瀰迤成洲漲雨點散圓文風生起斜浪游鱗互瀺灂羣飛皆哢吭蓮葉

蔓田田菱花動搖漾浮光曜庭廡流芳襲帷帳匡坐足忘懷詎思江海上

和衛尉新淦侯巡城口號

閶闔曖已昏鈎陳杳將暮棲烏城上返晚雀林中度屯衛時巡警凝威肆安步閣道趨文昌禁兵連武庫銅烏早迎風金臺承朝露眾恩分曉色睥睨生秋霧維城任寄隆空想靈均賦伊余方病免邛園保恬素

寓直中庶子坊贈蕭洗馬

龍樓實九重薄寒殊復早玉階泫清露銅池結秋潦霜被守宮槐風驚護門草之子擅文華縱横富辭藻舒錦虵光麗握珠謝奇寶媿予非工文何用披懷抱物類志護門草出常山取置戶下或有過其門者草必叱之一名百靈草

和吳主簿遊望

落日照紅妝挾瑟當窗牖甯復歌蘼蕪唯聞歎楊柳結好在同心離別由衆口徒設露葵羹誰酌蘭英酒會日杳無期蕣華安得久

相思不安席聊至狹斜東愁眉倣戚里高髻學城中雙眉偏照日獨蕊好縈風自知心所愛獻賦甘泉宮傳聞方鼎食詎憶春閨容

向曉閨情

北斗行欲沒東方稍已稀晨雞初振羽一作下棲曉露尚霑衣衾裯徒有設信誓果相違詎忍開朝鏡羞恨掩空扉

詠燈檠

百華曜九枝鳴鶴映冰池朱光本内照丹花復外垂流暉悦

嘉客翻影泣生離自銷艮不悔明白願君知

王訓

訓字懷範儉曾孫暕之子年十六召見文德殿後拜侍中南史有傳

奉和同泰寺浮圖和簡文

副君坐飛觀城傍屬大林王門雖八達露塔復千尋重櫨出漢表層栱冒雲分崑山雕潤玉麗水瑩明金懸盤同露掌垂鳳似飛禽月落簷西暗日去柱東侵反流開睿屬搦翰動神襟願託牢舟返長免愛河深

獨不見

日晚宜春暮風軟上林朝對酒近初節開樓蕩夜嬌石橋通小澗竹路上青霄持底誰見許長愁成細腰

度關山

邊庭多警急，羽檄未曾閒。從軍出隴坂，驅馬度關山。關山恆晻靄，高峯白雲外。遥望秦川水，千里長如帶。好勇自秦中，意氣本豪雄。少年便習戰，十四已從戎。昔年經上郡，今歲出雲中。遼水深難渡，榆關斷未通。折衝凌絕域，流蓬警未息。胡風朝夜起，平沙不相識。兵法貴先聲，軍中自有程。逗遛皆（一作難）贖罪，先登盡一城。都護疲詔吏，將軍擅發兵。平盧疑縱火，飛鵰畏犯營。輕重一爲虜，金刀何用盟。誰知出塞外，獨有漢飛名。

金陵詩徵卷一終

合肥張士珩校字

金陵詩徵卷二

上元朱緒曾編

梁

陶弘景

弘景字通明秣陵人自號華陽隱居梁武帝屢聘不出有大事無不前以諮詢時人謂爲山中宰相卒謚曰貞白先生著有內外集三十卷南史有傳黃山谷跋荆公書陶隱居墓中文云熙甯中金陵丹陽之間有盜發家得隱起甎于冢中識者買得之讀其書蓋山中宰相隱居墓也其文尤高妙王荆公常誦之因書于金陵天慶觀齋房壁間黃冠遂以入石

告逝篇

性靈昔既肇緣業久相因即化非冥滅在理澹悲欣冠劒空衣影鑣轡乃仙身去此昭軒侶結彼瀛臺賓儻能踵留轍爲

子道元津

胡笳曲

自戾（一作彙）飛天歷與奪徒紛紜百年三（一作四）五代終是甲辰君

寒夜怨（一作愁）

夜雲生夜鴻驚悽切嘹唳傷夜情空山霜滿高烟平鉛華沉照孤月明寒月微寒風緊愁心絕愁淚盡情人不勝怨思來誰能忍

詔問山中何所有賦詩以答（答齊高帝詔）

山中何所有嶺上多白雲只可自怡悅不堪持贈君

題所居壁（南史云宏景妙解術數逆知梁祚覆沒預製詩秘在篋裏化後門人方稍出之大同末士人競談元理不習武事後侯景篡果居昭陽殿）

夷甫任散誕平叔坐談空不信昭陽殿化作單于宮

和約法師臨友人歷代吟譜云慧約字德素有吳范荀詩云云乃以此作慧約作或別有考也

我有數行淚不落十餘年今日爲君盡併灑秋風前

華陽頌十五首

河篇徵往冊孔記昭昔名三宿麗天序兩金標地英樞域

宅無乃生有在有則還空靈構不待匠虛影自成功質象

紀神列三府分除交五便陰暉迎夜皙晨精望曉懸形位

南峯秀元鼎北嶺横秦璧表裏玉沙津周迴隱輪跡標貫

左帶柳汧水右浚陽谷川土懷北邙色井洌鳳門泉區別

郭千跱留岸姜巴亘遠蹤鶴廟或聞嚮別宅乃恆恭迹號

吳居非知地越家詎隱遷樹蓋徒低蔭石竈未嘗烟類附

果林鬱餘柰蔬圃蔓遺辛熒芝可燭夜田泉常瀞塵　物軌
降鑾龜山客解駕清華童寢宴舍貞館高會蕭閒宮　遊集
清歌翔羽集長嘯歸雲翻子絃有逸調空談無與言　才英
標舍雷平下立靜連石陰上道已沖念飛華當軫心　學稟
濟神既有在去留從所宜心迹何用顯冥途自相知　業運
方隅遊瓊刃華陽棲隱居重離儻或似七元乃扶胥　挺契
號期行當滿亥數未終丁迨及唐承世將賓來聖庭　機萌
刊石元窗上顯誠曲階門動靜顧矜鍊不負保舉恩　誠期

王秀之

秀之字伯奮瑯琊臨沂人敬弘之孫累遷都官尚書出爲吳興太守南史有傳

臥疾敘意

貞悔不少期福極固難豫疾藥雖一途遂以千百慮景仄念徂齡帶緩每危曙循躬既已茲況復歲將暮層冰日夜多飛雲密如霧歸鴻互斷絕宿鳥莫能去輟我邱中琴良由一嗟故隱淪迹有違宰官功未樹何用攬余情恨恨此故路豈言勞者歌且日幽人賦

王　素

素字休素琅琊臨沂人彬五世孫逡之族子宋孝建大明泰始中屢徵不就南史有傳

學院步兵體

沈情發遐慮紆鬱懷所思髣髴聞簫管鳴鳳接瀛姬聯綿其靈翼嬿婉相攜持寄言芳華士寵利不常期涇渭分淸濁視彼谷風詩

紀少瑜

少瑜字幼瑒秣陵人大同七年引爲東宫學士後除武陵王記室參軍南史有傳

遊建興苑

丹陵抱天邑紫淵更上林銀臺懸百仞玉樹起千尋水流冠蓋影風揚歌吹音踟蹰憐拾翠顧步惜遺簪日落庭光轉方幰屢移陰終言樂未極不道愛黃金

擬吴均體應教

庭樹發春輝遊人競下機卻匣擎歌扇開箱擇舞衣柔荑不復惜看花遽將夕自有專城居空持迷上客

月中飛螢

遠度時依幕斜來如畏牕向月光還盡臨池影更雙

詠殘燈

殘燈猶未滅將盡更揚輝唯餘一兩焰纔得解羅衣

阮　卓

卓尉氏人（令六合）累遷德教殿學士陳亡入隋行至江州追感其父所終遘疾卒南史有傳

詠魯仲連

魯連有高趣意氣本相求笑罷秦軍卻書成燕將愁聊棄南金賞方從滄海遊寄言人世客非君能見留

阮　研

研尉氏人

櫂歌行

芙蓉始出水綠荇葉初鮮且停白雪和共奏激楚絃平生此

遭遇一日當千年

王臺卿

臺卿南平世子恪賓客多與簡文倡和廣宏明集云州民刑獄參軍

奉和望同泰寺浮圖

朝光正晃朗漏塔標千丈儀鳳異靈烏金盤代仙掌積栱成雕桷高簷挂珠網寶地若池沙風鈴如樹響刻削生千變丹青圖萬象烟霞時出沒神仙乍來往晨霧半層生飛幡接雲上遊蜺不敢息翔鵾詎能仰讚善資哲人流詠歸明兩願假舟航未彼岸誰云廣

奉和往虎窟山寺卽棲霞山寺

我王宗勝道駕言從所之輜軒轉朱轂驪馬躍青絲清渠影

高蓋遊樹拂行霓賓徒紛雜沓景物共依遲飛梁通澗道架
宇接山基叢花臨回砌分流繞曲墀誰言非勝境雲山獨在
茲塵情良易著道性故難緇承恩奉敎義方當宏受持

山池應令

歷覽周仁智登臨歡豫多穿渠引金谷闢道出銅駝長橋時
跨水曲閣乍臨波巖風生竹樹池香出芰荷石幽銜細草林
末度横柯

周

王褒

褒字子深儉之曾孫規之子仕梁歷吏部尚書右僕
射荆州破入周授車騎大將軍明帝加開府儀同三
司武帝時加太子少保遷少司空出爲宜州刺史北

史有傳

燕歌行

初春麗景鶯欲嬌，桃花流水没河橋。薔薇花開百重葉，楊柳拂地數千條。隴西將軍號都護，樓蘭校尉稱嫖姚。自從昔別春燕分，經年一去不相聞。無復漢地關山月，惟有漠北薊城雲。淮南桂中明月影，流黃機上織成文。充國行軍屢築營，陽史討虜陷平城。城下風多能卻陳，沙中雪淺詎停兵。屬國小婦猶年少，陰林輕騎數征行。遙聞陌頭采桑曲，猶勝邊地胡笳聲。胡笳向暮使人泣，長望閨中空佇立。桃花落地杏花舒，桐生井底寒葉疏。試爲來看上林雁，應有遙寄隴頭書。

贈周處士

我行無歲月，征馬屢盤桓。崤曲三危岨，關重九折難。猶恃漢使節尚服楚臣冠巢禽疑上幕驚羽畏塵彈飛蓬去不已客思漸無端壯志與時歇生事隨年闌百年悲促命數刻念餘歡雲生隴坻黑桑疏薊北寒烏道無蹊徑清溪有波瀾思君化羽翮要我鑄金丹

和從弟祐山家

采藥名山頂時節無春冬散雲非一色連巖異衆峯合沓似無徑閒關定有蹤山窗臨絕頂檐溜俯危松空林鳴暮雨虛谷應朝鐘仙童時可遇羽客屢相逢若值韓衆藥當御長房龍

結交非俗士仙侶自招攜少華隱日月太乙尋虹霓衆林積爲籟園竹茂成埤幽谷曙無景荒途晝欲迷滴瀝寒泉溜叫嘯秋猿啼白雲帝鄉起神禽丹穴棲箭篠時通徑桃李復成

蹊今身得其所羣物可令齊

過歲矜道館

松古無年月鵠去復來歸石壁藤爲路山窗雲作扉

明慶寺石壁

夏水懸臺際秋泉帶雨餘石生銘字長山久谷神虛

雲居寺高頂

中峯雲已合絕頂日猶晴邑居隨望近風烟對眼生

詠定林寺桂樹

歲餘凋晚葉年至長新圍月輪三五映烏生八九飛

日出東南隅行

曉星西北沒朝日東南隅陽窗臨玉女蓮帳照金鋪鳳樓稱

獨立絕世良所無鏡懸四龍網枕畫七星圖銀鏤明光帶金

地織成襦調弦大垂手歌曲鳳將雛采桑三市路賣酒七條衢道逢五馬客夾轂來相趨將軍多事勢夫聟好形模高箱照雲母壯馬飾當顱單衣火浣布利劍水精珠自知心所愛仕宦執金吾飛甍彫翡翠繡桷畫屠蘇銀燭附彈映雞羽黃金步搖動襜褕兄弟五日時來歸高車竟道生光輝名倡兩行掌上起鴛鴦七十階前飛少年任俠輕年月珠丸出彈遂難追

隋

顏之推

之推字介琅邪臨沂人初爲梁湘東王常侍元帝即位以爲散騎侍郎周人破江陵奔齊官黃門侍郎平原太守入周爲御史上士隋開皇中太子召爲文學

有文集三十卷北史有傳

神仙

紅殷恃容色青春矜盛年自言曉書劍不得學神仙風雲落時後歲月度人前鏡中不相識捫心徒自憐願得金樓要思逢玉鈐篇九龍遊弱水八鳳出飛烟朝遊采瓊實夕宴酌膏泉崢嶸下無地列缺上陵天舉世聊一息中州安足旋

古意

十五好詩書二十彈冠仕楚王賜顏色出入章華裏作賦凌屈原讀書誇左史數從明月讌或侍朝雲祀登山摘紫芝泛江采綠芷歌舞未終曲風塵暗天起吳師破九龍秦兵割千里狐兔穴宗廟霜露沾朝市璧入邯鄲宮劍去襄城水未獲殉陵墓獨生良足恥憫憫思舊都惻惻懷君子白髮闚明鏡

憂傷沒余齒

寶珠出東國，美玉產南荆。隋侯曜我色，卞氏飛吾聲。已加明稱物，復飾夜光名。驪龍旦夕駭，白虹朝暮生。華彩燭兼乘，價值詎連城。常悲黃雀起，每畏靈蛟迎。千刃安可捨，一毀難復營。昔為時所重，今為時所輕。願與濁泥會，思將垢石并。歸眞川岳下，抱潤潛其榮。

從周入齊夜度砥柱荆州爲周所破大將軍李穆送之推往宏農令掌其兄陽平公遠書翰遇河水暴長具船將妻子奔齊經砥柱之險時人稱其勇決

俠客重艱辛，夜出小平津。馬色迷關吏，雞鳴起戍人。露鮮華劍彩，月照寶刀新。問我將何去，北海就後賓。

諸葛潁

潁字漢，建康人。初爲梁邵陵王參軍，轉記室。侯景之

亂奔齊還太子舍人入隋還著作郎加正議大夫有
集二十卷北史有傳

奉和月夜觀星

箹篠神居遠蕭條更漏深薄烟淨遙色高樹肅淸陰星月滿
玆夜燦爛還相臨連珠欲東上團扇漸西沈澄水含斜漢脩
樹隱橫參時聞送籌柝屢見繞枝禽聖情記餘事振玉復鳴
金

奉和方山靈巖寺應教

名山鎭江海梵宇駕風烟畫拱臨松蓋鑿牖對峯蓮雷出階
基下雲歸梁棟前靈光辨晝夜輕衣數劫年一陪香作食長
用福爲田

奉和通衢建燈應教

芳衢澄夜景法炬爛參差逐輪時徙燄桃花生落枝飛烟繞定室浮光映瑶池重閣登臨罷歌管乘空移

春江花月夜和煬帝

張帆渡柳浦結纜隱梅洲月色含江樹花影覆船樓

王胄

胄字元恭琅邪臨沂人筠之孫仕陳歷太子洗馬中舍人入隋爲學士煬帝時授祕書郎北史有傳

七夕

天河横欲曉鳳駕儼應飛落月移妝鏡浮雲動别衣懽逐今宵盡愁隨還路歸猶將宿昔淚更上去年機

終年恆弄杼今夕始停梭卻鏡看斜月移車渡淺河長裙動星珮輕帳掩雲羅舊愁雖暫止新愁還復多

王　胄

胄字承基眘之弟仕陳歷太子舍人入隋爲學士大業初爲著作郎授朝散大夫後因與楊元感交遊坐誅北史有傳困學紀聞王胄以庭草無人隨意緑爲隋煬所忌初學記載胄雨晴詩風度蟬聲遠雲開雁路長亦佳句也

奉和賜餔隋書煬帝自東都還京師賜天下大酺四日爲五言詩帝覽胄詩善之曰氣高致遠歸之於胄

河洛稱朝市崤函實奥區周營曲阜作漢建奉春謨大君苞二代皇居盛兩都招搖正東指天駟廼西驅展軨齊玉軑式道耀金吾千門駐罕畢四達儼車徒是節春之暮神皋華實敷皇情感時物睿思屬枌榆詔問百年老恩隆五日酺小人荷鎔鑄何由答大鑪

別周記室

五里徘徊鶴，三聲斷絶猿。何言俱失路，相對泣離樽。別意悽無已，當歌寂不喧。貧交欲有贈，掩涕竟無言。

言反江陽寓目灞涘贈易州陸司馬

遊人賣藥罷，徐步反江干。行吟灞陵岸，回首望長安。晨華照城闕，參差復鬱盤。千門含日麗，萬雉映霞丹。雲開承露掌，吹動相風竿。遊童輕薄少，鮮服鵕鸃冠。花開傅粉晏，塵起副車韓。屢投雙飛劒，曾操兩色丸。挂玉要遊女，彈珠落矯翰。信美非吾樂，何事久盤桓。欲動南登詠，還謠北上難。眷言思舊友，徂遠路漫漫。燕垂望楚服，天際與雲端。棹發吳濤上，荆歌易水寒。十年阻風月，萬里別金蘭。心期竟何許，懷抱日摧殘。容華冉冉謝，衣帶朝朝寛。盛憲甯延壽，劉琨自少歡。徧昔均取

捨同波豈異瀾贈言不盡言擲筆起長歎

秋天擬文學秋水擅莊蒙草逕蒹葭露波卷洞庭風便坐翻

奉和悲秋應令

桑葉長坂歇蘭蕙簷喧猶有燕陂靜未來鴻蟬噪聞疑斷池清映似空劉安悲落木曹植歎征蓬重明豈凝滯無累在淵沖隨時四序合應物五情同發言形惻隱睿作挺神功下材均朽木何以慕雕蟲

酬陸常侍

相知四十年別離萬餘里君留五湖曲余去三河涘寒松君後凋溺灰余僅死何言西北靈復覩東南美深交不忘故飛觴敦宴喜贈藻發中情奇音邁流徵追維中歲日於斯同憩止思之宛如昨倏焉逾二紀疇昔多朋好一旦埋蒿里無八

莫已知有慟傷知已把臂還相泣歸然吾與子需襟行自念
哀哉亦已矣吾歸在滌園著書試詞里勞息乃殊致存亡甯
異軌大路不能遵咄哉情可鄙

答賀屬

外黃初邸客蜀郡晚琴聲本欲從張耳何曾說馬卿定知遊
道日非是弟如行高文擬雜佩善謔閒瑤瓊前書言家室未
敘挂簪纓問仁甯伐國揚波豈亂淸聞有陽臺客常留入夢
情無爲嗟獨割空引助庖名

桑下何纂纂

柳黃知節變草綠識春歸複道含雲影重簾照日輝
御柳長條翠宮槐細葉開還得聞春曲便逐鳥聲來

金陵詩徵卷二終

金壇馮　煦校字

金陵詩徵卷三

上元朱緒曾編

唐

庾抱

抱江甯人陳御史中丞衆孫隋開皇中延州參軍後補元德太子學士唐高祖初起爲隴西公記室文檄皆出其手轉太子舍人有集十卷

驄馬

櫪上浮雲驄本出吳門中發跡來東道長鳴起北風回鞍拂桂白赭汗類塵紅滅没徒留影無因圖漢宮

別蔡參軍

人世多飄忽溝水易西東今日歡娛盡何年風月同悲生萬

里外恨起一杯中性靈如未失南北有征鴻

臥痾嘉霽開扉望月簡宮內知友

秋雨移弦望疲痾倦苦辛忽對荆山壁委照越吟人高高侵地鏡皎皎徹天津色麗班姬篋光潤洛川神輪輝池上動桂影隙中新懷賢雖不見忽似暫參辰

和樂記室憶江水

遥想觀濤處猶意採蓮歌無因關塞葉共下洞庭波

孫處元

處元一作處立江甯人長安中徵爲左拾遺神龍初與桓彦範書論時事不合歸里開元初薦不起著潤州圖經舊唐書有傳

詠黃鶯一作鄭愔詩又作鄭縉

欲囀聲猶澀將飛羽未調高風不借便何處得遷喬

失題

漢家輕壯士無狀殺彭王一遇風塵起令誰守四方

徐（一作余）延壽

延壽江甯人開元中處士

折楊柳

大道連國門東西種楊柳葳蕤君不見婀娜垂來久緑枝棲暝禽雄去雌獨吟餘花怨春盡微月起秋陰坐望窗中蝶起攀枝上葉好風吹長條婀娜何如妾妾見柳園新高樓四五春莫吹胡笳曲愁殺隴頭人

南州行

搖艇至南國國門連大江中洲西邊岸數步一垂楊金釧越

溪女羅衣胡粉香織縑春卷幔采蕨暝提筐弄瑟嬌垂幌迎人笑下堂河頭浣衣處無數紫鴛鴦

人日翦綵

閨婦持刀坐自憐裁翦新葉催情綴色花寄手成春帖燕留妝戶黏雞待餉人擎來問夫婿何處不如眞

王無兢

無兢字仲烈江甯人舉下筆成章科累遷殿中御史出爲蘇州司馬坐罪貶嶺南仇家矯制榜殺之唐書有傳金陵新志王宏直導十一世孫名繼王摶王紹宗王無兢王嶼王昌齡並繼族

北使長城

秦世築長城長城無極已暴兵四十萬興工九千里死人如亂麻白骨相撐委殫弊未云悟窮毒豈知止胡塵未北滅楚

兵遽東起六國復囂囂兩龍鬬觺觺卯金竟握讖反璧俄淪
祀仁義寢邦國狙暴行終始一旦咸陽宮翻爲漢朝市

鳳臺曲

鳳臺何逶迤嬴女管參差一旦綵雲至身去無還期遺曲此
臺上世人多學吹一吹一落淚至今憐玉姿

王昌齡

昌齡字少伯晉始興公導裔江甯人僑居京兆登開
元丁卯進士第甲戌中宏詞超絕羣類科遷江甯丞
晚貶龍標尉爲閭邱曉所害有集五卷詩家稱王江
甯舊唐書有傳

宿灞上寄侍御璵弟（緒按金陵新志王璵昌齡從弟）

獨飲灞上亭寒山靑門外長雲驟落日桑棗寂已晦古人驅

馳者宿此凡幾代佐邑由東南此言官江甯丞豈不知進退吾宗秉
全璞楚得璆琳最茅山就一徵柏署起三載道契非物理神
交無留礙知我滄溟心脫略腐儒輩孟冬鑾輿出陽谷羣臣
會半夜馳道喧五侯擁軒蓋是時燕齊客獻術蓬瀛內甚悅
我皇心得與王母對賤臣欲干謁稽首期殞碎哲弟感我情
問易窮否泰良馬足尙踠寶刀光未淬昨聞羽書飛兵氣連
朔塞諸將多失律廟堂始追悔安能召書生願得論要害戎
夷非草木侵逐使狼狽雖有屠城功亦有降虜罪兵糧如山
積恩澤如雨霈羸卒不可興積地無足愛若用匹夫策坐令
軍圍潰不費黃金資甯求白璧賚明主憂旣遠邊事亦可大
荷寵務推誠離筵深慷慨霜搖直指草燭引明光珮公論日
夕阻朝廷蹉跎會孤城海門月萬里流光帶不應百尺松空

老鍾山靄

留別岑參兄弟

江城建業樓山盡滄海頭副職守茲縣東南擢孤舟長安故人宅秣馬經前秋便以風雪暮還爲縱飲留貂蟬七葉貴鴻鵠萬里遊何必念鐘鼎所在烹肥牛爲君嘯一曲且莫彈箜篌徒見枯者豔誰言直如鉤岑家雙瓊樹騰光難爲儔誰言青門悲俯期吳山幽日西石門嶠月吐金陵洲追隨探靈怪豈不驕王侯

同從弟銷南齋翫月憶山陰崔少府

高臥南齋時開帷月初吐清輝淡水木演漾在窗戶苒苒幾盈虛澄澄變今古美人清江畔是夜越吟苦千里其如何一作何如微風吹一作出蘭一作芳杜

送韋十二兵曹

縣職如長纓終竟縛我身平明趨郡府不得展故人故人念江湖富貴如埃塵迹在戎府掾心遊天台春獨立浦邊鶴白雲長相親南風忽至吳分散還入秦寒夜天光白海淨月色眞對坐論歲暮絃悲豈一作歌起無因平生馳驅分非謂杯酒仁出處兩不合忠貞何由伸看君孤舟去且欲歌垂綸

齋心

女蘿覆石壁溪水幽朦朧紫葛蔓黃花娟娟寒露中朝飲花下露夜臥松下風雲英化爲水光采與我同日月蕩精魄寥寥天宇空

塞下曲

蟬鳴空桑林八月蕭關道出塞復入塞處處黃蘆草從來幽

并客皆共塵沙老莫學遊俠兒矜誇紫騮好

飲馬渡秋水水寒風似刀平沙日未没黯黯見臨洮昔日長城戰咸言意氣高黄塵足今古白骨亂蓬蒿

奉詔甘泉宮總徵天下兵朝廷備禮出郡國豫郊迎紛紛幾萬人去者無全生臣願粱宮廄分以賜邊臣

邊頭何慘慘已葬霍將軍部曲皆相弔燕南代北聞功勳多被黜兵馬亦尋分更遣黄龍戍唯當哭塞雲

東亭府縣諸公與綦毋潛李頎相送至白馬寺

鞍馬上東門裴回入孤舟賢豪相追送即擢千里流赤岸落日在空波微烟收薄宦忘機括醉來即淹留月明見古寺林外登高樓南風開長廊夏夜如涼秋江月照吴縣西歸夢中遊

別劉讀

天地寒更雨蒼茫楚城陰一尊廣陵酒十載衡陽心倚杖不可料悲歡豈易尋相逢成遠別後會何如今身在江海上雲蓮京國深行當務功業策馬何駸駸

送東林廉上人歸廬山

石溪流已亂苔徑入漸微日暮春林下山僧還獨歸昔爲廬峰意況與遠公違道性深寂寞世情多是非會尋名山去豈復望清輝

諸官遊招隱寺

山館人已空青蘿換風雨自從永明世月向龍宮吐鑿井長幽泉白雲今如古應眞坐松柏錫杖挂窗戶口云七十餘能救諸有苦回指巖樹花如聞道場鼓金色身壞滅眞如性無

主僚友同一心清光遣誰取

宴南亭

寒江映村林亭上納鮮潔楚客共閑飲靜坐金管闋酣竟日入山暝來雲歸穴城樓空杳靄猿鳥備清切物狀如絲綸道心爲予決訪君東溪事早晚樵路絕

岳陽別李十七越賓

相逢楚水寒舟在洞庭驛具陳江湖事不異淪棄跡杉上秋雨聲悲切蒹葭夕彈琴收餘響來送千里客平明孤帆心歲晚濟代策時在身未充瀟湘不盈晝湖小洲渚聯澹淡煙景碧魚鱉自有性龜龍無能易譴黜同所安風土任所適閑門觀元化攜手遺損益

山行入涇州

倦此山路長停驂問賓御林巒信回惑白日落何處徙倚望長風滔滔引歸慮微雨隨雲收濛濛傍山去西臨有邊邑北走盡亭戍涇水橫白烟州城隱寒樹所嗟異風俗已自少情趣豈伊懷土多觸目忻所遇

箜篌引

盧谿郡南夜泊舟夜聞兩岸羌戎謳其時月黑猿啾啾微雨沾衣令人愁有一遷客登高樓不言不寐彈箜篌彈作薊門桑葉秋風沙颯颯青冢頭將軍鐵驄汗血流深入匈奴戰未休黃旗一點兵馬收亂殺虜人積如邱瘡病驅來配邊州仍披漢北羔羊裘顏色飢枯掩面羞眼眶淚滴深兩眸思還本鄉食犛牛欲語不得指咽喉或有強壯能咿嚘意欲內從邊將讐五世屬藩漢王留碧毛氈帳河曲遊橐駝五萬部落稠

勑賜飛鳳金兜鍪爲君百戰如過籌靜掃陰山無烏投家藏鐵券特承優黃金千斤不稱求九族分離作楚囚深谿寂寞絃苦幽草木悲感聲颼颼僕本東山爲國憂明光殿前論九疇少讀兵書盡冥搜爲君掌上施權謀洞曉山川無與儔紫宸詔發遠懷柔搖筆飛霜如奪鉤鬼神不得知其由憐愛蒼生比蚍蜉湖河屯兵須漸抽盡遣降來拜御溝便令海內休戈矛何用班超定遠侯史臣書之得已不

行路難

雙絲作綆繫銀瓶百尺寒泉轆轤上懸絲一絕不可望似妾傾心在君掌人生意氣好還捐只重狂花不重賢宴罷調箏奏離鶴迴嬌轉盼泣君前君不見眼前事豈保須臾心勿異西山日下雨足稀側有浮雲無所寄但願莫忘前者言剉骨

黃塵亦無愧行路難勸君酒莫辭煩美酒千鍾猶可盡心中
片愧何可論一聞漢主思故劒使妾長嗟萬古魂

宿京江口期劉眘虛不至

霜天起長望殘月生海門風靜夜潮滿城高寒氣昏故人何
寂寞久已乖淸言明發不能寐徒盈江上尊

潞府客亭寄崔鳳童

蕭條郡城閉旅館空寒烟秋月對愁客山鐘搖暮天新知偶
相訪斗酒情依然一宿阻良會淸風徒滿川

和振上人秋夜懷士會

白露傷草木山風吹夜寒遙林夢親友高興發雲端郭外秋
聲急城邊月色殘瑤琴多遠思更爲客中彈

萬歲樓

江上巍巍萬歲樓不知經歷幾千秋年年喜見山長在日日
悲看水獨流猿狖何曾離暮嶺鸕鷀空自泛寒洲誰堪登望
雲烟裏向晚茫茫發旅愁
從軍行七首錄五
烽火城西百尺樓黃昏獨上海風秋更吹羌笛關山月無那
金閨萬里愁
琵琶起舞換新聲總是關山舊別情撩亂邊愁聽不盡高高
秋月照長城
關城榆葉早疎黃日暮雲沙古戰場表請回軍掩塵骨莫敎
兵士哭龍荒
青海長雲暗雪山孤城遥望玉門關黃沙百戰穿金甲不破
樓蘭終不還

大漠風塵日色昏紅旗半捲出轅門前軍夜戰洮河北已報生擒吐谷渾

殷遙

遙句容人天寶間忠王府倉曹參軍唐書藝文志句容有王府參軍殷遙硤石主簿樊晃橫陽主簿沈如筠江甯有右拾遺孫處元處士徐延壽皆有詩名殷璠彙爲丹陽集王維哭殷遙詩云送君返葬石樓山松柏蒼蒼病馭還埋骨白雲長已矣空餘流水向人閒遙與王維結交同慕禪寂志趣高疏多雲岫之想而苦家貧死不能葬一女纔十歲日哀號親愛憐之者賵賻埋骨石樓山中工詩詞采不羣而最多警句杜甫常稱許之有詩傳於今

塞上

萬里隤城在三邊虜氣衰沙塡孤嶂角燒斷故關碑馬邑經寒慘鵰聲帶晚悲將軍正閑暇留客換歌辭

送杜士瞻楚州覲省

風流與才思，俱似晉時人。淮月歸心促，江花入興新。雲深滄海暮，柳暗白門春。共道官猶小，憐君孝養親。

友人山亭

故人雖一作從薄宦，往往涉清溪。鑿牖對山月，褰裳拂澗霓。遊魚逆水上，宿鳥向風棲。一見桃花發，能令秦漢迷。

春晚山行

寂歷青山晚，山行趣不稀。野花成一作垂子落，江燕引雛飛。暗草薰苔徑一作渚，晴楊掃一作拂石磯。俗人猶語此，余亦轉忘歸。

送友人下第歸省

君此卜行日，高堂應夢歸。莫將和氏淚，滴著老萊衣。嶽雨連河細，田禽出麥飛。到家調膳後，吟好送斜暉。

樊晃一作光

晃句容人硤石主簿

南中感懷

南路蹉跎客未回常嗟物候暗相催四時不變江頭草十月先開嶺上梅

沈如筠

如筠句容人橫陽主簿

寄張徵古

寂歷遠山意微冥半空碧緣蘿無冬春彩雲竟朝夕張子海內奇久耐一作爲嚴中客聖君當縈一作夢想安得老松石

閨怨二首

雁盡書難寄愁多夢不成願隨孤月落流照伏波營

隴底嗟長別流襟一動君何言幽咽所更作死生分

寄天臺司馬道士

河洲花豔爚庭樹光彩蒨白雲天臺山可思不可見

劉昚虛

昚虛江東人爲夏縣令李商隱稱爲中山劉昚虛按中山今溧水也

暮秋楊子江寄孟浩然

木葉紛紛下東南警寒霜林山相曉暮天海空青蒼暝邑況復久秋聲亦何長孤舟兼微月獨夜仍越鄉寒笛對京口故人在襄陽詠思勞今夕江漢遙相望

闕題

道由白雲盡春與青溪長時有落花至遠隨流水香閒門向山路深柳讀書堂幽映每白日清輝照衣裳

劉太沖

太沖溧水人唐屬宣城郡天寶癸巳年登進士第溧水學宫有顏魯公送劉太沖序有云公山正禮策高足於前沖與太眞嗣家聲於後新舊唐書有太眞傳而不紀太沖顔碑久失宋時同郡李兼出其家藏顔帖重摹入石腦亡太沖彭三字慶元己未宣城戴援跋邑人秦塤書額按塤乃秦梓之孫

送蕭穎士赴東府得淺字

芒師繼微言贊述在墳典寸祿聊自資平生宦情鮮逶遲東州路春草深復淺日遠夫子門中心曷由展

劉太眞

太眞字仲適溧水人太沖弟天寶末進士累官禮部侍郎貶信州刺史有集三十卷新唐書有傳蕭穎士云吾嘗謂門弟子有尹徵之學劉太眞之文首其選焉貞元四年重九賜宴曲江亭帝製詩序賜羣臣各一本命簡文詞之士應制同用清字明日於延英門進之於是朝臣畢和上自考定以太眞李紓等爲上第

宋戴援云太眞墓在縣北號柘塘神市八月有祭禱必應溧陽人尤神之神道碑裴度撰蔣邕書昔曾易置丞廨旋轉縣齋援到官初得之縣庖下僅存三百七十有九字按諸道石刻錄云禮部侍郎信州刺史劉太眞碑宋杜子源唐禮部侍郎劉公祠記云稽諸志乘及裴晉公所著隧碑府君歸葬於鄉今縣北三十五里曰劉墓者是也其門人韋乾度王良士鄭羣合十餘人琢石爲碑淯祐甲申濮知明修其祠

宣州東峰亭各賦一物得古壁苔同賦袁傪崔何王緯高傪李岑蘇寓袁邕郭澹按袁傪等八人全唐詩備錄其詩未詳何地人然其中必有溧邑之士今不敢濫入存其姓名以俟考

苒苒溫寒泉綿綿古危壁光含孤翠動色與暮雲寂深淺松月閒幽人自登歷

顧十二兄左遷過韋蘇州房杭州韋睦州三使君皆有郡中燕集詩辭章高麗鄙夫之所仰慕顧生既至留連笑語因亦成篇以繼三君子之風焉

寵至乃不驚罪及非無由奔迸歷畏途緬邈赴偏荒一作陬牧此凋弊甿屬當賦歛秋夙興諒無補旬暇焉敢休前日懷友生獨登城上樓迢迢西北望遠思不可收今日車騎來曠然銷人憂晨迎東齋飯晚度南溪遊以我碧流水泊君青翰舟莫將還客程不爲勝境留飛札謝三守斯篇希見酬

貢院寄前主司蕭侗書聽

獨坐貢闈裏愁心芳草生山公昨夜事應見此時情

冷朝陽

朝陽上元人登大歷己酉進士第後爲薛嵩從事朝陽登第不待調官言歸省親李嘉祐錢起韓翃皆有送朝陽東歸江甯詩

同張深秀才遊華嚴寺

同遊雲外寺渡水入禪關立掃窗前石坐看池上山有僧飛

錫到留客話松間不是緣名利好來長伴閒

中秋與空上人同宿華嚴寺

掃榻相逢宿論詩舊梵宮鐘聲迎鼓盡月色過山窮庭簇安禪草窗飛帶火蟲一宵何惜別回首隔秋風

宿柏巖寺

幽寺在巖中行唯一徑通客吟孤嶠月蟬噪數枝風秋色生苔砌泉聲入梵宮吾師修道處不與世間同

登靈善寺塔

飛閣青霞裏先秋獨早涼天花映窗近月桂拂簷香華岳三峯小黃河一帶長空聞有歸路烟處指垂楊

冬日逢焉法曹話懷

分襟二年内多少事相干禮樂風全變塵埃路漸難秋林新

葉落霜月滿庭寒雖喜逢知己他鄉歲又闌

送唐六赴舉

秋色生邊思送君西入關草衰空大野葉落露青山故國烟霞外新安道路閒碧霄知己在香桂月中攀

送遠上人歸京

夏臘歲方深思歸徹曙吟未離銷雪院已有過雲心寒磬清函谷孤鐘宿華陰別京遊舊寺月色似雙林

別郎上人

過雲尋釋子話別更依依靜室開來久遊人到自稀觸風香氣盡隔水磬聲微獨傍孤松立塵中多是非

送紅線 洛州節度使有青衣善彈阮咸琴手紋隱起如紅線因以名之一日辭去朝陽爲詞

採菱歌怨木蘭舟送客魂消百尺樓還似洛妃乘霧去碧天

無際水空流

冷朝光

朝光仕履無考錢起送冷朝陽擢第後歸金陵覲省詩兄弟相歡初讓果之句朝光卽是朝陽兄弟輩也

越谿怨

越王宮裏如花人越水谿頭采白蘋白蘋未盡人先盡誰見江南春復春

樊珣

珣句容人大歷丁巳句容知縣兼大理司直太原王昕修赤山湖珣爲之記文見建康志

憶長安十月

憶長安十月時華清士馬相馳萬國來朝漢闕五陵共獵秦

祠盡夜歌鐘不歇山河四塞京師

狀江南仲夏

江南仲夏天時雨下如川盧橘垂金彈甘蕉吐白蓮

陳羽

羽江東人登貞元壬申進士陸贄榜第二人與韓愈王涯等共爲龍虎榜累官樂宮尉佐按陳羽項斯二人辛文房等俱云江東人不云江甯而金陵瑣事及郡邑志俱載其名茲錄詩數首以俟考

古意

十三學繡羅衣裳自憐紅袖聞馨香人言此是嫁時服含笑不刺雙鴛鴦郎年十九髭未生拜官天下聞郎名車馬駢闐賀門館自然不失爲公卿是時妾家猶未貧兄弟出入雙車輪繁華全盛兩相敵與郎年少爲婚姻郎家居近御溝水豪

門客盡躡珠履雕盤酒器常不乾曉入中厨妾先起姑嫜嚴肅有規矩小姑嬌憨竟難取朝參暮拜白玉堂繡衣著盡黃金縷妾貌漸衰郎漸薄時時强笑意索寞知郎本來無歲寒幾回掩淚看花落妾年四十絲滿頭郎年五十封公侯男兒全盛日忘舊銀牀羽帳空颼颼庭花紅蝴蝶飛看郎佩玉下朝時歸來略略不相顧卻令侍婢生光輝郎恨婦人易衰老妾亦恨深不忍道看郎强健能幾時年過六十還枯槁

春園即事

水隔羣物遠夜深風起頻霜中千樹橘月下五湖人聽鶴忽忘寢見山如得鄰明年還到此共看洞庭春

春日晴原野望

東風吹暖氣消散入晴天漸變池塘色欲生楊柳烟濛茸花

向月潦倒客經年鄉思應秋望江湖春水連

讀蘇屬國傳

天山西北居延海沙塞重重不見春腸斷帝鄉遥望日節旄零落漢家臣

贈人

或櫂孤舟或杖藜尋常適意釣長溪草堂竹徑在何處落日孤烟寒渚西

山中秋夜喜周士閑見過

青山高處上不易白雲深處行亦難留君不宿對秋月莫厭山空泉石寒

將歸舊山留別

相共遊梁今獨還異鄉摇落憶空山信陵死後無公子徒向

侯門學抱關

吳城覽古

吳王舊國水烟空香徑無人蘭葉紅春色似憐歌舞地年年先發館娃宮

自遣

稚子新能編笋笠山妻舊解補荷衣秋山隔岸清猿叫湖水當門白鳥飛

長安早春言志

九衢日暖樹蒼蒼萬里吳人憶水鄉漢主未曾親羽獵不知將底諫君王

金陵詩徵卷三

上元秦際唐梫字

金陵詩徵卷四

上元朱緒曾編

唐

張籍

籍字文昌烏江人明分置江浦貞元己卯進士累官國子司業有集七卷舊唐書有傳宋張孝祥云讀書堂在烏江即唐文昌公讀書處自五代迄今子孫世守之渡江後爲史氏所有李廌濟南集烏江百福寺即唐詩人張司業籍故居繪像今存詩云文昌西郭居修竹閉環堵琴樽不復存青蓮開梵宇塵紛晦遺像粉繪才可瞻拜莫愧無言長哦古樂府

賈客樂

金陵向西賈客多船中生長樂風波欲發移船近江口船頭祭神各澆酒停杯共說遠行期入蜀經蠻誰別離金多衆中

爲上客夜夜算緡眠獨遲秋江初月猩猩語孤帆夜發瀟湘渚水工持檝防暗灘直過山邊及前侶年年逐利西復東姓名不在縣籍中農夫稅多長辛苦棄業甯爲販寶翁

江村行

南塘水深蘆筍齊下田種稻不作畦耕場磷磷在水底短衣半染蘆中泥田頭刈莎結爲屋歸來繫牛還獨宿水淹手足盡有（一作爲）瘡山虻遶身（一作衣）飛颺颺（一作撲撲）桑林椹黑蠶再眠婦姑採桑不向田江南熱旱天氣毒雨中移秧顏色鮮一年耕種長苦辛田熟家家將賽神

長塘湖（緒按長塘湖建康志云即洮湖在溧陽自明分溧水二邑地置高淳今屬高淳）

長塘湖一斛水中半斛魚大魚如柳葉小魚如針鋒水濁誰能辨眞龍

洛陽行

洛陽宮闕當中州，城上峩峩十二樓。翠華西去幾時返，梟巢乳鳥藏蟄燕。御門空鎖五十年，稅彼農夫修玉殿。六街朝暮鼓鼕鼕，禁兵持戟守空宮。百官月月拜章表，驛使相續長安道。上陽宮樹黃復綠，野豺入苑食麋鹿。陌上老翁雙淚垂，共說武皇巡幸時。

白頭吟

請君膝上琴，彈我白頭吟。憶昔君前嬌笑語，兩情宛轉如縈素。宮中為我起高樓，更開花池種芳樹。春天百草秋始衰，棄我不待白頭時。羅襦玉珥色未暗，今朝已道不相宜。揚州青銅作明鏡，暗中持照不見影。人心回互自無窮，眼前好惡那能定。君恩已去若再返，菖蒲花開月長滿。

江南行

江南人家多橘樹吳姬舟上織白苧土地卑溼饒蟲蛇連木爲牌入江住江村亥日長爲市落帆度橋來浦裏清莎覆城竹爲屋無井家家飲潮水長干午日沽春酒高高酒旗懸江口倡樓兩岸臨水柵夜唱竹枝留北客江南風土歡樂多悠悠處處盡經過

送遠曲

戲馬臺南山簇簇山邊飲酒歌別曲行人醉後起登車席上回尊勸僮僕靑天漫漫覆長路遠遊無家安得住願君到處自題名他日知君從此去

築城詞

築城處千人萬人齊抱杵重重土堅試行錐軍吏執鞭催作

遲來時一年深磧裏盡著短衣渴無水力盡不得拋杵聲杵聲未盡人皆死家家養男當門戶今日作君城下土

征婦怨

九月匈奴殺邊將漢軍全没遼水上萬里無人收白骨家家城下招魂葬婦人依倚子與夫同居貧賤心亦舒夫死戰場子在腹妾身雖存如晝燭

野老歌

老農家貧在山住耕種山田三四畝苗疏稅多不得食輸入官倉化爲土歲暮鋤犂傍空室呼兒登山收橡實西江賈客珠百斛船中養犬長食肉

寄衣曲

織素縫衣獨苦辛遠因回使寄征人官家亦自寄衣去貴從

妾手著君身高堂姑老無侍子不得自到邊城裏殷勤爲看
初著時征夫身上宜不宜

別離曲

行人結束出門去幾時更踏門前路憶昔君初納采時不言
身屬遼陽戍早知今日當別離成君家計良爲誰男兒生身
自有役那得誤我少年時不如逐君征戰死誰能獨老空閨
裏

古釵歎

古釵墜井無顏色百尺泥中今復得鳳皇宛轉有古儀欲爲
首飾不稱時女伴傳看不知主羅袖拂拭生光輝蘭膏已盡
股半折雕文刻樣無年月雖離井底入匣中不用還與墜時
同

吳宮怨

吳宮四面秋江水江清露白芙蓉死吳王醉後欲更衣座上美人嬌不起宮中千門復萬戸君恩反覆誰能數君心與妾既不同徒向君前作歌舞茱萸滿宮紅實垂秋風嫋嫋生繇枝姑蘇臺上夕燕罷佗人侍寢還獨歸白日在天光在地君今那得長相棄

節婦吟寄東平李司空師道

君知妾有夫贈妾雙明珠感君纏綿意繫在紅羅襦妾家高樓連苑起良人執戟明光裏知君用心如日月事夫誓擬同生死還君明珠雙淚垂何不相逢未嫁時

烏夜啼引

秦烏啼啞啞夜啼長安吏人家吏人得罪囚在獄傾家賣產

將自贖少婦起聽夜啼烏知是官家有赦書下牀心喜不重寐未明上堂賀舅姑少婦語啼烏汝啼慎勿虛借汝庭樹作高巢年年不令傷爾雛

贈別孟郊

歷歷天上星沉沉水中萍幸當清秋夜流影及微形君生衰俗閒立身如禮經涓意發高文獨有金石聲才名振京國歸省東南行停車楚城下顧我不念程寶鏡曾墜水不磨豈自明苦節居貧賤所知賴友生歡會方別離戚戚憂慮并安得在一方終老無送迎

離婦

十載來夫家閨門無瑕疵薄命不生子古制有分離託身言同穴今日事乖違念君終棄捐誰能強在茲堂上謝姑嫜長

跪請離辭姑嫜見我往將決復沈疑與我古時釧留我嫁時衣高堂拊我身哭我於路陲昔日初爲婦當君貧賤時晝夜常紡績不得事蛾眉辛勤積黃金濟君寒與飢洛陽買大宅邯鄲買侍兒夫婿乘龍馬出入有光儀將爲富家婦永與子孫資誰謂出君門一身上車歸有子未必榮無子坐生悲爲人莫作女作女實難爲

春江曲

春江無雲潮水平蒲心出水鳧雛鳴長干夫壻愛遠行自染春衣縫已成妾身生長金陵側去年隨夫住江北春來未到父母家舟小風多渡不得欲辭舅姑先問人私向江頭祭水神

思江南舊遊

江皐三月時花發石楠枝歸客應無數春山自不知獨行愁道遠回信畀家移楊柳東西渡茫茫欲問誰

贈梅處士

早聞聲價滿京城頭白江湖放曠情講易自傳新注義題詩不著舊官名近移馬跡山前住多在牛頭寺裏行天子如今議封禪應將束帛請先生

寄李渤

五度溪頭躑躅紅嵩陽寺裏講時鐘春山處處行應好一月看花到幾峰

剡谿逢茅山道士

茅山近別剡谿逢玉節青毛十二重自説年年上天去羅浮最近海邊峰

張蕭遠

蕭遠籍之弟元和時登進士弟籍有與弟蕭遠雪夜同宿詩數卷新遊蜀客詩長安僻巷得相隨草堂雪夜攜琴宿說是青城館裏時又送蕭遠弟街北槐花傍馬垂病身相送出門遲與君別後秋風夜作得新詩說向誰

觀燈

十萬人家火燭光門門開處見紅妝歌鐘喧夜更漏暗羅綺滿街塵土香星宿別從天畔落蓮花不向水中芳寶釵驟馬多遺落依舊明朝在路傍

送宮人入道

捨寵求仙畏色衰辭天素面立堦墀金丹擬駐千年貌玉指休匀八字眉師主與收珠翠後君王看戴角冠時從來宮女皆相妬聞向瑤臺盡淚垂

周元範

元範一作光範句容人張爲詩人主客圖云廣大教化主白居易及門句曲周元範祝天膺

和白太守揀貢橘

離離朱寶綠叢中似火燒山處處紅影下寒林沈綠水光搖高樹照晴空銀章自竭人臣力玉液誰知造化功看取明朝船發後餘音猶尚逐仁風

祝天膺

天膺一作元膺句容人

送高遂赴舉遂句容人

句曲舊眞宅自產日月英旣涵嶽瀆氣安無神仙名松桂邐迤色與君相送情

寄道友

兩頷凝清霜，玉爐焚天香。爲我延歲華，得入不死鄉。

韋楚老

楚老字壽朋，金陵人，長慶甲辰進士，官中書舍人，終國子祭酒。唐語林：楚老，李宗閔之門生，自左拾遺辭官東歸，居金陵，常乘驢經市中，貌陋而服衣布袍，羣兒陋之，指畫自言曰：上不屬天，下不屬地，中不累人，可謂大韋楚老。羣兒皆笑。與杜牧同年生，情好相得。初以諫官赴徵，牧值分司東都，以詩送。及卒，牧哭以詩云：故人墳樹立秋風，伯道無兒跡更空。重到笙歌分散地，隔江吹笛月明中。

祖龍行

黑雲兵氣射天裂，壯士朝眠夢冤結。祖龍一夜死沙邱，胡亥空隨鮑魚轍。腐肉偷生三千里，僞書先賜扶蘇死。墓接驪山土未乾，瑞光已向芒碭起。陳勝城中鼓三下，秦家天地如崩

瓦龍蛇撩亂入咸陽少帝空隨漢家馬

劉三復

三復句容人登會昌乙丑進士第仕至刑部侍郎宏文館學士有集十三卷事詳舊唐書子鄴傳中李德裕鎮浙西中使齎詔書賜德裕謂三復曰子爲我草表能立構否三復曰文貴中不貴速得德裕以爲然三復又請曰中外皆傳公文請得以文集觀之德裕出數軸三復乃體而爲表德裕尤喜遣詣京師

送黃明府赴岳州湘陰任

擬占名場第一科龍門十上困風波三年護墓從戎遠萬里投荒失意多花縣到時銅墨貴葉舟行處水雲和遙知布惠蘇民後應拜祠堂弔汨羅

項斯

斯字子遷江東人會昌甲子第二人進士官丹陽尉

有詩一卷斯性情疏曠溫飽非其本心初築草廬於朝陽峰前交結靜者槃礴巖林戴鮮花冠披鶴氅就松陰枕白石飲清泉長哦細酌凡如此三十餘年晚汚一名殊屈清致開成之際詩價籍甚特為張水部所知賞故其詩格頗與水部相類清妙奇絕楊祭酒敬之贈詩云幾度見君詩總好及觀標格過於詩平生不解藏人善到處逢人說項斯其七葉孫勝徙居永嘉勝子佑當宋寶元時遷臨海後析為仙居見元黃溍項良才墓誌

送顧非熊及第歸茅山

吟詩三十載成此一名難自有恩門入全無帝里歡湖光愁裏碧巖景夢中寒到後松杉月何人共曉看

欲別

花時人欲別每日醉櫻桃買酒金錢盡彈箏玉指勞歸期無歲月客路有波濤錦段裁衣贈麒麟落翦刀

落第後寄江南親友

古巷槐陰合愁多晝掩扉獨存過江馬强拂看花衣送客心先醉尋僧夜不歸龍鍾易惆悵莫遣寄書稀

遊頭陁寺上方

高步陟崔嵬吟閒路惜迴寺知何代有僧見梵天來暮靄連沙積餘霞徧檻開更期招靜者長嘯上南臺

送歐陽袞之閩中

秦城幾歲住猶著故鄉衣失意時相識成名後獨歸海秋蠻樹黑嶺夜瘴雲飛爲學心難滿知君更掩扉

邊將

古鎮門前過長安路在東天寒明堠火日晚裂旗風塞館皆無事儒裝亦有弓防秋故鄉卒暫喜語音同

送顧少府

作尉年猶少無辭去路賒漁舟縣前泊山吏日高衙幽景臨溪寺秋蟬織杼家行程須過越先醉鏡湖花

題令狐處士谿居

白髮忽已過無心離此溪病嘗山藥徧貧起草堂低爲月窻從破因詩壁重泥近來常夜坐寂寞與僧齊

憶朝陽峰前居

每憶閒眠處朝陽最上峰溪僧來自遠林路出無蹤敗褐粘苔徧新題出石重霞光侵曙發嵐翠近秋濃健羨機能破安危道不逢雪殘猨到閣庭午鶴離松

宿山寺

栗葉重重覆翠微黄昏溪上語人稀月明古寺客初到風度閒門僧未歸山果經霜多自落水螢穿竹不停飛中宵能得

幾時睡又被鐘聲催著衣

山行

青櫪林深亦有人一渠流水數家分山當日午回峰影草帶泥痕過鹿羣蒸餅氣從茅舍出繰絲聲隔竹籬聞行逢賣藥歸來客不惜相隨入島雲

送宫人入道

願隨仙女董雙成王母前頭作伴行初戴玉冠多誤拜欲辭金殿别稱名將敲碧海初齋磬却進昭陽舊賜箏且暮焚香曉壇上步虚猶作按歌聲

舊宫人

自出先皇玉殿中衣裳不更染深紅宫釵折盡垂空鬢内扇搖多滅半風桃熟亦曾君手賜酒闌猶候妾歌終如今還向

城邊任御水東流意不通

對鱠

行到鱸魚鄉裏遲鱠盤如雪怕風吹猶憐醉裏江南路馬上垂鞭學釣時

劉鄴

鄴字漢藩句容人三復之子六七歲能屬辭李德裕奇之高元裕表爲推官累至宏文館大學士罷尋拜左僕射死黃巢之難有甘棠集三十卷唐書有傳

翰林作

曾是江波垂釣人自憐深厭九衢塵浮生漸老年隨水往事曾聞淚滿巾已覺遠天秋色動不堪閒夜雨聲頻多慚不是相如筆虛直金鑾接侍臣

待漏院吟

玉堂簾外獨遲遲明月初沈勘契時閒聽景陽鐘盡後兩鶯
飛上萬年枝

唐堯臣

堯臣句容人

金陵懷古

晉末英雄起神器淪荒服胡月蝕中原白日升暘谷金陵實
形勝鬭山固重複巨壑隍北壖長江塹西隩鑿山擬嵩華穿
地象伊穀草昧席籙圖華路戴黃屋一時因地險五世享天
祿禮樂何煌煌文章紛郁郁多士春秋秀作頌清風穆出入
三百年朝事幾翻覆欃槍如雲暗鯨鯢旋自曝倦聞金鼎移
驟覩靈龜卜吁嗟王氣盡坐悲天運倏天道何茫茫善淫乃

相復行路偏衣半遂亡大梁族日隱汀洲上艫艫登川陸月
廻吳山樹風閶楚江鵠因依蘭薰藂採擷不盈掬

孫元晏

元晏金陵人有六朝詠史詩詠金陵事爲一集者實
自元晏始

甘甯斫營

夜深偷入魏軍營滿寨驚忙火似星百口寶刀千匹絹也應
消得與甘甯

武昌

西塞山高截九垓讖謠終日自相催武昌魚美應難戀歷數
須歸建業來

張紘

東部張公與衆殊共施經畧贊全吳陳琳漫自稱雄伯神氣應須怯大巫

青蓋

歷數將終勢已摧不修君德更堪哀被他青蓋言相誤元是須教人晉來

劉毅

遶牀堪壯喝盧聲似鐵容儀衆盡驚二十七人同舉義幾人全得舊功名

王恭

春風濯濯柳容儀鶴氅神情舉世推可惜教君仗旄鉞枉將心地託牢之

苻堅

投箠塡江語未終謝安乘此立殊功三台星爛乾坤在且與
張華死不同
大峴
大峴纔過喜可知指空言已副心期公孫計策嗟無用天與
南朝作霸基
袁粲
負才尙氣滿朝知高卧閒吟見客稀獨步何人識袁尹白楊
郊外醉方歸
鬱林王
戚屬羣臣盡見猜預憂身後又堪哀到頭委付何曾是虛把
羅襦與彦回
鬱林王

强哀强慘亦從伊歸到私庭喜可知喜字漫書三十六到頭能得幾多時

何氏小山

顯達何曾肯繫心築居郊外好園林賺他謝朓出山去贏得高名直至今

潘妃

曾步金蓮寵絕倫豈甘今日委埃塵玉兒還有懷恩處不肯將身嫁小臣

馬仙琕

齊朝太守不甘降忠節當時動四方義士要教天下見且留君住待袁昂

庾信

苦心詞賦向誰談淪落周朝志豈甘可惜多才庾開府一生
惆悵憶江南
王僧辯
彼此英雄各有名石頭高卧擬爭衡當時堪笑王僧辯待欲
將心託聖明
武帝蚌盤
金翠絲黄略不舒蚌盤清宴意何如豈知三閣繁華日解爲
君王妙破除
臨春閣
臨春高閣上侵雲風起香飄數里聞自是君王正沈醉豈知
消息報隋軍
江令宅

不向南朝立諫名舊居基在事分明令人惆悵江中令只作篇章過一生

後庭舞

嬿婉回風態若飛麗華翹袖玉爲姿後庭一曲從教舞舞破江山君未知

建業卜者

卜者不知姓名

題紫陽觀

昨日朝天過紫微醮壇風冷杏花稀碧桃泥我傳消息何事人間更不歸

南唐

印崇粲

崇粲一名粲建康人南唐時以南有嘉魚賦登進士及第徐騎省文集豫章從事印府君墓誌云其先京兆人因官徙牒遂居建康子崇禮崇粲舉進士崇簡明經及第爲舒州司法參軍宋詩記事誤入僧類

獻徐鼎臣

不將才業暫時誇人仰聲名遍海涯月滿朝衣聽夜漏更闌分直掃宮花諫書未上先焚稾御筆曾傳立草麻見說下朝無一事小池栽葦學僧家

朱存

存金陵人建康志朱存嘗讀吳大帝而下六朝書具詳歷代興亡成敗之迹南唐時作覽古詩二百章章四句沿初泊末爛然碁布閱詩者嘉其用心之勤云

元武湖

雷轟疊鼓火翻旗三翼翩翩試水師驚起黑龍眠不得狂風

猛雨下多時

阿育王塔

窣堵凝然鎮梵宮舉頭層級在雲中金棺舍利藏何處鐸繞危簷聲撼風

秦淮

一氣東南王斗牛祖龍潛爲子孫憂金陵地脈何曾斷不覺眞人已姓劉

石頭城

五城樓堞各相望山水英靈宅帝王此地定由天造險古來長恃作金湯

東山

鎮物高情濟世才欲隨猿鶴老巖隈山花處處紅妝面髣髴

如初擁妓來

天闕山

牛頭天際碧凝嵐王導無稽亦妄談若指遠山爲上闕長安應合指終南

北渠

金殿分來玉砌流黑龍湖徹鳳池頭後庭花落恩波斷翻與南唐作御溝

段石岡

孫吳紀德舊刊碑草没蟠螭與伏龜惆悵岡頭三段石至今猶似鼎分時

郭希聲

希聲金陵人詩見曾慥類説引南唐野史

紙窗

偏宜蘚壁稱閒吟白似溪雲薄似冰不是野人嫌月色免教風弄讀書燈

聞蛩

愁殺離家未達人一聲聲到枕前聞苦吟莫向朱門裏滿耳笙歌不聽君

王感化

感化金陵教坊樂工少聰明未嘗執卷而多識善爲詞滑稽無窮元宗嗣位宴樂擊鞠不輟嘗乘醉命感化奏水調詞感化惟歌南朝天子愛風流一句如是者數四元宗悟覆杯歎曰使孫陳二主得此一句不當有銜璧之辱也

建州節度更代筵上獻詩

旌旗赴天臺溪山曉色開萬家悲更喜迎佛送如來

奉元宗命詠苑中白野鵲

碧巖深洞恣遊遨天與蘆花作羽毛要識此來棲宿處上林瓊樹一枝高

李家明

家明金陵人元宗時爲樂部頭談諧敏給善爲諷辭

元宗釣魚無獲進詩

玉甃垂鉤興正濃碧池春暖水溶溶凡鱗不敢吞香餌知是君王合釣龍

元宗游後苑登臺見牛晚卧美蔭家明曰臣不學敢上絕句輔相皆慙

曾遭甯戚鞭敲角又被田單火燎身閒向斜陽嚙枯草近來問喘爲無人

元宗遷南都已失江北十四郡舟行南岸北望皖公山

龍舟輕颭錦帆風正值宸遊望遠空回首皖公山色翠影斜不到壽杯中

金陵詩徵卷四

江甯陳作霖校字

上元朱緒曾編

宋

刁衎

衎字元賓昇州上元人父彥能南唐烈祖時金陵數大水秦淮溢東關尤被害彥能請築隄爲斗門疏導之水患稍息元宗時至撫州節度使彥能好作詩閒與李建勳相贈答建勳因燕見及之元宗笑曰殊不知彥能乃西班學士也衎仕南唐爲集賢校理歸宋授太常寺太祝眞宗朝獻本說十卷以本官充崇文院檢討修冊府元龜成轉兵部郎中卒葬牛首有野編二十卷宋史有傳衎嘗撰睦州正廳記甯國寺碑釣臺碑至今傳焉金陵新志刁

家巷慶元志云南唐刁彥能子孫所居宋史載衎子湛湜滑皆登進士第湛刑部郎中湜屯田員外滑太常博士湛子繹約天聖中並進士及第

古今分門類事咸平中刁郎中湛拔潤州解赴舉京師會其父典合肥得替相會於解舍父喜其來因詰赴舉次第是夜父夢被召既入門見張齊賢自內而出曰比部請賦七言詩云聖朝文物古難過何事寒門寵遇多父俯石渠新拜職子從金殿又登科須敎枚馬蹔蹤跡堪笑巢由隱薜蘿報國報君何所有一心待欲枕長戈既覺已四鼓召湛記之來春孫暨榜湛不預名第父子以夢爲非驗也是年秋郎就天府求解一向春過省北部自二月初授命俵散山東鹽逼御試一兩日方回御試乃於殿門外閤子中坐伺湛之得失忽一太程官奉勅一道來呈學士已授秘閣檢討喜慰方甚又一黃門官急來云學士秀才第一及第父子同日被恩榮至夜會詰所合肥之詩何其神哉

代意

蕙時芳夕九回腸斂袂東窗待曉光秦嶺樹高迷隴塞楚天雲淡隔瀟湘病餘公幹情多詠秋晚安仁鬢足霜休道鮫人

落珠淚微波還擬托陳王

盧　郢

郢金陵人好學有才藝膂力過人善吹鐵笛南唐後主試王度如金玉賦郢唱第爲第一入宋爲南全守徐鉉娶郢妹嘗受後主旨撰文不能就因語郢郢曰願試爲之因弄百鈞石頭以較力鉉視之曰其何能爲郢命筆吏口授而書之鉉大驚遂以郢文進後主曰語勢遒健似非卿作鉉以實對

殘絲曲

春風駘蕩吹人衣殘絲罥花曳空飛悶愁十丈斷不得雄蜂雌蝶相因依高樓夾路淩雲起瑣窗鸞柱彈流水鶯聲啼老楊柳烟香夢濛濛隔千里

鍾　輻

輻金陵人中甲科不仕隱于鍾山讀書養氣年八十

餘

夢中答樊氏　建康志云輻少年氣豪一老僧相之曰君及第則家亡時樊若水愛輻之才以女妻之及宴爾應詔洛中果中甲科由是狂放攜一女僕青箱過華州蒲城其宰乃故人延留累日一夕盛暑追涼縣樓痛飲而寢是夕夢樊氏出一詩示生怨責頗深詩云楚水平如練雙雙白鷺飛金陵幾多地一去不言歸生夢中愧謝戲答一篇既寤因趣裝歸至采石渡青箱心疼數刻暴卒生怱怱藁葬於一新墳之傍洎至家門巷空閒妻亡數月詢之親鄰樊亡之日乃夢於縣樓之夕也青箱葬處乃樊之塋地也不植他樹惟海棠數株葉萼凋謝正符詩意鍾歎曰浮屠老僧之說信哉

還吳東下過蒲城樓上清風酒半醒想得到家春已暮海棠千樹必凋零

洪　湛

湛字惟清上元人未冠錄所著詩文十卷號髫年集舉進士有聲雍熙乙酉廷試見黜會有詔再試賦淡

交如水詩得七十六人並賜及第湛以文采遒麗特陞第三人累遷比部員外郎知柳舒二州坐事削籍流儋州會赦移惠州道卒有集十五卷宋史有傳湛曾祖勲南唐崇文館直學士祖壽桐城令父慶元新喻令歸宋至寃句令子鼎大中祥符辛亥進士至度支員外郎

寄陳希夷

華山高萬丈蓮峯映初日中有希夷子黙坐養神謐艺朮無外求巢由乃其匹形迹任化遷元樞守貞一望岫羣息心清談詎能悉

查道

道字湛然江甯人文徽之孫端拱戊子進士眞宗時舉賢良方正科歷龍圖閣待制知虢州有集二十卷

宋史有傳宋史查道休甯人吳曾能改齋漫錄江甯人金陵新志列於郡姓

登岱

淩空疊嶂絕凡埃青帝高居絳節開捧出海天紅日近迓將蓬島碧霞來石閭閃爍迎陽洞玉簡光華封禪臺一自祥符禋祀後太平頂上最崔嵬

刁繹

繹上元人湛子天聖甲子進士太常博士簽書淮南節度判官通判揚州王荊公集有祭刁判官文

雪後遊瑯琊山與韋子駿聯句

南溪約幽尋西嶺極遐觀繹初陽色朦朧殘雪光汗漫驤相望樓殿開宛在雲霄半繹泉聲減琤琮山勢欲飛竄驤岩寒雨花霏谷暖烟絮亂繹幽鳥度喬林警猿折枯幹驤泱泱漲

溪流輝輝破野岸繹蘭芽吐尚微氷乳凝未泮佛屋對峯尖
禪庵倚崖斷驤軒窗受虛豁赤白從漫漶竹枝玉玲瓏松溜
珠璀璨繹甯將瓊礫分未省蘭蒿判行幽兒迹深矚遠鵶翅
緩登宜阮孚屐隱稱嵇康鍛驤結遊賢躅多鑱石清詩爛極
目窮攀躋投隙違羇絆榮觀太常書暫憩飛仙館繹石立翠
屏張霞收丹錦散覘坐客爐擁負暄僧衲換選勝唯務得陟
危甯復憚驤誰乘泛海槎直欲傍銀漢繹況有淩雲才何妨
舉風翰驤景多苦冥搜歡解愜佳玩繹乃情慰懸想昔傳非
謾讕題輿眞莫傳刻燭愧非伴繹玉局其藏機瑶琴越操縵
驤詺澤吾豐年評文論月旦繹大筆肆滂葩小巫成泚汗驤
造適寓林泉貪榮任氷炭繹通倪去末禮從容占奇段驤感
慨非獨醒賡酬每三嘆繹翔步雖異途清懽歸一貫驤洒落

似青冥拘牽豈狴犴絕頂所見稀淸狂茲興罕繹立飲謝珍鮮行庖後樵爨唯恐三節來難留千騎悍驤何時金鼇容重親玉泉案囘首念斯遊馳精杳無畔繹

雨後城上種蜀葵效轆轤體聯句

不憚移根遠姑憐向日姿春風從自得繹夜雨況相資敏速飛霜鑊婆娑擁碧枝幽葩茲有待驤雒本漫多奇野藿非余尙廷蘭盍爾知繹傾心安所守衛足豈其私得地何妨徙驤干霄固可疑朱幢須夏節綠餅與秋期莫以蔌生陋繹唯其秀出宜遷非拔茅進愛豈揠苗爲驤色解淩溪錦花應當酒卮遶欄窠尙小繹傍砌影猶卑援護情宜倍栽培力已施驤桃溪容爛漫竹徑聳參差不待毛嬙妬繹何嫌曾相辭土從戞壓嫩竹插爲扶欹疏密齊行列驤芳華遞疾遲纖莖暫開

導繁蕊珥交垂繹恐踐禽須逐防侵草必夷養完先固本探折侯乘時屢戒園夫守驤頻煩墨客窺拾來同地芥吟就比江蘺泛與蕭蒿長偏饒雨露滋何如君子德修直任榮衰繹

俞　遵

遵字艮弼溧水人天聖甲子進士武昌軍節度推官試秘省校書郎俞氏又有逵字艮佐天禧丁未進士瑊字汝珮珏字汝璧皆皇祐己丑進士仲翁嘉祐丁酉進士轂字恒若嘉祐癸卯進士㮚字祗若上舍第一逢字頤迎元豐乙丑進士宣字聃布紹聖甲寅進士喬字自升宣和辛丑進士凡十人

瀨上貞女祠

一飯尋常事千秋義烈稀荒祠臨古渡夜月照山扉潮水朝還暮風花落更飛蘆中人在否漁父刺船歸

刁　約

約字景純上元人湛次子天聖庚午進士爲諸王宮教授景祐祖宗配南郊宗室乞推恩約爲草表宰相王沂公愛其文詞宗子授南班寶元中入館閣校勘慶歷初知太常禮院集賢校理出通判海州皇祐中權吏部南曹尋爲開封府推官坐落嘉祐初還朝判度支院假太常少卿直史館使北還判度支院四年出爲兩浙運使還判三司鹽鐵院出提點梓州路刑獄八年再判鹽鐵院還戸部治平中出知揚州移宣州熙甯初判太常議講讀官嘉祐中以兵部員外郎集賢校理知越州晚居丹徒築藏春塢花木甚盛約在館閣四十年告老歸王存以詩送之曰平生胸懷篤風義往還不論賤與貴騎馬都城四十年未嘗一毫爲生計其死也蘇軾哭之以詩曰平生爲人耳自爲薄如縞王安石祭之以文曰坦然制行之平裕然與

人之周旣貴賤所同觀亦始終以相倅歐陽公司馬公皆重其爲人

春集東園賦得翠字 附宋景文集

託載東城隅選勝名園地不問主人來聊適尋春意簪花照席光藉草連袍翠烟霏遠樹迷風獵繁英墜促行瀲灩觴少駐雍容騎四者信難并安敢辭沈醉

過漁浦作

一水相望越與杭渡頭人物見微茫翩翩商楫來溪口隱隱耕犂入富陽市肆揭疎隨浦盡山峰重疊傍江長民瞻熊軾咸相謂太守經行此未嘗

過溪口廣慈院

賞徧林泉去未能卻來溪口訪巖僧爲觀遠景尤奇處更陟危亭最上層雲吐前峰疑帶雨泉飛別澗旋凝冰陋容憔悴

熕躬筆待結錢唐九老朋

遊五洩山

西源窮盡到東源直注層厓五磴泉眞境無由追汗漫勝遊聊得弄潺湲風生虎嘯層厓底月上猿啼古木巓只待歸來林下去好同靈一此安禪

如歸亭

松陵江上峻裁基危岫前瞻小四圍張翰鱸魚閒適興莊周鷗鳥盡忘機簷牙高啄千家繞舟尾相銜數槳飛倦客登臨聊永日豁開雜思信如歸

邵必

必字不疑昇州人寶元戊寅進士主上元簿累至龍圖閣直學士知成都宋史有傳子納史字公言官至通判秀州

梅堯臣讀必詩云所得在卒章小大珠落盤光彩若明月射我枕席寒又云願執戈與戟生死事將壇司馬光集中多與不疑倡和詩江鄰幾雜志云宋子京判國子監進禮記石經本并請邵必不疑同上殿[illegible]備顧問無何上問古文如何必對古文大篆於六體義訓不通介人之淺學遂於一字之中偏傍上下雜用古文遂致乖亂又問林氏小說必云亦有長義然亦有怪處上一一問之對云許慎說文歸字从堆从止从帚从堆爲聲林氏云从追於聲近此長於許矣若許氏哭从吅从獄省文林乃云象犬嘷此怪也

題錢公輔衆樂亭

海邊民物鮮歡娛太守經營與衆俱園圃新陰多杞柳池塘生意足魚蒲長空不礙高飛鵠淺水兼容短脛鳧此樂有誰知我趣歸來紅旆日西晡

題會稽曲水閣

鑿石得春渠波環閣勢孤新痕漲微雨遠碧注平湖土俗山陰舊風光洛曲殊同眸見危嶺瑰檻有驚鳧墮蕊浮旋瀨疏

篁蔭疊艫人間多拾翠魚樂半依蒲河朔誰觴友沂津昔詠儒遺芬知未泯遊蓋此爲娛

馮　浩

浩建康人四明賀監祠有宋嘉祐中明州守錢公輔眾樂亭詩碑錢首倡和者王荆公司馬温公丹陽邵必渤海吳中復安陸鄭獬建安吳充建康馮浩王益柔張伯玉烏程陳舜俞常州胡宗愈第七人建康馮浩其詩嘗聞眾樂亭以下多駁蝕因觀鄞邑金石志作建康馮浩文與碑缺同又訛馮爲馬考張津乾道四明圖經有全詩作建康馮浩非馬浩也宋詩紀事稱浩仁宗朝集賢校理知鄆州

和錢公輔眾樂亭詩

嘗聞眾樂亭未窺眾樂景今蒙貺新詩若得覽觀省萬象盈紙來孤風隨筆騁丹青慙近功造化與遥領因識主人懷殆非郡侯政所寄嬉遊中期懽眾庶競無俾一夫愁將和四時盛此而推是心況乎持大柄青山綠水佳百草千花勝吾將

因宦遊異日細謡詠

題招提院靜照堂

寶坊新搆斷塵飛宴坐朝朝內外宜一自覺來無相見久忘言後少人知天中月滿雲收夜海底珠明浪靜時頓向此間超十地願將安定證羣疑

張諮

諮江甯人慶歷壬午與兄識同登進士第

閒居

兀兀浮生水上萍百年那得眼長青醉中但愛杯呼月鏡裏驚看鬢易星瓶膽插花時過蝶石拳栽草也留螢瑶琴到手知音少默對南華一卷經

段縫

縫字約之上元人居青溪與王介甫游而意不相與知興國軍嘗論免役法不便元豐初吳沖卿爲相頗進熙甯異議之人除知泰州諫官蔡確言其無才能止以譏毀新政故膺獎任詔與合入差遣乃俾通判閬州縫避遠求分司遂以職方郎中致仕元祐二年春左司諫王覿薦之詔落致仕與句管宮觀時爲朝散大夫蘇軾贈段縫詩季子東周負郭田須知力穡是家傳細思種薤五十本大勝取禾三百廛若得與君連北巷故應終老忘西川短衣匹馬非吾事只擬關門不問天

贈王介甫

溪橋久廢湮竹樹半欹側夢尋六代塵老構一椽宅誰知江令門猶倒山公舄霸氣消舊朝歌聲慨陳迹鼎族昔繁華荒徑今岑寂願言闢榛蕪重與開景色石疊雲自生渠鑿流不

息我幸卜公鄰望衡步咫尺晨夕恆素心把臂共悅懌西崦帶烟樵南埭釣水食底事憂怦怦相將愛惕惕或築吟詩壇或設談經席焉知才不才聊各適其適岸幘豁眼界揮麈吐胸臆隴晴許扶鳩水漲可杙鷁嗒然得喪忘往事莫悽惻佳會不可常歲月豈拋擲蒙莊賴妻賢淵明空子責弱木手自栽勿徒嗟立壁滋培待其成斧削工師職更爲廣軒亭左右支圖籍鍾山挹爽來烟鳥紛若織綠菘籬下采金尊池上滌此盟更歲寒一笑星髮白筋力如未盡尚能越阡陌

李　琮

琮字獻甫江甯人慶歷癸未進士累官寶文閣待制知杭州遷瀛洲贈太師襄國公宋史有傳杭州靈隱寺有李琮題名云宋李琮朱明之楊景略黃頌胡援林希元豐二年五月四日遊靈鷲洞摩厓正書宋史徽宗朝琮

知杭州此題名在神宗時與史不合按咸淳臨安志哲宗紹聖四年丁丑七月戊辰李琮以刑部侍郎爲寶文閣待制知杭州元符元年戊寅八月徙知永興軍

感泉山

纔到林巒契賞心蕭然便欲卸朝簪兩三里路穿田水四五人家倚樹陰漁叟投竿驚鷺宿牧童停笛學禽音青絲洞裏泉聲響流出空山換古今

邵亢

亢字興宗昇州人必之從子舉茂才異等趙元昊叛獻兵說十篇召試秘閣遷集賢校理著興亡論十卷以資政殿學士知越州徙鄭鄆亳三州卒諡安簡宋史有傳

題釣臺

子陵臺下山層層奇峰壯氣橫雲生處士溪邊水泚泚碧波明月涵天清老松偃蹇傲世色綠竹瀟灑吟風聲潮頭百仞出海門飄吳擊越如毛輕飛來灘下不敢過變作平浪歸滄溟

重過京口

今春楊子渡江柳拂人頭轉面庭幃遠傷心歲月流練塘荷芰晚甘露黍不秋此日南歸路雲閒醉壽邱

方元英處士故居

偶分魚竹到稽山處士林泉一望間歲月自隨流水遠姓名長與白雲閒鑑中人去荒遺迹（處士鑑湖有別業今不知其處矣）溪口僧來寫舊顏（處士祠堂真像即會稽溪口僧悦躬筆）何日放船泛嚴瀨吾門高弟約躋攀（處士遠孫棠即僕同知貢舉日敕放進士也）

寄吳處厚

流年眞似隙中駒，別後情懷嬾更疏。天上又頒新歷日，牀頭未答故人書。殷勤羞雁工曹檄，狼籍杯盤上客魚。好在仲宣家萬里，從軍苦樂定何如。青箱雜記：樞密邵公亢謂余詩似白樂天。熙甯中，余辟定武帥幕，公自鄆附所作詩一軸，幷寄余詩。

俞瑊

瑊字汝佩，溧水人，皇祐己丑進士，知連州。

中山別墅

村居何所樂，我愛讀書堂。階草侵窗潤，瓶花落硯香。凭欄看水活，出岫笑雲忙。野客時相過，聯吟坐夕陽。

呂南公

南公字次儒，金陵人。恥王介甫新經字說，絕意科舉隱居著書文以昌黎爲宗元祐初中書舍人曾肇薦之欲授以官未幾而卒有灌園集宋史有傳南公自叙其家系云世居金陵開寶八年王師加金陵兵官樊若水墦民廬而家毀曾祖父搶攘挾其二子南遁至江州復走南豐明年遣次子返省金陵且謀復舊居焉

遊子篇

遊子朱門兒行樂畏不足遐方寒苦士自贊乞隨逐朝馳錦韉末夕讌鳳屏曲雄豪棄殘賸聲色化耳目來時布素衣羞耻見羅縠幾許膏粱味嗜好諱水菽勞勞草馬塵苒苒歲月速家書懶拆封舊業廢編牘問嘗夢故國驚覺如被辱安知愜快餘窮愁入皮肉趨承偶踰節況味稍蹐跼長年倚恩輝積漸至輕瀆因逢故人詰始歎誤程躅鄙城名利場豈不多所欲從前入闕客無慮其貧壽商鄙聚珍貨科舉仰廪祿神

乎奪我魄而獨迷所屬何人不謀身計慮自不淑寄聲風塵
子哀恨吾已酷當知帝里游有禍亦有福

嗚呼行爲闖冦屢動州郡無兵而作

君不見熙甯宰相經綸苦不肯養兵累神武多時州郡罷招
軍欲責耕民爲戰伍詔書一日下九天守令宣布周鄉田十
家嗟吁百家和父子握手悲殘年干戈不與鋤耰雜此道幾
迴輪歷甲未能井牧似三王何用匆匆謀混合輿情有幸聞
旅扆斂鼓收旗防怨誹邇來下國稍自安其奈兵防已頹毀
大城有兵不千百小城更少幾許力一夫竊發數縣驚坐恐
饑癯皆盜賊承平久矣稱繁富儒生枉被高名誤同聲歎奏
盡哀矜引手施行皆耗蠹居不得甯輯財安能充裕嗚呼爭
得畧如開元姚宋之民人萬里東南開夜戶

別離

東家賣兒價何卑西家棄婦聲更悲得錢未足三日飽既別豈有歸來時山如高城路如線迴首難言淚盈面螻蟻溝渠處處同短長不復能相見

死別離未如生別苦綢繆恩意無窮處忽作乖違成陌路非緣官誅與私劫忍令棄置隨童妾夷齊不可人人學爭得腹空無悚懾生別苦此苦無盡期百年泉下亦銜悲娶婦養兒畏不早何知此日難相保

奉和内翰太中殘春口占一首

久次蕭條郡高情奈樂何鶯花三月促風雨一春多野寺攜筇到幽溪飲禊過四郊田水暖駐節問新禾

道先賢良以其到郡未及相見遽寄四韻謹以酬之

山人還是入闉闍自笑窮心失本初鄭相舊鄰窮禦寇秦王新伏勇相如衣裘破敝身謀拙齒髮凋殘世味疎人正棄捐吾獨取似君風誼更誰歟

仇　博

博字彥文六合人質敏博學善屬文父著知梓州嘗建至樂堂博年十三作記東坡見而奇之撫其背曰後生可畏後累應舉不第慨然泛舟泝宋石謁李白祠與之對飲詠之以文有曰不知我者謂我狂且逸知我者謂與君同輩不同時飲罷別君去長江吞天

紅日沉

雪中失白馬

絲韁誤解玉龍飛滿地瓊瑤襯粉蹏愁殺塞翁尋不見月明

風靜只聞嘶

邵緝

緝上元人亢之族神宗朝提舉淮南常平事

題長興吳城

高臺無地曲池平漂泊勾吳宿古城一岸石雲沉夜色四山涼葉下秋聲

張頡

頡字仲舉上元人第進士調江陵推官歲饑條獻十事活人數萬以寶文閣待制出知瀛州宋史有傳

攝山訪隱者

路繞蒼山石挂藤結廬深入白雲層泉鳴便隔人間世采藥知從何處僧

王拙

拙字閑叟，上元人，自號北山隱者。王荆公有題北山隱居王閑叟壁詩云：荒村日午未開門，雨後餘香滿地存。舉世但知旌隱節，誰人知道是王孫。梅堯臣有贈江甯王高士詩。李廌濟南集有寄金陵王居士閑叟詩。賀鑄慶湖集有答王拙見寄詩。

北山隱居

負郭蕭然築短墻，北山隱几意悠長。靜看青草隨時換，笑問白雲何事忙。范蠡浮家終覺晚，劉伶荷鍤信非狂。楮冠布褐安吾分，那有移文到草堂。

高陟

陟，金陵人，三舉不登第，以好學孝悌聞於鄉里。司馬溫公送高陟歸金陵詩云：之子秣陵去，悠悠天塹東。帆開曉風疾，潮落夜江空。在昔才華盛，至今人物豐。山川氣雖盡，龍虎勢猶雄。卞玉已三獻，齊禽會一沖。當令闕下吏，洗目認終童。

和司馬端明送吳仲庶知江寧原詩云江南佳麗地人物自風流青骨靈祠在黃旗王氣收衣冠餘舊俗歌誦樂賢侯正恐還朝速江山未遍遊

天塹無雙險人才第一流新亭風景異幕府夕陽收父老思安石兒童迓細侯莫教輕報政俗美足遨遊

陳輔

輔字輔之自稱南郭先生金陵人僑居丹陽有前後集三十卷吳坰五總云陳輔之少從介甫授以經旨輔之曰天生相公輔亦讀書天不生相公輔亦讀書願自見也華陽洞口有陳輔郭微張瓌胡恢畢之翰魏中庸程迪七八題名

梁父吟

梁父吟泰山之頂可埋金噫嘻蜀道徒崎嶇南風來舜琴

梁父吟佳人未偶頻傷心四時有恨秋偏深綠絲空滿簪

牛角歌

牛角歌牛角歌日暮寒雲滿碧坡騎牛下山歸曲阿湖烟徑我發牛角歌牛角歌浩浩者水魚弗過夷吾獨說不我和嗚呼夷吾奈若何

湖上有作

平湖共天遠浸月生寒光乘流溯荃壁掉舟尋葯房佳人折輕荷隨風來珍香顧盼但微笑眉宇何清揚日暮共攜手遥指烟中湘

登北固山

古城龍項直孤角雁行稀海月天懸鏡江雲地作衣楚封山或是秦鑿事還非千古英雄恨漁人一笑微

題茅山

積山峯頂作屏遮寶閣橫空疊彩霞鶴駕往來茅許宅龍軿交會郭楊家洞天有望人如玉塵世休觀事若麻我是方臺舊僚友盍尋歸路種雲芽

草堂自題

湖水如雲遶郭斜茂林修竹野人家宿醒過午無人問卧倩東風掃落花

過延陵

兩年一劍爲誰留古邑重來四十秋不是過辭元亮酒知公偏愛赤松遊

侯遺

遺字仲遺句容人隱居茅山桝書院教授

茅山書院

精舍依巖壑蕭條自卜居山花紅躑躅庭樹綠栟櫚荷鍤朝芸隴分燈夜讀書浮雲蒼狗幻一笑不關余

邵　忱

忱字本忠上元鄉貢進士

篆書醉翁亭記石刻

歐陽頃歲守滁陽題記蒼顏入醉鄉賢宰特將刋古篆舊碑不免棄山粱舊碑乃陳知明所書軒楹別構如安屏筆札難通似面墻異日智仙來輦坐退棠知明字退棠從此謝聲光

葉祖洽

祖洽字敦禮先世邵武人徙居上元熙甯庚戌進士第一人及第終集賢殿修撰葬上元崇禮鄉本業寺側宋史有傳四朝聞見錄熙甯三年廷對始用策先是葉祖洽夢神人指庭下竹一束謂之

用此則爲狀元葉不解其意乃用策取士葉果爲首
竹一束乃策也葉知上意深喜孟子對策始終援孟
子以
爲說
能改齋漫錄葉祖洽得國子學解其兄著作佐郎誼
知建昌軍南城縣寄書與祖洽託邑人兒解進士傅
翼持之翼夜夢人頭在其篋中夕夕如此乃從誼書
於別篋則又夢人頭在其中到京納書於祖洽然後
無復此夢明年
祖洽狀元及第
陳襄古靈集有祖洽所爲行
狀一首祖洽入元祐黨籍
建康志葉狀元墓在上元縣宣
義鄉雁門原上官均撰誌銘

釣臺

先生遺世者長謝帝京塵一釣桐江水高名萬古春客星曾
犯座天子不能臣臺下千帆過風波愁殺人

巫鉞

鉞句容人熙甯丙辰進士

客舍書懷

草逐春愁長人隨花影行青山無改舊綠酒不妨傾世事塵中夢知交笛裏聲枋榆聊自託誰復羨鵬程

張庖民

庖民字翔父上元人卒於曹溪東坡挽以詩云東晉巾車令西京執戟郎甘心向山水結髮事文章故自輕干戶何曾羨一囊天高鬼神忌骨朽姓名芳庾嶺銘旌暗秦淮舊宅荒吾詩不用刻妙語有黃香自注黃魯直爲庖民作挽辭

山寺

石磴倚翠微苔痕涼露灑古殿闃無人蒼鼯竄松瓦

邵衍

衍字仲昌金陵人

辭世頌何遠春渚紀聞金陵邵衍仲昌篤實好學終老不倦年八十二以大觀四年五月十五日無疾

而終臨終時一日顧其甥黃子文曰老子明日與甥據訣矣疇昔之夜夢黃衣人召至一官府侍衛嚴肅太案而坐者冠服類王者謂余曰世傳后土詞瀆慢甚汝亦藏本何也即命黃衣人復引余過數城闕止一殿庭余旁觀殿廡金碧奪目但寂不聞人語聲簾間忽有呼邵衍者曰帝命汝爲圓眞相俾汝禁絶世所傳后土詞當何以處之余對曰傳者應死呼者曰可也乃即日莅職余拜命而出門足蹶而覺所夢極明余亦欲吾家與甥知此詞之不可復傳誌之誌之子文未之深信翌日淩晨往視之衍謂子文曰甥更聽吾一頌即舉聲高唱言訖而終

雖然萬事了絶何用逢人更說今朝拂袖便行要趁一輪明月

趙三提

三提字公武溧水人父林自南陽來隱句曲尋移溧水買田置義塾人呼其地曰趙莊公武好學不仕治家整肅接物慈祥不以才智勝人作族譜及諭後文

十篇諄諄長者言也季子震字廷發建炎戊申進士官國史編修

南墅

溪聲曲曲抱村流老我襟懷置一邱百畝可耕良自足六經許讀更何求詩從野刹松間悟酒在隣家竹外篘向暮呼燈羣稚立手鈔庭誥作貽謀

史彭

彭字述古建康人鄒浩道鄉文集送史述古序云建康史述古從鄭州曾公辟行有日矣過其所厚晉陵鄒某而問曰吾聞君子愛人人以德細人愛人以姑息富貴者贈人以財仁人贈人以言子之愛我非姑息也盍贈我以言乎某於是褫袵而告之之曰昔公孫宏爲漢丞相汲黯列於九卿而已然燕見之之際武帝或不冠見宏至黯則不冠不見也淮南王謀反獨憚黯至說宏如發蒙振落耳此二人同時在朝而武帝淮南王所以待之之異殆天冠而地履子嘗察其所從來乎海上之人有好鷗鳥日從之遊不少異比欲取之則皆舞而不下蓋天機一搖於中則雖鷗鳥之異類且能得人於動作態度而不可

斯況與我同類最靈於萬物者耶記曰微之顯誠之不可揜如此夫已而歌曰彼版築兮入高宗之夢彼漁釣兮兆文王之卜苟識其所以然之故兮曷廊廟與空谷春風正駘蕩兮長途兮子按轡其無速述古矍然曰有是哉有是哉

有懷

天末故人遠寥空少雁翎荒菴閉落日敗葦聚寒汀僻性成孤往違時敢獨醒詩成無可贈讀與白鷗聽

李回

回字少愚江甯人琮子元祐丁卯進士試中書舍人兼校證補完御前文籍封開國男書成知東平府兼安撫使斬賊楊進南渡初參知政事出爲江南西路安撫大使知洪州朝野雜記上虞丞永嘉婁寅亮請高宗擇藝祖諸孫以爲皇子高宗以問同知樞密院事李回曰藝祖不以大位私其子發於至誠陛下爲天下遠慮合於藝祖實可昭格天

命遂立秀王子爲孝宗

戍山晚行

羸馬鞭不行落日下孤戍旅店隔前村欲住未能住少年事咿唔老爲微祿誤匡濟謝菲才馳驅失故步一笑擁八騶不療烟霞痼猿鶴驚且怨吟斷北山樹

李　畊

畊字耕道囘之弟官通直郎有臺山遺藁吳文正題臺山遺藁後云余讀宋待制金陵李襄公神宗挽詞喟然嘆曰君者臣之所天也賢於事父方喪三年其義不亦重乎公於君臣之義著美當時文章妙一世者或有所不如何哉夫詩以厚倫爲本倫之不厚詞之工也何取焉未聞臣之於君而可薄也公其得詩之本與公之第五子通直最工詩詩有唐人風致七言絶句尤長予於其家見所謂臺山遺藁吟諷累日志其左方而歸之

題蔡潤畫

雨過天如沐四山濃翠侵平橋帶野水涓涓繞竹林茅屋闃無人案上横素琴白鷺正熟睡杳無羡魚心維舟欲渡誰柳岸烟沉沉長嘯在何處惆悵隔雲岑

劉綰

綰字子陽溧水人紹聖甲戌進士滑州安撫使靖康初禦金人城破自縊死崇祀忠義祠

芝山梅仙洞

傳聞梅子眞入山歌采芝蟬蜕升紫霧靈蹤使人思驂鸞不復返蔓草空離披高風自百世非假神仙師人生不朽業大節在無虧服食求沖舉虚無恐難期

榮倪

倪字天和元祐間居金陵清化市爲學館立詩社吳可

藏海詩話凡作詩如參禪須有悟門少從榮天和學
嘗不解其詩云多謝喧喧雀時來破寂寥一日於竹
亭中坐有羣鵲飛鳴而下頓
悟前語自爾看詩無不通者
李之儀姑溪集贈金陵榮天和云生涯已定不干時
收拾工夫且作詩懶水方來弔東野同安初喜識卭
遲兼將佛事資三昧又見風騷出一枝
投老相逢能幾許何妨得句每相期

答蘇後湖

草廬卜築小如巢翠竹離離檻外交鄰米乞來分鶴飽醫書編就借僧鈔經年閉戶窮幽討晴日攜筇出近郊爲問練湖高隱地可容杯水泛堂坳

明不虧

不虧金陵人僧紹之裔

題畫山水扇

淋漓戲墨墮毫端雨溼溪山作小寒家在嚴陵灘上住風烟

不是夢中看

絶句

故鄉深在落霞邊雁斷魚沉二十年寫盡彩牋無寄處洞庭湖水濶於天

王莊

莊字子溫金陵清化市人隱於酒肆呼王廿四郎可吳藏海詩話元祐間榮天和先生居金陵清化市爲學館質庫王四十郎酒肆王廿四郎貨角梳陳二叔皆在席下餘人不復能記諸公多爲平仄之學似乎北方詩社王四十郎名松字不凋僕寓京師從事禁中不凋寄示長篇僅能記一聯云舊菊籬邊又開了故人天際未歸來陳二叔忘其名金陵人號爲陳角梳有石榴詩云金刀劈破紫穰瓤撒下丹砂數百粒諸公篇章富有皆曾編集僕以擕家南奔避寇往返萬餘里所藏書畫厄於兵火今屈指當時社集六十餘載諸公佳句可惜不傳今僅能記其一二以遺甯川好事者欲爲詩社可以效此不亦善乎

送客

楊花撩亂繞煙村感觸離人更斷魂江上歸來無好思滿庭風雨易黃昏

金陵詩徵卷五終

上元蔣師轍校字

金陵詩徵卷六

上元朱緒曾編

宋

吳可

可字思道上元人以詩爲東坡元城諸公鑒賞聲價頓起官至團練使宣和末亟挂冠去責授武節大夫致仕詩思益超拔後寓新安野服蕭然如雲水人其高逸如此有藏海居士集藏海詩話

李之儀吳思道藏海齋記東坡老人云惟有王城最堪隱萬人如海一身藏吾友吳思道寓都累年其職事在秘殿其所見聞皆一時盛事乃於所舍名之曰藏海卓哉能師東坡之語而知朝市之隱也又跋吳思道詩東坡嘗謂余曰凡造詣貴成就成就則方能自名一家如蠶作繭不留罅隙吳君詩咄咄殊逼近時人未易接武其妙處略無斧鑿痕而字字皆有來歷

題馬上元所藏趙墨隱畫淵明四詩

我不識趙子見此便得之談笑出邱壑粲然備四時似聞月旦評氣壓淵明詩馬卿宰白下慣作烟雲嬉歸來九衢塵舊好不少移慇懃著懷袖亦足慰夢思我本家北阜一官老京師頗懷月下松披圖覓幽姿正恐林間鶴怨我歸無期那知此心在衡宇終棲遲誰憐阿堵中幾有一斛泥願分溪上山供我笏拄頤

鈎寮

解衣一寮上物色太窘束柏禪費酬對松官縛爵祿此君眞有道虛心自晷谷每以閱世人得之定超俗夜夜幽露寒驚我庭下綠獨出萬物表清蟾映踈玉嘉此烟霧姿本無霜雪辱朔風舞郊野秀氣壓羣木舊根走苔徑新梢出雲屋要令

千畝廣會待春雨足

送李四清

蓮侯愛畫魚李侯愛畫山詩情動幽懷摹寫不少閒騷雅移丹青妙寄雲水閒翻然欲登涉試尋芷與蘭我不一音解早年便挂冠養拙頹簷下任眞亦足歡敵騎踐江浙少長奔荊蠻卻行東南區益知行路難亂來戰未息老去食轉艱前年治南畝頗喜人牛安力耕日以廣心事日以寬行當遂野性策杖尋江干雲深幾茅屋柳映一柴關扁舟鳴撥剌危亭秀孱顏安得兩玉人鄰曲相追攀眞賞會心處應當謝毫端長哦洗兵馬隨意羅杯盤伯雅要傾倒莫厭數往還願如三徑松餘生同歲寒

避地桂楊山門招友人晚飲

荒城住行李故人亦淹留稍遷墟邱閒愛此石泉幽長夏晴復雨風氣如清秋開樽茆茨下焉能消百憂客懷滯荆楚念之成白頭今宵理歸夢一棹隨風流

過許醉吟痛飲月下戲書

塵埃沒我馬掉鞅吟公詩詩中有江山不覺在京師下馬自叩門來尋元紫芝欲掃名利心笑挹邱壑姿東簷坐無氊北風吹酒巵蟹螯互勸酬墜車兩不辭聽公擊節吟悲壯亦自奇看公醉山倒了不遣客歸客歸意亦好月色到處隨詩成月下寫淡墨任傾敧平生不知韻興來聊續之詞達語更正識者未必嗤

故人來自春陵出示初寮翰墨感時懷舊輒爲長句

先生視草白玉堂文章一出自名世分光蓮燭眞爲榮拭吐

龍巾何足擬艮岑夜召趨神霄憐我婆娑百僚底紫禁歡傳拜左轄漫剌走賀城南第羸僮瘦馬堂階下歎我羸官殊少味驚聞一麾出燕山旆旌遽下雲漢間睿思官曹方顧寵笑我翻然歸挂冠金兵南來郡邑破二聖北狩天步艱黎元鼎沸死鄉土士夫雲擾奔荆蠻一人嘗膽固不易諸將東胄今何難朝來喜見春陵客問詢先生多翰墨懷古傷時初不忘回首長安淚横臆君不見虎踞龍盤氣象雄王者都此成大功遥知廟堂有高論似聞天蹕移江東幾年中興要賢俊頗懷仲父安東晉

山居見梅

孤吟梅花望神京澆愁恨無雙玉瓶上林顧影一坐傾高樓忍作昭華聲避兵南州老雲壑風味依然殊不惡歲暮渾無

驛使來一笑天涯共流落行尋嶺頭路幾許欲買幽園歎貧窶淸客那知日邊事獨坐茅茨對烟雨

夜聞警

幾年官軍破郡邑遠客孤村誰脫急卧聽鄰雞三鼓鳴流言敵騎一宵及抱衾攜幼强趨走複嶺窮山且深入爲聞北人頗能兵焉得如今便安集長秋南奔苦嵐瘴翠華連幸犯卑溼顧我飄零豈足念注目寒江忘久立

寄李道夫

亂後時通問飄流尚此身干戈傷白髮桃李自靑春故國田疇遠殊方甲冑新知君懷老伴詩酒慰情親

遊淸涼寺

延步石城塢迢迢去輿長野田耕晚雪寒樹倚斜陽載酒追

狂客論才得漫郎無因遂高蹈時復借山房

登臨川城

時危傷去國歲晚强登城過雁書難問窮途淚欲傾江湖歸客夢梅柳故園情倚杖空凝佇行藏竟不成

春雪後寄范長明

回首長安淚滿衣東風如舊鬢成絲扶持衰病元無術感歎飄零漫有詩那信夢魂隨北雁忍看霜雪滿南枝幽居只合從公等自笑年來見事遲

廬山香林訪趙德麟

艤舟星渚得幽尋問訊先生隱翠岑欲禮光明依淨社便隨氣類老山林貂金且换陶潛醉囊錦聊追白傳吟坡客飄零有公在與誰揮淚説知音

寄米元暉

田廬寂寂近塘坳仕路紛紜久絕交多病未能從五柳避喧端欲老三茅白雲那忍閒歸岫紫燕空慙漫累巢（闢再落致仕）聞道金壇有仙術夢回淸月墮林梢

春晚

門外綠楊啼乳鴉弄黃梅子壓枝斜殘書讀罷無功課繞徑來尋未落花

蜂兒擷蕊趁花心燕子銜泥掠柳陰處處浸秧黃乍吐護田肥水半篙深

偶贈陳居士

楚酒困人三日醉園花著雨百般紅憑誰畫出陳居士亭角尋詩袖滿風

病酒

無聊病酒對殘春簾幙重重更掩門惡雨斜風花落盡小樓人下欲黃昏

侍其珝

珝字服之江甯人崇甯癸未進士次年監司薦珝經明行修爲鄉閭所推詔乘驛赴闕金陵新志侍其巷慶元志舊爲侍其氏所居多聞人今正南隅永安坊内有雉雞巷即此而訛

橫塘曲

乳鴨睽蒲鵁鶄鳴垂楊踠地飛絮輕長干佁遊年少子鍻來繫馬波鏡明碧窗綺户春晝靜歌喉珠串調鶯聲流風迴雪舞不停賓主交錯飛百觥青樓壓水水氣橫逝波不洗遊人酲行雲未絕日西嶺來照蕭蕭白髮影

俞㮚

㮚字祗若江甯人崇甯乙酉以上舍釋褐第一累官述古殿直學士知江甯府宋史有傳金陵新志俞㮚作俞氏釋褐題名記其祖考始備六經以詔昆裔越五十年然後有解褐而歸者自天聖訖今凡十八人非朝廷樂育之效與故丞相岐公嘗以十榜傳家爲美㮚誦其詩而悅之因追念先擇刻石以垂訓學者勿嬉勿隨克踵舊武以忠義報國益振家聲則視此無愧矣諸科如良佐良弼臧珏仲翁徹㮚顒迎次腆布次喬皆俞氏云

獨山橋

十里東郊正稅驂清泉白石路曾諳野田水碓都舂雪山市炊烟半雜嵐俗美兒童歸塾讀時和父老趁墟談遠游何事追禽向便擬村中著草庵

段拂

拂字去塵上元人大觀丁亥中博學宏辭科紹興十

一年權禮部侍郎兼修撰十四年除起居舍人尋爲給事中十七年自翰林學士除參知政事十八年罷

米芾好潔方擇婿會建康段拂字去塵芾釋之曰既拂矣又去塵眞吾婿也以女妻之

宋宰輔編年録紹興十八年正月乙未殿中侍御史余堯弼右正言巫伋論參知政事段拂天資陰邪何以躐居政府時趙鼎死于海外段拂因而歎息秦檜聞之怒令臣僚言其罪遂罷爲資政殿學士提舉江州太平興國宮三月臣僚希秦檜之意再言段拂之罪故落資政殿學士興國軍居住二十六年六月卒

葛塘

築圃依山曲開門向水湄春風揺鼠梓夜雨足鳧茈但解髩能飲焉知朔欲饑提壺花外轉催出眼前詩

陳遘

遘字亨伯江甯人大觀中登進士第累至資政殿學士知中山金人再至冒圍入守城陷死之宋史有傳

子錫亞妾定奴同遇害長子鉅以官淮南獲免

述懷

不覺霜飛上鬢毛引杯看劍興猶豪胷開萬古天風盪月拭三山海月高投閣羞稱揚子易啜醨愛讀楚人騷嬋娟莫遣無生氣措拄乾坤在我曹

錢時敏

時敏字端修江甯人政和壬辰同上舍出身由大理寺丞遷秘書丞除駕部員外郎充奉迎兩宮扈從禮儀使司屬官改兵部郎遷右司郎兼權右史充禮部貢院參詳官兼外制權工部侍郎俄權兵部侍郎除敷文閣待制奉祠告老致仕父戩有少年數人來曰爾父在京師逋我金無左驗戩曰大人與人交信厚彼必不欺且彼謂吾父貸宿鏹吾拒以無左驗辭雖直非孝子待親之道卒

與之元夕隣不肖子潛入其家將爲盜戩呼前取白金合子與之使速去時敏生有烏飛銜靑銅五銖錢一置庭中香案上年十八以明經貢辟雍擢上舍第

蟹浦

層閣面滄江夜色上東嶺風蒲多遠聲月巖見淸影棲柯烏夢恬依葦漁榔靜招提落寒鐘寂然絕人境

張綱

綱字彥正潤州丹陽人曾祖俊自金壇徙句容祖祺父翺政和二年綱試內舍第一明年癸巳上舍第一試崇正殿復賜第一好事者繪三魁圖累官資政殿學士知婺州致仕卒年八十四謚文定改謚章簡有華陽集四十卷宋史有傳長子堂次堅孫釜鎏鑒鎬釜慶元間爲諫官累至簽書樞密院事

次韻虞章

軌道無停轍風林難靜柯人生百年間疾若走下坡何爲形役苦況乃憂患多淵明頗解事舍濁揚清波九原骨已朽萬古名不磨念我獨窘束處世隨唯阿塵埃眼中滿歲月馬上過不作雞肋弃尚扣牛角歌正賴良友朋詩句陶天和涓涓吐微溜浩浩供洪河三篇怯大手未陳先倒戈借問菊坡游頗亦狂醉麼獨不飲公榮冷面看紅酡欲賦無好語書懷愧陰何

次韻蘇養直破敵謡

旌旗千里照江紅學語小兒爭挽弓春風江岸草無際馬蹏踏遍靑茸茸將軍面作石稜紫百萬强兵陣前死游魂假息度長江京觀應慙望西淛蘇侯筆力壯三軍破敵長謡入眼

驚何當更獻中興頌坐看萬國朝神京

次韻周伯謝錦襖長篇

最宜爲誥唐仲舒上林子虛漢相如喜君萬事懶著眼獨向文章情未疎家貧肯戀儋石儲船漏則已那復刱素志蹉跎雪侵鬢青衫俯匐塵滿裾可憐虞翻屯骨相相逢呼我丈人行夜聞抵掌論時事怒髮沖冠亦何壯驌裘典盡終諱寒忍寒悲歌行路難綈袍恐貽范叔怒長篇忽掃烏絲闌辭章典要古所尚餘子碌碌何足仰願君囘筆頌皇猷偃武修文答靈貺天子亟欲聞讜言前席還應虛甎纊

次韻王子飛跋石曼卿洛中題壁

酒狂翫世芙蓉仙胸中落落太古全浮雲富貴不著眼肯復騰上誇鳶肩應怪元龍負豪氣獻書天子言十事騎驘一去

不可追風月淒凉壁閒字

彥遠作詩自歎次韻勉之

未試屠龍學頻應引劍看夢驚秋枕雨愁入曙窗寒戰伐今年定乾坤萬里寬扶搖終一舉回首謝悲酸

日暮

地偏車馬靜門閉水雲深野艇收晴網村舂續暮砧危腸逢酒怯病骨畏寒侵又見鴉歸盡誰賡梁父吟

閒闊

閉閤靜無寐觀書空復愁虞卿雙白璧晏子一狐裘萬事等歸盡百年誰得留還將句中眼爲問賈長頭

彥深弟輓詞

憶弟懸弧日當余弱冠年艱勤同素志衰病各華顛辭祿歸

相倚驚魂去忽先一樽風雨夜那復共蟬聯

題歸喜亭 行狀云築亭池上名曰喜歸自號華陽老人日與親舊游其間又作詩以敘喜歸之情一時名士賡和盈軸

君恩賜我老菟裘旋築池亭野趣幽地勢曲連靑嶂遶波光環匝翠烟浮興來尊酒隨時辦客散琴書盡日留爲問標題意何在一生心足是歸休

歸鄉

窮巷歸來已白頭結茅何必牓休休好山當户碧雲晚明月滿溪寒聲秋詩社縱添新句法醉鄉難覓舊交遊平生幸自無機械一櫂夷由去狎鷗

庚午三月十日遊茅山

雨餘沙逕淨無泥策杖何妨過竹谿迎客野花隨處笑勸沽

幽鳥向人嗁峯巒路轉攀蘿倦樓觀烟深望眼迷疑是武陵仙地隔坐來遐想舊桃蹊

見華陽舊題刻石有感

舊句人貞珉新題亦已陳光陰如許速誰是百年人

題華陽南窗

擾擾何年斷俗緣從今便合老山閒會將碧澗洗心淨坐看白雲終日閒

楊邦乂

邦乂字晞稷金陵人僑居吉水政和乙未進士官建康教授改知溧陽縣遷通判建康府建炎三年金人陷建康殺之剖取其心贈徽猷閣待制謚忠襄賜廟褒忠葬梅岡上宋史有傳忠襄有卒子日陳大伯者常從公爲僕至公被囚陳

在旁亦被害又有主者田賈三郎武勇絶人時號爲賈山者亦同公被執賈命其子結里人爲鬻薪者置具於薪以入闔人索之事覺父子俱磔於市二人者亦皆官其一子以武階邦人肖其像於公廟楊誠齋集中金陵籍凡四人一爲胡忠簡公銓一爲楊忠襄公邦乂今胡公祀鄉賢楊公官於斯盡節於斯葬於斯而不祀鄉賢何也一爲臨賀太守簡世杰字伯俊一爲端溪主簿曾東老名祐字禹任一字伯貢後更名震爲詩得陳黄句法有韋玉集皆志乘所未載也

寄從弟鱸堂

從前我亦慕耕桑世故驅人起北窗昨夜夢歸驚邂逅羊裘和雪釣桐江

一片長江滾滾流此生何日遂歸休秋風準擬騷人耳可待霜寒始索裘

范　同

同字擇善江甯人政和乙未進士累官翰林院學士

拜參知政事知太平州宋史有傳輿地紀勝范同紹興中進言强幹弱枝今周盧之衛無幾舉數萬之衆私於一將欲罷諸帥兵符自同發之建康志紹興十一年詔參知范同於溧水葬父令本路轉運司應副

焦山

客星底事犯宸居輸與焦君卧草廬萬樹遮山難覓寺百川入海此歸墟浮沉心事盟鷗鳥獻替功名愧鯽魚獨愛烟波開霽景微雲不遣滓清虛

杜崄

崄字藏用上元人龍圖閣學士鎬之裔僑寓南昌政和乙未進士池州司儀曹事餘干縣丞黄彥平爲墓誌稱其居家孝友慈祥屬文簡遠蕭散居官廉退俸祿盡予孤遺

訪道者

洞門深鎖白雲橫旛影壇高夕照明落葉滿堦人語寂翛然野鶴啄棋枰

朱　處

處溧水人政和戊戌進士官瀏陽令建炎四年軍賊杜彥叛城陷力戰死之贈通直郎金陵新志云曹盥溧水後志云朱處壽昌四世孫死瀏陽朝與其子柔嘉將仕郎歷仕贈大中大夫三世孫紹遠明遠四世孫用泰棟俱擢科第五世孫立之沛之以易學授徒於家

瀏陽聞變作

烽烟看四起投袂自提兵哀角臨風壯愁雲壓陣橫張拳呼殺賊灑血向孤城耿耿丹心在誰能計死生

侍其雲叟

雲叟以字行上元人宋李彭日涉園集聽侍其雲叟琴云君家建業城東頭卷簾卧

對長淮流除書謗書不到耳空洞腹中無片愁白浪從高瓦官閣清夜無人響猿鶴琴書時復一挑之北斗横天月將落御風過我故山岑一寫太古之清音當春風動爲淒緊波底時聞龍一吟坐觀人琴成二妙覺來形穢顔枯槁伯牙袖手意有餘請公臨流一舒嘯

祈澤山招隱

擾擾紅塵車馬閒鐘鳴漏盡不知還藏蕉誰醒夢中夢飛鏡復歌山上山世事屢驚棋局變浮生忍使鬢毛斑淮南桂樹正馨逸寂寞幽人何處攀

張邵

邵字才彦烏江人唐司業籍六世孫宋烏江縣明洪武中分其半置江浦縣張邵祀江浦鄉賢登宣和辛丑上舍第累至敷文閣待制知池州再奉祠卒贈少師有文集十卷宋史有傳周必大爲作神道碑云高宗皇帝擇忠義明辨之士問安沙漠能全節而歸者鄱陽洪忠宣公晧歷陽張公邵

新安朱公弁三人而已紹興十三年三人南歸有輶軒倡和集又云張公被囚拘詈無悔懼賦詩作文考訂史傳著述動盈編帙歸獻所聞納忠於朝將有施爲以償素志既不遂歎日身在異域視死如歸爲國事也今士大夫有告言連坐之風一或被罪家破名滅竟亦何裨悉取舊稿焚之惟晝夜潛心經典學道日以有得無田無廬未曾過而問焉遺文十卷身後所編者子孝覽通判平江府孝曾直秘閣福建路計度轉運副使孝忠權知荆門軍

横江

横江一片碧攜鶴上漁船收綸不成下卻抱釣竿眠

張祁

祁字晉彦自稱總得居士烏江人以子孝祥魁天下秦檜羅織下獄檜死獲免官至淮南漕運判官直秘閣劉克莊云游默齋序張晉彦詩謂近世以來學江西詩不善其學往往音節聱牙意象廹切議論太多失古詩吟詠性情之本意

游鍾阜呈同集諸公

晩出白下門東山聳孱顔脫身廛市中辦此一日閑西風忽凜冽秋容著堅頑烟樹小搖落寒雲起斕斑但驚節物變敢辭登涉艱諸峯互嶄絕落勢相回環盤固建康城儼若呵神姦造化鍾英靈盡壓東南山厚疑接坤軸高欲窺天關太平嚴梵刹華屋羅千閒向來劫燒火舊觀初未還象教豈易滅佛力不可扳風雷運梁棟斤斧勤輸般會見落成日千門響銅鐶山僧肯分甘我亦誅茅菅人生少會心勝處天所慳歸韉理殘照欲去仍躋攀後會儻可約此興殊未闌祇恐俗士駕頻來遭詆訕哦詩記幽討賸語君其刪

渡湘江

春過瀟湘渡眞觀八景圖雲藏岳麓寺江入洞庭湖晴日花

爭發豐年酒易沽長沙十萬户游女似京都

題德清教場亭上

浩蕩秋光裏扁舟過德清樓臺占山影鵝鴨亂溪聲小飲經年別清歌一邑驚娟娟照八月還憶謝宣城

蕪湖汪氏別墅

不應無酒飲公榮且與園花作證明我已閉門爲獨樂君能讓畔喜雙清莫教佛法無多子卻怕詩人太瘦生好是柳絲饒意態故垂濃綠著嚶嚶

蕪湖還是鑑湖春我亦歸來賀季眞好賦俱陪招隱士耦耕長似問津人襟懷處處尊前好花柳番番雨後新誰道只憑詩遣興却因雕琢費精神

魏艮臣

良臣字道弼江甯人宣和辛丑進士祖覺父樞良臣少遊郡學歸母病已亟刲股爲糜下咽即安閭里稱孝登宣和辛丑進士初授丹徒尉高宗時詣闕投匭伸陳東寃調壽昌令召對除勅令删定官遷吏部郎金人犯高郵使金除禮部郎官遷左右檢正吏部侍郎復使金權參知政事以資政殿學士出知紹興宣潭洪等州建康郡開國侯贈太保謚敏肅

棲賢山訪戴叔倫隱處

峰列洪都秀名賢隱此間亂烟橫古木唬鳥戀深山我亦尋詩到人誰訪戴還高吟今不見流水自潺潺

邵彪

彪字希文上元人必之曾孫約史之孫宣和辛丑進

士崑山主簿登州教授議平苗傳改奉議郎國子監丞尋辟江淮招討使司幹官從平李誠轉幹辦行在諸軍糧料院知泰州移楚州兼營田安撫使卒於家以文學字畫見重當世

賦丹陽縣治滄浪臺

秦鑿斷巘粤晉圍亡町畦事古迹茫昧天高水渺瀰緬懷褚季野清坐行四時倉黃擠興公無乃醉魂迷不如顔中書藻丹賦新詩蕪廢今幾年黃鵠怨壞陂令尹古循良見利勇有爲如雲擁萬鍤矢矯出大隄蛟龍鼓洪濤鷗鷺舞寒漪危臺俯回渚長懷曠遐睎乃知高世心宜與湖山期下注萬頃田水田數斗泥民樂我亦樂舉觴淡忘歸

丹陽懷古

故里詩人去湖山最寂寥草深張祜宅花暗許渾橋鳳髓何
時續蓬萍觸處飄冥鴻杳難及霜鬢兩蕭蕭

壓雲軒

絕頂地平易軒窻風怒號半空垂象緯四面湧波濤洞僻封
苔蘚泉深冷骨毛登臨欲忘返城市厭煩勞

古上方山

凌雲細路險可遵稍從飛錫攀嶙峋鳥巢崔嵬寄林莽蟻穴
細碎嚴君臣展開樓閣一彈指俯覽世界千微塵人間劫火
變滅盡此地獨與湖山新

秦　梓

梓字楚材江甯人父濟崇甯丙戌進士嘗知湖州有
惠政人名其橋曰秦公橋梓宣和甲辰進士奉使高

麗歷知台秀袁太平常湖六州除翰林學士出知宣州再移湖州進資政殿學士致仕贈光祿大夫時兄檜當國梓議不合惡而避之遂徙溧陽卒葬南屏風山

溧陽貞女祠

史氏之女生寒門白璧粲粲貞義存上無所天漂爲業春風三十報母恩斬奢刈侚白日昏子胥脫身間道奔遠來困窮乞於此分以壺漿救虛餒子胥還吳雪讐耻貞女可憐身已死一飯之德古必償還以千金投瀨沚謫仙高才解幽沈奕奕穹碑照江水有客停舟臨古祠涼飈動水生遐思蕉黃荔丹幾千古焄蒿悽愴若見之更憐抉目人已去姑蘇臺上草萋萋

洪　鼎

鼎字仲養上元人湛之孫宣和甲辰進士官秘書監建康志人表有洪遜蕃亦鼎之族

新林草堂

數畝依山結草堂書籤棋局自平章李衡生計惟存橘諸葛功名只剩桑漫謂蚊巢愁地隘須知雞甕樂天長春來鳥亦提壺勸何必東山擁豔妝

何　若

若字任叟上元人弱冠登宣和甲辰進士第爲泗州推官紹興中與將王進謀擒斬叛卒召除正字御史除簽書樞密院事忤秦檜以疾奉祠寓於衢有風山集尙書春秋講義漢唐史評子偉仕至知化州會妖賊犯州守禦獲全

又王安字石城上元人寶祐間衢婺招討使罷官隱衢之翠微山

病鶴

仙骨珊珊瘦怯風襹襹晴曬石橋東丹砂靈圃何緣覓華表荒城半已空羽化定教隨子晉舞衣久不悅羊公聽他盡旦鳴相樂自比朝陽鳳在桐

劉岑

岑字季高溧水人宣和甲辰進士累至徽猷閣直學士刑部侍郎張綱劉岑除刑部侍郎制云性資敏明而輔以博古之學辨論詳雅而發爲華國之文齊東野語紹興以來文散階皆有左右字以別有無出身惟嘗犯贓者則去之劉季高得罪秦氏坐贓廢後復去其左字季高署銜不以爲媿也楊誠齋詩話劉侍郎岑字季高居建康中書舍人張孝祥字安國時爲帥還往甚密一日安國忽具衣冠

造季高季高驚異未出先令人問盛服而來何故安國曰欲北面書法季高不辭讓着道服而出安國則令人扶季高納拜者再季高亦不辭安國請季高答云大意令安國學李邕書

忠節廟詩并記

在城東三里與半山寺相望

上卽位之明年建元隆興夏四月命少傅樞密使魏國公浚董師北征五月甲午渡淮己亥與金人大戰于符離救其城前將軍珙死之魏國公具以聞有詔贈珙閬州觀察使官其子若弟八人命建康守擇佳山廟食之十二月癸丑廟成賜號忠節惟將軍姓王氏字伯溫清遠軍節度使贈太師謚威定諱德之第三子今武康軍承宣使主管殿前司公事珙之弟威定公以西州虎臣遭時艱難捍大敵立大功爲中興名將威定歿太上念之深收用其諸子紹興三十二年冬虜主亮入寇騷騷逼江岑以尚書戶部侍郎被旨行江上時將軍兄弟守采石虜張甚從屯多失守將軍列彊弩楊林隄上持滿待敵我師乃濟亮銳意渡江將軍戰艦中流迎擊大破之亮卽日遁去明年太上內禪又明年聞符離之役後四年岑自江西纔入奏淮殿前公遣刻有潛壽隆持書來曰自逆亮死朝廷未嘗弛備而虜情狙詐無狀陰擾淮人使不得奠枕中原遺民繼踵請命者不絕遲王師北渡所至迎降珙弟先拒隋河口而後進及符離虜騎來我軍

以五色分識珙率所部絳衣鐵冠奮勇苦戰自辰至申凡數十合虜軍辟易俄其帥擁精騎數萬直指珙軍飛矢如雨貫胸洞脅珙拔箭鼓作益死戰招討使止之珙奮然謂國家多事來先人以善戰名珙何敢辱今日以馬革裹尸幸矣復上馬激將士奮臂大呼而入手格殺數十百人城拔而珙亡矣此弟兒時已不凡先人討賊山東留之濟上方八歲爲賊所掠問其名曰我王夜叉子也我父惟能殺賊賊驚怖不敢言具鞍馬歸之後十餘年金人寇淮南諸帥合戰柘臯先人自采石濟江襲取昭關珙不俟命率騎士由萬歲嶺以前宣撫使張俊揮之毆珙曰公豈少我乎父不顧死矣當從珙平時喜書史至古人死節處輒掩卷太息垂涕在軍三十年得賞賚輒以享士士以故樂爲之死重念先人易簀之訓曰我起隴畝中專斧鉞爲將帥臣上恩我厚矣我死汝曹當捐軀以報不然非吾子也臣珙果不辱命矣珙旣出雖聞杼山平生以名教自任願借此筆以激後來岑不識所謂前將軍而聞其不辱君不辱親不辱兒如此宜大書深刻以侈上賜以表無窮謹題曰贈閬州觀察使王公忠節廟碑因作詩遺其子靈使歌以祀之將軍家世隴西秦將翦之後我國初從通遠軍熟羊寨後所謂鞏州者陷僞矣威定公統軍來建康因家焉辭曰

皇天祐宋生虎臣奮身櫜鞬起西秦勇義智略義霍倫西平

云亡憩復興疾首匈奴敢殘陵恨不一舉空朔庭鳴劒抵掌志幽并提兵北趨指神京遇虜大戰符離城絳衣鐵冠目怒嗔虜眾辟易屢竄奔飛矢洞胷隕其身帝心震悼詔廷紳一旦失此飛將軍作宮廟食妥其靈生爲人雄死明神雖沒不愧遠與巡氣衝牛斗叩空旻臣魄尙能厲女眞鎮山之南勒堅珉百世祀兮慰忠魂（徽猷閣直學士左朝散大夫吳興郡開國侯食邑一千戶賜紫金魚袋致仕劉岑撰并書）

徐兢

兢字叔明烏江人（今江浦地）鉉之裔孫曾祖爽校書郎祖師回任朝議大夫父閎中直秘閣鄭州法曹兢以父任授通州刑曹調濟州士曹宣和六年甲辰以能書出使高麗撰宣和奉使高麗圖經四十卷徽宗大悅

賜同進士出身擢知大宗正事兼掌書學遷尚書刑部員外叔明家藏騎省遺物甚多有一硯刻鼎臣二字世父曰有能繼素業者與之遂與叔明長於詩歌過西楚霸王廟留二十八字中書舍人韓駒見之曰後人殆不可措筆矣畫入神品山水人物俱冠絕嘗戲爲平遠題長句其側以遺駒駒每出以示人曰叔明詩爲畫耶畫爲詩耶音律篆籀皆精工可藏江南西路轉運司幹辦公事繼從兄朝奉郎喆之後箴監淮南江東總領所戶神火軍庫孫元老右修職郎同老明老詳老張孝伯爲作行狀

彭城山

高館不知處遊人空往還亂鴉殘雪樹荒冢夕陽山

王樸

樸字敦素上元人建康志宣和七年詔以王安石輔相神考弟安國安上安禮亦嘗被遇先帝今其家聞頗零替可特推恩二房見居長人與除初等職名王樸王侻並除直秘閣晁沖之具茨集有送王敦素詩

挈鷺亭

鶻鶚搏不仁鵜鶘食不潔俗物觸手污惟鷺可以挈點破一溪烟聚作一團雪江湖浩蕩心取予吾自決

金陵詩徵卷六終

江甯甘元煥校字

金陵詩徵卷七

上元朱緒曾編

宋

胡銓

銓字邦衡金陵人從廬陵建炎戊申進士甲科紹興乙卯薦賢良方正累官資政殿學士卒謚忠簡有澹庵集一百卷宋史有傳劉龍洲送金陵胡撫幹詩云故家凋喪後初識澹庵孫是忠簡諸孫家於金陵故忠簡祠金陵鄉賢忠簡集寫本僅六卷近廬陵刻三十二卷錢塘朱文游葺經解文集補遺三十八卷忠簡兄鏄精春秋弟鎬猶子昌齡以詩名薦於朝子泳澥洃游沖孫十六人槻桀皆至尚書

家訓淳熙庚子四月日詔加資政殿學士致仕是月之望告之祖考會諸姻親暮景至此不亦樂乎頃年經筵蒙玉音曰祖宗創門戶之艱難未有不自子孫不肖破之朕今保太祖之國家亦猶卿子孫他日保

卿家門戶也有感於茲斐然纔成古律一
通以訓予之子孫者願世世子孫努力云

悲哉爲儒者力學不知疲觀書眼欲暗秉燭手生胝無衣兒號寒絕糧妻嚬饑文思苦冥搜形容長枯羸俯仰多迍邅甘受胯下欺十舉方一第雙鬢已如絲丈夫老且病焉用富貴爲可憐少壯日適在貧賤時沉沉朱門宅中有乳臭兒狀貌如婦人光瑩膏粱肌襁褓襲世爵門承勳戚資前庭列孌僕出入相追隨千金辦月廩萬錢供賞支後堂擁姝姬早夜同笑嬉錯落開珠翠豔輝沃膏脂妝飾及鷹犬繪彩至薔薇青春付杯酒白日消枰碁支俸還酒債堆金選蛾眉朝從博徒飲暮赴倡樓期逢人說門閥樂性惟珍奇絃歌恣娛燕綢綺飾容儀田園日朘削戶門日傾隳聲色游戲外無餘亦無知帝王是何物孔聖知爲誰咄哉驕矜子於世奚所裨不思厥

祖父亦曾寒士悲辛苦擢官仕錙銖積家基期汝長富貴豈
意遽相衰儒生反堅耐貴遊多流離興亡等一瞬焉須嗟而
悲吾宗二百年相承惟禮詩吾蚤仕天京聲聞已四馳樞庭
草囊封琅玕肝膽披但知尊天王焉能臣戎夷新州席未暖
珠厓早窮羈輒作賈生哭謾興梁士噫仗節擬蘇武賡騷師
湘纍龍飛覩大人忽詔衡陽移帝曰爾胡銓無事久棲遲生
還天所相直諒時所推更當勉初志用爲朕倚毗一月便十
遷取官如摘髭記言立螭坳講幄坐龍帷草麻賜蓮炬陟爵
銜金卮巡邊輒開府御筆親標旗精兵三十萬指顧勞呵麾
聞名已宵遁奏功靖方陲歸來笳鼓競虎拜登龍墀詔加端
明職賜第江之湄自喜可佚老主上復勤思專禮遠白屋悲
非吾之宜四子還上殿擁笏腰帶垂父子拜前後兄弟融怡

愉誠由積善致玉音重獎咨資殿尊職隆授官非由私吾位等公相吾年將期頤立身忠孝門傳家清白規但願後世賢努力勤撐持把琖吸明月披襟招涼颸醉墨雖敧斜是爲子孫貽

題小桃源圖 陳郁藏一話腴云澹菴胡先生謫新州築室城南名小桃源而圖之且題詩其上云云或者謂寓避秦之意然又作小西湖于所居之側亦寓不忘君之義乎

閑愛鶴立木靜嫌僧叩門是非花莫笑白黑手能言心遠闊塵境路幽迷水村逢人不須說自喚小桃源

過三衢呈劉共父

別離如許每引領邂逅幾何還著鞭微服過宋我何敢大國賜秦公不然衰鬢彫零已子後高名崒律方丁年即看手握天下砥山中宰相從雲眠 元注云予自兵侍罷歸從三衢城外遵陸以兩夫肩輿太守劉共父

謂予云兩夫眉興甚似微服過宋因作此戲簡放吳體

哭趙公鼎（秦檜嘗書李綱趙鼎胡銓三人姓名于格天閣）

以身去國故求死抗疏犯顏今獨難閣下特書三姓在海南惟見兩翁還一邱孤冢寄瓊島千古高名屹太山天地只因慳一老中原何日復三關

辭朝

不踏金隄新築沙卻尋寂寞紫雲家一春絃管花間鳥半夜笙歌水底蛙榮瘁安時猶竹柏行藏有待豈匏瓜獨醒正渴杯中物薄薄柴茅亦勝茶

傷岳樞密

匹馬吳江誰著鞭惟公攘臂獨爭先張皇貔虎三千士搘拄乾坤十六年堪憫臨淄功未就不知鍾室事何緣石頭城下

聽輿論萬姓顰眉亦可憐

雷州和朱彧秀才詩時欲渡海

何人著眼覷征驂賴有新詩作指南螺髻層層明晚照蜃樓隱隱倚晴嵐仲連蹈海徒虛語魯叟乘桴亦謾談爭似澹庵乘輿往銀山千疊酒微酣

題自畫瀟湘夜雨圖

一片瀟湘落筆端騷人千古帶愁看不堪秋著楓林港雨潤烟深夜釣寒

題畫扇

誰向生綃白團扇畫將羈客據征鞍南遷萬里知前定壁上厓州莫怕看陳郁話腴胡澹庵於福州僉廳分扇得一扇畫古木間一人騎驢向西南行及新興之行方知前兆也

寶氣亭

塵容不逐江流淨酒力都從雪壓消斗下只今無劒氣年年牛犢在人腰

閻彦昭

彦昭字德甫家建康之江寗徙居溧陽性敏遇事繁劇剸決愈精明輕財尚氣義自淛西帥司機宜監六部門遷太府寺丞除倉部郎奉使淮東參議浙東江西帥幕除兩浙運判奉祠乾道九年卒年七十九官至右奉直大夫子晃昂晟

雲穴山居

著我閒身短短籬青山一角壓書帷黏碑摹得古人帖塗壁續成前日詩有約看花傾竹葉欲談揮麈折松枝偶然樂意

相關處忘卻秋霜上鬢絲

崔中

中字子向，金陵人，自號中園生，杞王府戶曹，廣州司馬。子向家有古今圖畫一百餘軸，其石上番僧嵩中二隱西方無量壽佛天下第一，葛立方有王右丞畫襄陽孟浩然馬上吟詩圖，幷其記，此亦謂之一絕，故贈焉，以裨中園生畫府之闕。

和鄧志宏詠桂

留伴君家老圃芳，月中餘蔭帶天香。愚公縱有移山力，不入當年花石綱。愚公一作夸娥

翁蒙之

蒙之字子功，祖彥升，宣和中官集英殿修撰，自崇安徙居金陵。父揆，密州司士曹事，以文行知名，早卒。蒙之以集英任補登仕郎，調右迪功郎，常山縣尉，郡將

章傑丞相惇諸孫憾故相趙忠簡公鼎奏治惇罪遣
蒙之護忠簡喪陰使陷趙氏寘于法並捜往來書疏
蒙之密告趙氏夜取諸文書悉燒之以無所得告傑
怒以他罪劾之徙官蘭溪更調明州司理參軍以母
喪不赴主管架閣文字又以母喪去官改監登聞鼓
出爲江南東路安撫司主管機宜文字除軍器監丞
主江西安撫機宜文字復召爲司農寺丞卒年五十
二蒙之推集英引年恩子從祖弟履之歷陽張祁以子孝祥被親擢冠多士忤相檜意逮繫廷尉蒙之罄家貲得白金百兩遺之江西劉氏子琦奔父喪病疫甚蒙之至其家蚤莫躬治粥藥琦得不死

華勝寺題壁

高閣登臨佛國春逍遥聊復話前因老來白業漸欲近興到
青山相與新擾擾簿書抛舊夢迢迢鐘磬著閑身笑他車馬

臨官道不及朝耕暮讀人

王綸

綸字德言一字廷輔建康人紹興乙卯進士累至資政殿大學士知建康府尋卒謚章敏宋史有傳周益公玉堂雜記紹興二十四年春直學士院湯公思退以禮部侍郎同知貢舉時百官多闕大抵一人兼數職凡進士出身皆入試闈獨留監察御史王公綸蓋備拆號也內制既闕官遂降旨暫權適草劉婉儀進位貴妃制太上稱其有典誥體潤筆殊萬緡賜硯尤奇秦丞相不樂遣論列而去秦薨召還掌內外制知樞密院事垂相而病除大資政留守金陵即其鄉也未第時兄弟就食府庠至是人以爲榮尋卒官余在西掖嘗草其致仕制云少則歌鹿鳴而薦於鄉老則擇麟符而居其里考昔人而或有在近歲以幾希贈官制云古所謂鄉先生者沒則祭於社而後世亘二千石民亦嘗奉之爾於二者蓋兼有之矣皆紀實也金陵新志王綸郡人知建康府治西廳建晝錦堂近斗門橋南詳慶元志與夫人嚴氏葬溧水峒峴山

秦郵晚泊

水宿風餐第幾程落帆剛趁晚霞明村醪小飲不成醉明月推篷初欲生自愧菲才膺簡命誰能高臥閉柴荆茫茫家國偏多感靜聽漁榔斷續聲

刁　雍

雍字文叔昇州人紹興乙卯任鹽官知縣重建學宮張九成屬晉陵胡某爲之記張九成橫浦心傳每與刁文叔夜談清坐僧室風竹冷冷然有聲遂詠前人避暑詩文叔笑云詩在言外意與物遇則詩已形於吾前予不覺失笑時此趣最難得予觀其言討論及言外趣眞有作者風味又何必於言語間求之橫浦心傳後序黃巖丞刁駿撰駿爲文叔之子與兄珵字子稱俱從橫浦學

春時旅中

來時江梅散玉蕊歸去麰麥如人深桃花只解逞顏色唯有垂楊知客心橫浦云此詩思致甚遠不止工也

巫伋

伋字思庸句容人紹興戊午進士正言兼說書二十年自給事中遷端明殿學士除簽書樞密院事兼權參知政事二十二年劾罷奉外祠遂落職隆興二年詔赴行在以臣僚言罷王洋東牟集巫伋進講尚書制某官某講筵高三侍之選藏壁出四代之文堯舜之治垂衣裳賣其稽古文武之政在方冊可以驗今厥惟儒宗宜備延訪以爾多見守約資深逢源憲臺持糾察之公諫省有彌縫之益入侍經幄詳問起辭諒學術之該通尤典謨之淹貫於五十八篇之定舉大義以敷陳若十餘萬言之繁鑿空文之無補庶裨聖治日盼英猷文獻通考正言兼說書自端明巫伋始宋時句容巫氏多進士熙甯九年巫戡紹興八年巫孝立二十一年巫克恭淳熙二年巫孝傑

茅山書院謁侯處士像

齋糧資講舍遺像拜山中不尚神仙術特存儒者風斯文眞

未喪吾道豈終窮爲憶皋比擁庭前古木叢

李堅

堅金陵人有陽羨百吟見咸淳毗陵志毗陵志又有張存句容人自稱三茅山人題橫山詩有云當時不葬曹橫墓千古猶存芳茂山

離羣咸淳毗陵志離羣在宜興縣西南十八里任昉泛溪詩絕物甘離羣後人取是句以名近世金陵李堅賦陽羨百吟云

好風吹句落烟村便作棠陰記使君渠有生平絕塵到羣居那得是離羣

通眞觀有徐鉉徐鍇碑

璇璣非復舊宮壇獨向徐碑識二難井底丹靈勿輕汲昔年曾壽兩蒼官

沖寂觀許堅嘗至此

玉兔朝天去不迴空餘露井薦晨杯草多不許湖如掌無復淩波逸士來

餘皮周處斬蛟曝餘皮於此

小試屠龍技已成遺蹤千載讋英靈舳艫不駭風波惡烟雨時聞草木腥

陳克

克字子高臨海籍金陵人自稱赤城居士紹興中呂祉帥建康辟爲幕屬敕令所刪定官後節制淮南復辟爲參謀值酈瓊叛遇害有天台集台州志酈瓊之變克奮勇出戰兵敗就擒賊叱令屈膝克曰吾爲宋臣學忠信之道甯爲珠碎不爲瓦全賊怒積薪焚之克罵不絕口聲如震雷賊懼羅拜舉酒酹曰公忠臣也吾輩無狀誤公命爾軍民聞克死皆感慟直齋書錄解題天台集十卷外集四卷長短句三卷李庚子長跋其後云刪定余鄉人也少時侍運判公

貽序宦學四方曾慥詩選敘爲金陵人今考集中首末多在建康且嘗就試焉詩選又言不事科舉以呂安老薦入幕府得官按集有聞榜二絕則嘗應舉矣又有甲戌歲所作詩云三十四則其生當作辛酉得官入幕葢已老矣詩多情致詞尤工又赤城詞一卷調頗高麗晏周之流亞也建康志子高傅學專以資爲詩又東南防守利便三卷結銜右迪功郎江南東路安撫使司准備差遣臣陳克進其書云先定都邑以固根本後定進取以復境土於南北之勢言之詳悉非不諳軍旅者鄽瓊之變咎由張浚雖有國士亦無如何子高單騎從軍見危不避非義烈乎

謝曹中南惠著色山水抹胷

曹郎富天巧發思綺紈間規模寶月圓淺深分眉山丹青綴錦樹金碧羅烟鬟鑪峯香自湧楚客杳難攀政宜林下風妙想非八寶飄蕭河官步羅抹陵九闕我家老孟光刻畫非妖嫺繡鳳揭顛倒錦鯨棄榛菅忍將漫汗澤敗此脩連娟緘藏寄書篆曉夢生斕斑

曹夫人牧羊圖

日長永巷車音細插竹灑鹽紛妒恃美人零落涇水寒兩鬢風鬟一揮淚柔毛氋氋與人羣兒女恩怨徒紛紛洞房那復知許事但畫遠牧連空雲槲葉飄蕭晚風勁𢫬攊相追寒鵲並短童何處沙草深族走羣飛各天性向來鞍馬曹將軍文采斑斑今尙存林下美人更超絕新圖不作五花紋

閨情 後村詩話子高別有句云莫向邊鴻問消息斷腸書信不如無

壁間衛玠眉目是膝下枚皋言語眞縱使無情似郎主那能對此不沾巾

奉題董端明漁父圖

處處晴沙著釣綸浴鳧飛鷺頗相親誰知宿昔風雲會只似尋常江海人

膾縷絲絲雪色魚碧筩香細引村沽江天此樂誰無分不問
官家乞鑑湖

君王獵罷載熊羆錫壤分茅合霸齊邑有魚鹽太多事翛然
何事釣璜溪

傾吳佐越早經綸朝市風波猛乞身不道五湖春浪急篷窗
還有捧心人

志和漁隱古仙眞雪水風流見後身簑笠何須訪圖畫貂蟬
凜凜在麒麟

雷澤田漁翊聖明射蛟南幸見升平稍分天漢昭回象更和
江湖欸乃聲上駐蹕會稽因覽黃庭堅所書張志和漁父詞十五首戲同其韻

風烟回首釣魚臺巾褐從容小殿開自是玉皇香案吏外邊
休奏客星來

何伯言畫

何子畫山心極苦不畫山林畫其趣不知此絹厚幾許隱隱深入疑有路去年持此干貴權數幅得官仍得錢平民常產賣有盡筆端有產無窮年而今東絹知何數不爲水墨爲襦袴我憐何子老更癡平民皆飽汝獨飢

江南山色

筆間烟雨謾愁人不見溪山自在春一段江南好風景夕陽花塢淨無塵

大年流水繞孤村圖

少游一覺揚州夢自作淸歌與寫成流水寒鴉總堪畫細看疑有斷腸聲

瑞香

佳人在空谷雙星思銀河契闊不自命盛時豈蹉跎娟娟匡廬秀如此粲者何香蜜綴江襂寶董皐宮羅幽窗下團圝微風自婆娑寂寥千年初戢戢蓬艾多何階計方便百金聘倚儺赤闌青筏舫丁甯護根窠泥沙亦天幸扳聯入宣和誰令蘭蕙徒憔悴守嚴阿

題趙宜興萬里江山圖

慘淡何人畫飄颻萬里心雲輕春樹暗日落暮江深細酌淵明酒仍彈子賤琴知公湖海氣對此益駸駸

與叔易過石佛看宋大夫畫山水

霜落石林江氣清隔江猶見暮山橫箇中只欠崔夫子滿帽秋風信馬行

舍弟書來索近詩

漢上秋風獨酒杯白頭羞見菊花開夫耕婦饁吾將老弟唱兄酬子不來霜露終身思建業雲山何處是天台百年懷抱今如此縱有詩成似七哀

甘文政

文政字從甫溧水人上舍生好讀書不樂仕進嘉祐三年修保聖寺鐫名柱礎以爲習靜之區是爲高淳北鄉甘氏之祖

遊龍城寺贈普訓

閒中思訥友曳杖輒相尋興廢關何事浮沈惜此心柏陰遮塔密雨氣入鐘深剔蘇碑堪讀茲茲歲月侵

魏元若

元若字順甫江甯人紹興壬戌進士除著作佐郎

謁顯應觀崔眞君

磁州惠政澤流長翊運於今有耿光金甲護遷馳白馬絳衣誕聖擁紅羊久勞宵旰籌中土爲祝英靈監下方唾手幽燕應默相彎弧萬里射天狼

苗昌言

昌言字禹俞江甯人紹興壬戌進士撫州教授北山詩話

苗禹俞嘗刻謝逸溪堂集謝薖竹友集又有揚甲六經圖序云乾道元年左承議郎新除將作監丞

唐孝子張常洧義臺

義臺屹立尚千秋褒詔曾宣李鄴侯古碣不教蒼蘚蝕高原惟見夕陽流耕夫鋤自將芝護野客衣還伴鶴遊一樣荒墳偏起敬孝思耿耿至今留

芮　毓

毓字子發靖康之變攜七子一孫家溧水唐昌鄉高宗時官樞密院判毓後有湻熙進士國器國瑞慶元進士廣成從成湻祐進士從敎多假籍他邑登顯宦元至正間有堯彰善卿世民各以武功著名明洪武二十六年進士芮彥斌工部主事成化丁酉舉人芮鑑衢州司李皆其裔也爲高湻盛族

中山卽事

幾年厭塵囂屢欲返初服鷦鷯安一枝何必戀微祿瀟灑此村居茅舍帶修竹田園薄有收積書高過屋所以課子孫利用聚吾族光大不可期庶幾守耕讀

周麟之

麟之字茂振江甯人紹興乙丑進士中宏詞科第一擢知制誥翰林學士終知樞密院事有海陵集二十三卷外集一卷子準編湻熙癸卯周必大序樞密先世鄆人仕孟蜀宋初因官徙

海陵金兵南下隨高宗渡江集中詩云淮鄉幾作邊戍地叢桂舊地無一存海陵既不得歸遂以建康江甯籍登第中興館閣錄亦云周麟之江甯人其集名海陵者不忘故土耳浩然齋雅談周茂振詩醉倒不辭花面笑詩成親傍竹身題全芳備祖周海陵梅詩月摹瘦影橫窗淡雨沐疏花照水明皆集外佚句也

中原民謡

紹興己卯冬被命出使長至後三日入北界留燕京浹旬明年人日復渡淮而歸時北人咸謂彼主不道汰虐已甚頷頷以殺人爲嬉方且竭財力爭土木又欲包舉南夏幷吞八荒不知覆亡之無日始予聞之駭且懼未敢盡信其說及往返中原數千里觀人心之向背測天理之逆順考事物之廢興得之謳吟者蓋不一而足何其慨然思帝德之深望王師之切也然則聖天子中興恢復疆土綏靖宇內兆已著矣北敵其能久乎於是因所聞見論次其事檃括其辭爲中原民謡十首庶乎如古所謂抒下情通諷諭宣上德廣風化者異時太史采詩或可以補樂府之闕云

燕京小

予次汴京聞敵欲遷都于汴起諸路夫八十萬擔築城闕肦飾宫殿至以宣德門爲小而易之展東御廊侵民居五十步令下之日老壯悲憤至有號泣者及渡河而北見遊童歌曰燕京小

南京大修蓋了康王坐金以汴爲南京所過諸郡
不謀同辭洎至燕則其宮闕壯麗延亘阡陌上切
霄漢雖秦阿房漢建章不過如是又
欲舍之而南徙果何意哉作燕京小

燕京小鉅防絡野長蛇繞展闢地池數倍寬帝居占盡民居
少燕京城內地大半入宮禁百姓絕少此得之北使通天北尋殿十重其端門名通天金爵
觚稜在半空千門萬戶歌舞窄不知九市人聲寂時時日曀
盲風來殺氣冥濛昏霧塞舊來寢處穹廬中今乃燕坐阿房
宮猶嫌北方地寒苦又欲南嚮觀華風汴都我宋興王宅二
百年來立宗祏一朝飛瓦下雲端盡毀前摹變新飾故老慟
哭壯士讙吾甯忍死不忍觀只恐金碧塗未乾一朝濺血川
原丹孥兒拍手歌相和此地甯容昏暴涴旄頭夜落五雲開
還與吾皇泰微坐

迎送亭予留盱眙幾月待對境取接未有耗忽聞有四方館使先到泗州按視一路館舍修飾甚

嚴潔及入北界所至都邑門外各起迎送亭一所丹雘猶未乾也駕車父老指以謂予曰迎送者迎宋也此殆將迎宋乎作迎送亭

迎送亭亭邊柳色何青青樹頭風和鵲聲喜朱甍碧瓦烟光凝路人矯首城南北榜字新題照阡陌金牌天使走馬來蕃官出門餞迎客車頭老人扶軛行自言身是宋遺氓斯亭豈爲迎送設殆欲迎宋非虛名南人側耳驚相顧此語端能卜天數說與征夫且緩驅往來怕見征塵汙莫折亭前百年柳曾經宋德栽培久只期南望翠華歸再拜馬前稱萬壽

金瀾酒

予憩燕京會同館敵以吾國故不設樂一日有先朝內使官梁大使入館傳旨曰卿等執哀命至此朕拘典禮不得與卿同燕樂今賜卿金瀾酒二瓶銀魚牛魚皆下拜受賜瓶盤乃金銀升龍交錯形製甚精古且命併留之有客驚謂予曰酒則美矣其名不祥予曰古人命酒名無不佳者蘭英以香名竹葉以色名醽醁葡萄又各以其木之華實名金瀾佳名也古樂府曰月穆穆以金波

又曰洞庭秋月生湖心層波萬頃如鎔金金瀾之名其取諸此乎客曰不然子弗聞夫白蛇斷而秦亡當塗高而魏昌國之興亡實係焉金瀾者金運其將闌乎予矍然曰有是哉作金瀾酒

金瀾酒皓月委波光入西冰臺避暑壓瓊艘敵中暑月於冰窖造御酒甚清洌陳樞奉使至彼當盛夏嘗被賜火炕敵寒揮玉斗北方地寒臥床累土爲之若竈然熾火其下謂之炕寢處飲食皆在炕上追歡長是秉燭遊日高未放傳杯手生平飲血狐兔場釀糜爲酒邊外人釀糜爲酒其味甚醲厚醉則殺人瓊爲裳猶存故事設茶食北俗重茶食聞敵人開國之初尤尚此品若中州餅餌之類多至數十種用大盤累釘高數尺所至供養併賜燕必用金剛大鐲胡麻香茶食中一種名爲金剛鐲甚大五辛盈柈鴈粉黑北人盛饌以鴈爲貴以木柈盛之其瀋黑色以生蔥蒜韭之屬置于上臭不可近豈解玉食羅雲漿南使來時北風冽冰山峩峩十里雪休嗟北酒不醉人別有班觴下層闕或言此酒名金瀾氣數欲盡天意闌醉魂未醒醆未覆會看骨肉爭相殘一雙寶榼雲龍蓊明日朝辭倒壺去

只留餘瀝酹亡王帝鄉自有薔薇露本朝禁中御酒名薔薇露周必大二老堂雜志云周樞密麟之充金哀謝使金主以所釣牛魚享非常例也樞密糟其首歸獻于朝同館王寵齡目爲魚頭公聞金人甚貴此魚一尾之直與牛同

歸德府

行至南京聞車前有父老相與語曰此歸德府也易名矣或應之曰名則易矣而實未嘗易也此地古商邱是爲宋分我藝祖之興初授鉞于此時號歸德軍大業既定刻于陪都今天子繼統復于此登寶位改應天府蓋我宋十葉興王之國今日歸德復舊名矣祖宗之澤在人者深神孫紹隆聖德昭著民不歸我而誰歸作歸德府

歸德府四野坡陀抱重阻閼伯之墟舊宋州心爲大火占星土昔我藝祖龍潛初授鉞此地開炎圖錄裳拜野休運啟王氣鬱鬱雲扶輿眞人當天朝萬宇北望帝城天尺五舟車輻輳川塗交盡說南京比三輔中興天子膺赤符又臨此地登鑾車版圖一失故地隔坐使神州淪異區金杏園邊春色早

連阡栗麥滙河道景物依然似曩時只使居民泣豐鎬民言我宋潴深仁况此舊名歸德軍于今府號襲前蹈不日中原當自復金人無德亡無時大德日隆天下歸

過沃州沃吾古趙州也予過趙問所以易名者州人日往年此邦忽天開有聲如雷流火涌出敵疑其爲趙氏復興之祥也改今名且取夫以水沃火之義或又曰沃之文天水也趙氏之興其讖愈昭昭矣語雖似不經不可不紀作過沃州

過沃州停車聽我遺民謳茲爲民邦古趙地皇家得姓基鴻休自敵雜居民在鼎民心不改千年弁一日天開神火流祥光塞空吐金景敵人驚呼上畔知金稱朝廷爲上畔多見于公文曰此異兆誰當之天其有意福趙氏于斯獻瑞騰炎暉日歲更名州作沃自謂火炎端可撲不知字讖愈分明天水灼然眞吉卜君看石橋十尺橫上有蹋迹靑騾行當年勝槩壓天下豈忍歲

久污血腥我有簞壺辦漿饋未審王師何日至此身終作趙
州民趙氏帝王千萬祀

造海船河朔道中逢太平車數百輛相尾而北皆載竹木繩縴揭旗曰某州起發北通州造海船物料或曰北通州舊潞縣也隸燕山今升爲州在燕京之北地近海敵于此造海船千數百艘將由膠西浮海而南矣作造海船

造海船海傍樸斲雷殷山大船闊艦容萬斛小船飛鶻何翩
翩傳聞潞縣燕京北木柹飜空浪頭白近年升作北通州謂
是背吭宜控扼坐令斬木千山童民間十室八九空老者駕
車輦輸去壯者腰斧從鳩工自期鼓檝滄溟隘它時取道膠
西褰檣頭相風風北來飛航信宿趨吳會誰爲此計狂且愚
南北土性天淵殊北人鞍馬是長技南人濤瀨如坦途果爾
疑非萬全策驅民忍作魚龍食任渠轉海入江來自有周郎

當赤壁

渡浮橋大河自兵火後浮橋廢矣近歲敵復建焉予宿豐邱北使遣司接來告曰昨以凌水東下斷浮橋三十六洪修治未畢工今當以舟濟翼日未辨色至渡口各不下車曳而登舟後月餘囘程橋已成遂策馬而過或曰此橋糜錢數百萬緡人力不可勝計斧斤未嘗輟也他年王師北征其無疑乎作渡浮橋

渡浮橋黃葉噴薄飜雲濤駢頭巨艦寸金縴翼以巨木維虹腰戍河老兵三太息顧語行人淚霑臆去年造橋民力殫今年過橋車聲擊只愁屢壞費修營追呼無時困征役前月南朝人使來欲令踐此誇雄哉無何層冰蔽流下三十六洪半夜摧當時白馬津頭渡不下氈車上船去今朝綏轡揚鞭囘笑踏長鯨指歸路但願河北常安流斯橋不斷千古浮他年過師枕席上孰憂王旅行無舟適見黎陽山下驛驛垣破處

魚跌出豐碑大字天成橋猶是宣和時相筆

金臺硯 使還過白溝河河水涸深廣不盈尺耕種連阡陌無南北之異道左見茂林蓊然或曰此御莊也望之有佳氣使人慨歎至保州接伴副使楊少卿遼陽人也其奴寄以二硯來獻且曰此佳硯非翰林主人莫能當蓋山谷所請金臺老張硏以硯底刻字尚如新予感之報以香茗作金臺硯

金臺硯舊日老張聞寓縣金華仙伯一品題名高萬石羅文傳南轅回次白溝河褰裳欲渡塵沒靴向來畫此限中外今乃四顧無吳歌忽見御莊雲蓊鬱千章喬木參天碧始知佳氣似春陵更喜眼前多舊物伴行蕃使言侏離髯奴鐻耳乃有知叩轅斂袂出雙璧不待驛官來致辭自言所獻非荆璞僅比澄泥與銅雀雅稱揮毫白玉堂夜掃黃麻追灝噩人皆謂彼勤且誠盍探露團分寶馨歸家請辦千斛墨異時擬勒燕山銘

任契丹

燕趙間豪傑任契丹者居太行山心懷本朝誓滅彊敵時從十數騎出入所過郡邑靡然嚮風莫有能當之者或曰頻年敵人打圍嘗爲博浪之謀而不遂一日唱義十萬衆可指呼而集予自欒城趨沃州已夜分矣遇任于道衆皆駭懼計無所出繼而知其爲南使也從間道引去北人皆日任將軍其有成乎作任契丹

任契丹太行爲家千疊山此山阻絕天下脊中有義旅蛟蛇蟠任君本是良家子身長七尺風姿偉心懷忠義欲擒王誓與羣豪揭竿起時從數騎出郊坰所向萬人俱披靡不驅丁口不攫金只取餱糧事儲峙道遮天使奪牌歸佩牌易衣人不知往來燕趙數百里徒手不假寸鐵持夜半相逢沃州北問知南使甯相扼倡言我輩抱雄圖郎主打圍曾狙擊時來左袒奮臂呼十萬兒郎一朝得勸君努力雪國仇爲我斬取月氏頭功成好爵皆君有金印垂腰大如斗

雨木冰庚辰正月四日自虹縣至青陽驛夜半起程行未數里大風雨作雪雹雜下二車皆陷淖而壞跬步不能進明日彌望皆瓊林瑤草蓋世俗所謂木冰稼者因思春秋書雨木冰先儒以爲庶人執兵之象北方之民其將環視而起以共踣北敵乎不然彼有異謀又將南牧乎天亡之時必不遠矣作雨木冰

雨木冰貫珠絲玉千葩明橫鞭一拂條葉動寶釵墮地聲鏗鏘昨日登車天地黑怪雨盲風起東北俄然散雹亂飛英流淖滿途深沒膝前車折軸不得行後車說輻泥黏轅曉來廓氛天宇清萬象奪目何晶熒凜如介士執矛戟四野列陣霜雪凝汴河堤上民驚詫問是何祥木冰稼平生有眼未曾看舊說惟聞達官怕車中囁嚅齊魯生嘗學五傳窺遺經因言前哲論災異占曰庶人皆執兵只應北地干戈起草木如人兩相倚莫憂燕人飲泗水盡道明年佛貍死

江賓王

賓王字彥濟句容人紹興戊辰進士對策忤秦檜意列四甲官泰興主簿遷池州教授檜卒補編修直史院紹興十八年戊辰科題名錄三甲三十六人魏師遜字貢翰小小名成郎小字必大年四十一曾祖繼先祖惇父蕃本貫建康府溧水縣崇教鄉清化里兄右迪功郎新御前軍器所事師心四甲五十四人鮑愼履字信正小名洗孫小字眾仲年二十七曾祖大伯累贈通奉大夫祖安德父縣周本貫建康府上元縣鍾山坊兄提舉擢鄉四甲六十三人鍾離松字少公小名法松小字正祖年四十八曾祖瑾朝請大夫龍圖待制祖景融武略大夫父沂贈右通直郎本貫建康府江寧縣建業坊四甲一百三八周彥字元美小名閏郎年五十一曾祖彬祖紳父玘本貫建康府溧陽縣瑞蓮坊四甲一百五人江賓王字彥濟改作朝翁小名佛保小字季說年五十三曾祖贊祖仲文父述道本貫建康府句容縣坊正鄉南陽里是科建康府五人

題茅山胡道士琴月卷

皎皎松上月，泠泠手中琴。一彈颯靈飈，再彈驅層陰。鏗然發清響，窅鼎延餘音。流光復徘徊，空林轉蕭森。象器無乃泥，天人諒何心。邂逅若有得，俯仰還自吟。太音寄寂寥，內景涵静深。山空夜將晏，微露沾衣襟。

鍾離松

松字少公，江甯人。紹興戊辰進士，乾道中知興化軍。王十朋知泉州，求蔡忠惠集而不得，松訪得其書，重編爲三十六卷。

感秋

破壁亂蛩吟，愁添鬢雪侵。涼生孤館夢，秋入旅人心。排遣難憑酒，淒清不在琴。中原戎馬躪，白露寢園深。

朱曠

曠，建康人。詩見景定建康志，惜字爵無所考，蓋亦張于湖客也。又耆舊傳云：朱舜庸，建康人也。

好古博雅鄉黨推敬太守聘爲府學正皆尊禮之嘗編金陵事蹟二十年自里巷口傳至僊佛之書無不研綜春容大雅餘數萬言慶元中節度使吳公琚來任留守得其編而契於心乃爲之訂證銓次刻梓以傳目曰續建康志按史正志爲乾道建康志十卷吳琚爲慶元建康續志十卷迨景定中馬光祖延溪園先生周應合爲景定建康志五十卷

乾道六年三月清果寺拜張安國學士墓

瘦馬踏亂山盤折度村塢處處花柳明耕鉏偏隴畝麥苗見膚寸拳屈方出土乃知去夏旱布種坐遲暮夏租竟如何未免催迫苦投鞭扣蕭寺來謁張公墓再拜拭淚行疇昔感知遇盛年厭紛華騎鯨上天去校讐三洞章飛仙自儔侶笑唾人間世一品竟何補世人患死生未究死生故是生本不滅來往若寒暑休矣勿復言僧窗睡春雨

張孝祥

孝祥字安國祁之子烏江籍居金陵紹興甲戌進士第一累至顯謨閣直學士致仕有于湖集四十卷宋史有傳四朝聞見錄張孝祥精於翰墨人稱紫府仙嘗舟過洞庭月照龍堆金沙盪射公得意命酒唱歌所作詞呼羣吏而酌之日亦人子也其坦率加此自云年十八居建康從鄉先生蔡君清宇爲學清宇之門人以百數有汪氏子膠者其大父名翥字文舉者攜膠以俱晝夜課讀無何膠連取鄉薦成進士

建康志于湖張狀元墓在上元縣清果寺地近紅沙羣去太平門十三里

趙與時賓退錄嘗見紀夢十詩爲于湖集所不載

諸公分韻賦詩各言其生平之壯志余得青草二字

橫槊能賦詩下馬具檄草忠義乃天賦勳名要時早龍臥南陽客鷹揚渭濱老當其佝僂遲衆或輕潦倒風雲會相遇氛祲當獨掃鳳凰翔千仞驁馬顧棧阜士爲一飽謀懸知不同

道

吳甲組練明吳鈎瑩青萍戰士三百萬猛將森列星揮戈卻白日飲渴枯滄溟如何井底蛙敢來干大羿嗚呼三十年中原歎飄零陛下極涵容宗祊甚威靈顧惟爾何知竊伺心未甯囊血規射天蒼蠅混驚霆爾來定送死踰關不須扃敵勢看破竹我師眞建瓴便當收咸陽正爾空朔庭明堂朝玉帛劍佩鳴東丁八章車攻詩十丈燕然銘我學益荒落尙可寫紀（一作汗青）

初得愛巖

高巖劃天門仄徑通乳穴隈堆青螺髻嵽嵲白玉闕外有虎豹蹲中恐蛟蜃蟄東縈俯雷霆西出挾日月萬壑生悲風六月不知熱但覺駭心目未易紀筆舌平生山水趣嶺海最奇

絕洞府二十四未厭屐齒折晚乃得遊此餘峯皆僕妾同來六七士嗜好頗相躡舉酒酹山神慰汝久湮滅

讀書堂在烏江卽唐文昌公讀書處自五代至今皆世守之渡江後爲史氏所有

漫有五車書不讀豈似一編勤過目癡兒饕盡蠹魚書巨富牙籤塵滿屋市南水竹一畝宮平生腹笥史長公閉門卻掃得眞樂冥搜萬古窺鴻濛淹留歲時亦何有策勳此事要持久吾家文昌讀書處好在谿山落君手上方治定登文儒東觀石渠森寶書望君起直承明廬從來海內知名士須讀人閒未見書見江浦縣志

酬朱公子元晦登定王臺之作

海內朱公子端能爲我來譚諧渺今古懽喜到輿臺日月何

曾蔽風雲會有開登臨一杯酒莫作楚囚哀

張仲欽朝陽亭亭在建康

便合朝陽作鳳鳴江亭聊此駐修程南瞻御路臨雙闕東望仙家接五城日上白門兵氣靜春歸淮浦暗潮平遙憐幕府文書省時下滄浪自濯纓

題定山寺

蹇驢夜入定山寺古屋貯月松風清止聞挂塔一鈴語不見撞鐘千指迎千山蒼茫月東出萬木擺搖風怒號幽人隱几撫羣動青燈明滅爐烟高

張堅

堅字子固句容人綱次子紹興甲戌進士官戶部郎

中寶文閣學士洪邁華陽集序嗣子堅銳意蒐拾論次將刊鏤垂世未克而歿後二十三年慈孫池州使君釜乃出捐家貲寘郡學堅有跋云己酉金師南渡所過焚掠先君方待浙憲闕居金壇倉遑挈家奔句曲之西館戴氏一夕兵卒至家人僅以身免去未一里烈焰屬天數十年手澤悉爲煨燼

鶴廟松聞采茯苓者傷其根遂枯其半

誰種飛仙百尺梯風摧雨折昔人非憑誰寄語楊員外留取
孫枝待令威

秦　焴

焴江甯人梓之子紹興甲戌進士知安陸府政尚寬
簡博識好文嘗蒐刻鄭獬鄖溪集爲之序都絜作易
體辨義焴亦序之

鮑信正架樓藏書旁植竹樹

俗子障麓艮可羞但能蠟屐亦千秋誰似征南負書癖君家

突起藏書樓讀書每欲思未見石室汲冢搜難遍才高目過輒不忘萬卷繙破如掣電繞屋扶疏綠蔭多牙籤錦帙左右羅我來攜酒從君問看書看竹當如何

魏叔介

叔介字端直溧水人良臣子以父蔭仕終軍器監丞有定齋耘稿韓元吉爲墓誌云子大中監常州稅務剛中華亭場鹽官執中文中

三岡湖觀月

波月互吐吞清光忽下上風來山影開空水相磨盪烟樹映交加碎入漁家網彷彿華子岡吟詩獨來往

陳自修

自修字德新上元人紹興丁丑進士知無錫縣尋改知安吉縣秘書省正字九年致仕

白日吟

白日不我待，志士心悲傷。功業一無就，雙鬢鏡中蒼。古人有遺訓，日進期無疆。讀盡天下書，拄腹復撐腸。談笑折強虜，風塵靖四方。收復舊版宇，萬國來梯航。爵祿安可羈，高蹈從子房。茲事屬吾輩，終夜不能忘。

國華

華字以文，上元人，隆興癸未進士。淯熙中有武康令國材刻孟東野集，亦其族人。又明洪武元年立太子，命選國子生國琦等侍讀書禁中，琦等入對，姿質明秀，應答詳雅，上喜，厚賜之。琦蓋華之裔也。

寄題陳同甫抱膝亭

安知世無諸葛公，誰其三顧起隆中。梁父千秋有同調，高吟氣吐橫長虹。曠代神交託伊呂，餘子紛紛空齟齬。吁嗟乎南

陽之臥臥如龍腐儒之腐腐似鼠

張孝伯

孝伯字伯子烏江人鄉之子隆興癸未進士任江甯知縣歲大水民饑奏停年租額外徵辦詔賑恤累遷參知政事勸弛僞學之禁復故相趙汝愚官未幾罷

哭宣教郎趙壘之建炎四年金人犯建康宣教郎趙壘之以前任上元縣丞迎敵陣亡與子恩澤一資

長江天險失鐵騎逼金陵拒敵無留守捐軀有縣丞戈揮天日晈血灑陣雲騰蔣尉英靈在千秋配食能

張孝忠

孝忠字正臣邵之子權知荆門軍有野逸堂集直齋書錄解題有張孝忠正臣野逸詞一卷

過峽

出入黃牛峽，江聲晝夜騰。猿啼愁不住，何日下彝陵。

王厚之

厚之字順伯，上元人，安禮四世孫，祖榕游諸暨。厚之以越薦登乾道丙戌進士，歷官淮西通判，改江東提刑，直顯謨閣，兩浙運判，權知臨安府，終四川安撫使。性好金石，考證精確，有《復齋鐘鼎款識》、《復齋碑目》。洪氏《隸續》云：「建康王厚之云其友邵偉得許藏殘碑是也。」《溧水志》云：「世父端朝，父端明。厚之，紹興二十七年進士。」按《建康志》、《金陵新志》俱不云端朝從子，爲厚之，今從張淏《會稽續志》。

香山刻石

山琢靑瑶水染藍，鶯聲促我醉雙柑。十年準備抽身去，記取鐫詩在石龕。

陳序

序字彥育句容人官和州文學終刪定有碧巖集彥育從蘇庠學詩受知於浙漕向伯恭邀與同行妻以愛姬姬寇萊公元孫也伯恭聞於朝授官

周煇清波雜志云煇憶年及冠從父執陳彥育序游鍾山陳題四詩於八功德水菴之壁止記其二陳素於先人友善先人嘗次其韻雄壓吳頭控楚腰千巖環拱冶城橋黃旗紫蓋旋歸漢古刹淒涼尚號蕭北嶽經行能濫巾相陪來現隱淪身春蘿秋桂還吾輩白浪紅塵付若人皆書於壁二十年後再過之皆不存矣按煇父名邦周紫芝太倉稊米集書洪駒父香譜後云頃年在武林見丹陽陳彥育作類書自言今二十年矣如荔枝一門猶有一百二十餘事又有書蘇卷直與陳彥育帖後

題鍾山八功德水菴壁

寒騎瘦馬度山腰目斷青溪第一橋盡是帝王陵墓處野風荒草暝蕭蕭

十年塵土暗衣巾亂走江鄉一病身西邸將軍成底事北朝

開府是何人

游茅山和諸姪

山南細路半青霄人昔同遊非俗交浮玉故鄉驚上國埋丹淸夢記中茅峯頭仙客歸黃鵠石面靈根走翠蛟見說西園渾草莽手栽寸柏已勝巢

築鐵甕城

踏霜催起一聲鼓手龜色菜無停杵將軍功高城亦高不問白骨多於土

駱適正

適正句容人

張德共西園卽席賦 清波雜志煇居建康晚赴張德共會於西園呼數輩爲侑酒酬忽有傳府命呼其人時張安國開府方兩日其人臨去求自解之說衆謂但以實告況杜中二客不至必留餘

齋翠日詢之如所料初歌者既去坐客駱適正卽席賦詩云云煇嘗賡和不記也

花留春盡覓無痕尚續餘歡索侑尊一曲未終人已去西園燈火欲黃昏

張釜

釜字君量句容人綱之孫以蔭入官主管江東安撫司機宜文字通判饒州再登淳熙戊戌進士知廣安軍池州廣州累遷殿中侍御史諫議大夫兵禮吏部尚書端明殿學士簽書樞密院事嘗刻其祖文定華陽集於池州廣州九曜石刻有釜慶元乙卯季冬題名

送鶴還齊雲

胎仙誰送到塵寰盡日清吟伴我閒不作沖天支遁想頗疑攜箭佐卿還期追鸞鶴烟霞上肯處雞羣伯仲閒爲語齊雲

好看取他年遲我訪緱山

何㴋

㴋字楫臣江甯人湋熙辛丑進士嘉泰中除著作郎知泰州

秋懷

愁心不放酒杯寬一夕秋風客鬢殘衣帶長江犀甲照觚稜明月鳳樓寒蜀中將相思諸葛江左衣冠仗謝安劒匣欲鳴霜鍔射幾囘仰面看天山

金陵詩徵卷七終

江浦侯宗海校字

金陵詩徵卷八

上元朱緒曾編

宋

吳柔勝

柔勝字勝之先世仁壽仕南唐爲宣州轉運使家甯國祖誦父丕承娶茅城劉氏遂家溧水茅城今高淳地柔勝登淳熙辛丑進士第累至秘閣修撰主宫觀卒贈太師謚正肅宋史有傳子源泳淵潛

送林明府

擬續宣城志難忘令尹賢庭空無獄訟齋靜有詩篇心比秋雲遠政如霜月懸活人最多處饑歲作豐年

春晝

深巷寂無人鳥聲花塢春華門長日掩天地一閑身

三友園

髯龍嘶風山石裂玉人影斷橫斜月一聲翠羽琅玕東羅浮夢斷微茫中

牧亭秋色

丹楓酣霜壓林邱黃葉老盡巖西頭不應蔓草烟漠漠併作粉繪蒼山秋

胡槼

槼字仲方建康人忠簡公銓之孫嘉定中歷官工部尚書出知福州劉過改之龍洲道人集有送金陵胡撫幹仲方詩

明州紅木犀花

碎瓊糅香作肌骨霽日吹紅染膚色人間何處發奇香香飄

金粟人未識東隅月戶編三千夜修玉闕瀛洲前拂搖桂子偶墜此雨露培植開韶妍史翁移根出葱蒨雕斛持歸翠微殿一朝麗質冠百昌御墨分題落團扇（邑人史本初獻紅木犀高廟愛之畫爲扇面製詩以賜近臣）何年流轉江南鄉一本奚翅千金償分枝接葉陰已淺縱有此花無此香絕愛西山佳麗地藹藹修林倚清吹豈論斜日杏花酣未許熙春海棠睡是時金氣初高明天際軒豁澄埃氛青露絳雪互點綴濃芬膩馥飄氤氳鷲嶺繁黃今不數破裓山僧練裙女試看香御擁紅雲手捧玉皇游碧宇攜持寶鏡吹波金寒光萬頃空人心煩君控取紅鸞住便恐香魂夜飛去

挽莫與倫

三顧無人憶草廬藻江文海竟何如馬卿早已羞逢掖狗監

誰能薦子虛曠達嗣宗貧嗜酒清高元晏老耽書南州人物今如許深惜霜林一夜疎

嘉定二年秋重遊洞霄

重尋九鎖躡丹梯回首空驚歲月移風虎守閽霄易到冰龍候路卻先馳松筠老去俱全節猨鶴迎來盡故知更拂棲眞洞間石弟兄同紀勝遊時

餘杭泉石欠幽探淨拂衣塵入翠嵐九鎖山門雲上下一峯天柱殿西南元封舊事無人記德壽仙遊有客談痛飲丹泉臥磐石松風滿耳夢初酣

王千秋

千秋字錫老金陵人有審齋詞梁安世稱爲金陵者舊其石城弔古登雨花臺諸作可證直齋書錄云東平王千秋其祖貫也

清波雜志近時州郡皆修圖志志之詳略係夫編摩者用力之精粗揚州爲淮甸一都會自唐已名繁盛向有王觀通叟考古驗今摭事千條效汴都以爲賦今館中及揚州有之煇謂建康六朝故都又爲代邸興王之地亦應揄揚以亞雅頌雖聞江甯尉崔禮者嘗有此作而文不記其事未有繼之者煇嘗言於故人王錫老深以爲然且有此意未幾錫老爲潭州之志

又白璞字仁甫一字太素號蘭谷幼鞠於元好問家金亡徙居金陵有天籟集詞二卷

無題

雄姿畫麒麟朽骨分螻蟻爭似及生前常爲鶯花醉雲山靜有情天地寬無際且放兩眉開萬事非人意功名竹上魚富貴槐根蟻三萬六千場排日扶頭醉高懷隘世間壯氣橫天際常是惜春殘不會東君意

尹起莘

起莘字堯庵建康布衣晁公武郡齋讀書志綱目發明十卷建康布衣尹起莘撰

留守劉之傑進其書於朝金陵新志
尹起莘墓在江寧新亭鄉印塘村

晉元帝祠

新亭回首隔中原漫說江南正朔尊揮麈清談成底事可憐
勸進負劉琨

劉汝進

汝進字山翁溧水人漫塘幼子學問宏深文字典雅

元陸文圭牆東類稿跋漫塘先生詩藁云崇禧方丈獲觀漫塘二詩手墨其一易小米詩兩字終不可省其一送當塗令王大夫入朝八句以頌以規去非在當塗治辨有聲後立朝出牧風采凜然惜不大用以歿平國屢召不起至批印紙以自絶終身不仕以壽考終俱端平第一流人物距今垂百年矣王之孫釗劉之孫漢余皆與之友釗爲暨學糾不知所終漢今年八十一貧客村墅二公之後遂微悲夫天道無親常與善人太史公所以傳夷齊也掩卷悽惻敬識下方

九日游龍山以塵世難逢開口笑分韻得口字

縱步龍山巔放舟龍蕩口羣然雁鶩行雜之牛馬走我拙不能詩我病不能酒試問賞花人還有菊花否

張卽之

卽之字溫夫烏江人自號樗寮居士以父孝伯蔭承務郎官至直秘閣致仕宋史有傳

臘八日早漫成答

簿書應接一身兼減卻新詩上筆尖媿我世無分寸補爲農憂有歲時占客因年近思家切人到心閒飲水甜昨夜一番鄉屋夢寒梅香處短筇拈

懷保叔寺鏞公

華嚴閣上夜談經虎嘯風生月正横茶笋家常元有分簪纓世路本無情住閒石屋堪容膝遇過詩翁便記名十載幾番

閒往返鏞公爲我眼添青

張　翼

翼字性之一字竹林上元人善畫

題畫竹石

嗟彼鳳去空餘虎蹲竹不可食石不能言

賈　貭

貭字光祖一字勝之金陵人善畫

題蔡潤春帆圖潤建康人太宗朝授圖畫院侍讀

一雨春江碧漲深亂帆出没隔烟林懷人天際歸來未攢我東吳萬里心

徐　洪

洪字德遠句容人皓首窮經不求聞達翰林學士鄧

光薦撰墓碑

邑人張孝友親歿廬墓六年有五色鳥集墓隴邑大夫張公侃旌其廬名其鄉曰移風鄉

孝友聞張仲貽謀直到今六年枯血淚五色集祥禽表此勵頹俗來兹生孝心移風名不忝茂宰意良深

孔蓋

蓋字惟彰上元人紹熙癸丑進士監察御史（元陸文圭牆東類稿有題孔平山墓銘葬金陵臺下詩）

開禧丁卯制置使葉寶文團結淮西山水寨四十七處繪圖見示

專閫威名仰四馳韜鈐祕鑰快圖披守江不若守淮險禦敵何如料敵奇棋墅無驚惟太傅風寒能護是良醫投鞭那有

流堪斷屹立長城報主知

吴淵

淵字道父溧水人柔勝第三子嘉定甲戌進士累官觀文殿學士拜參知政事卒贈少師謚莊敏有易解奏議退菴文集宋史有傳

早朝步葛元喆韻

萬井蒼涼欲曙天禁鐘聲斷佩聲聯雲浮玉輦霞裾降風動金蓮寶炬然四國龍飛清穆世羣工虎拜太平年吾王不倦宵衣念國祚遥知永永傳

九日

百年世事謾勞形客裏逢時跡類萍無酒可添元亮興任人浪笑阮宣醒荆湖城壁連金鼓河朔黎元陷虜庭久擁旌旄

愧無補敢將衰朽歎飄零

登南城

江城一眺思悠悠平楚蒼然野水流衰草寒烟梅老墓敗垣斜日謝公樓江山有恨英雄老天地無私草木秋萬古興亡都是夢丈夫何者爲身謀

遊青山謝朓宅在焉

碧嶂千尋鎮一州十年前記作斯遊因看紅杏行停轡爲濯清泉坐解裘怪石巉巖蹲虎豹老松偃蹇臥龍虬轉看轉有無窮景杖履何妨絕頂頭

風流千載憶元暉此日登臨不覺疲看取眼前都是句如何身後不留詩須知小隱徜徉日正是高吟寥泬時可惜出山終不免空留翠岫與清漪

高氏小景

地白天寒凍裂裘何人乘艇下中流披圖孟浪不相識疑是當年王子猷

鳳皇臺用李太白韻

暫時休暇得遨遊感慨樽前歲月流長向此時憂微塞不知何日樂林邱鳳凰寂寂空留寺鴻雁嗸嗸尚滿洲疇昔謫仙愁絶處我來登眺更多愁

峨眉山

一帶天分南北限兩眉烟鎖古今愁卻思太白驚人句影入平羌江水流

朱應龍

應龍字子雲上元人嘉定甲戌進士

山月池德藏寺有松風臺山月池菊坡僧竹菴所築

池底看明月明月在山頭清光連上下分作兩輪秋

菊坡

口有綺語債長詠菊坡詩最好重陽景雞肥酒熟時自注竹庵有菊坡稾

潘梟征

梟征字泰初建康人居溧陽記問該洽議論醇正宗濂洛先儒之學四薦三魁登嘉定甲戌第廷對剴切漫塘劉宰嘉其志不苟求學行才猷兼備深器重之時杜丞相範爲湖州録參梟征爲儀真郡文學漫塘併薦於朝歴番陽推官安慶教班改宰崑山邑號難治人咸服其廉平再調繁昌自號鶴山狷叟

采藥

采藥歸來抱膝吟烟霞情性愛山林不留蹤跡在圖畫三十六峯何處尋

陳塤

塤字伯和居鄞縣以上元籍試江東轉運司試禮部皆第一嘉定丁丑進士累至國子司業乞補外知溫州罷有習庵集宋史有傳眞西山建康貢院舉梁詩淮兩蟄龍況是此邦饒俊彥何愁盛事不重重自注江東漕司舊無貢闈丙子予始創於青溪秦淮之上方輿役門有物蜿蜒如蜥蜴隱見不常或曰此秦淮小龍也丁丑漕闈陳君塤爲省元建康吳君潛爲廷魁

分水道中

午困思茶無處煎溪橋側畔認炊烟松窗竹牖人家靜旋借

沙瓶汲澗泉

山居次滕元秀韻

解組滄溟畔攜家紫翠間地臨雙港勝天與兩年閒茅屋靜聞雨竹籬疎見山所慚鄰舍老句險不容攀瀛奎律髓云雙港者桐廬縣東分水港合焉

釣臺第十九泉

十年不泛釣臺船夢想高風日月邊今日偶來無住著再嘗灘下鷺茶泉

遊虎邱

老龍拕雨過平川曉影初開樹色鮮有片白雲收不盡日高猶在講臺邊

碧玉千尋劍影寒夜深光怪逼危闌句吳霸略成塵土空有

青山覆石壇

姚鏞

鏞字希聲一字敬庵溧水人嘉定丁丑進士吉州判官以平寇功擢守贛州後貶衡陽溧水志云靖康中姚平仲夜斫金營不克入青城山隱去其父古字季嬰扈高宗南渡卜家溧水四傳至鏞周南山房集鄒報云靖康元年捕平仲勒令斬州編管與此異鏞嘗寓剡溪有雪蓬集

雜詩

北風日以勁古道無人行陽坡樹已黄陰厓草猶青四時相代謝誰爲此枯榮攬衣坐幽磴下有流泉聲聽之不成調挹之有餘清悠悠京洛塵污人頭上纓

春夜曲

金魚鏁合蘭釭小酒不支愁尋睡早愁花欲墮風更寒燕子不歸春自老流蘇護帳香雲結三十六簧凊吹咽緘書欲寄湘水深城烏啼落花西月

懷雲泉顚山老

枯吟世慮輕求道不求名病起春風過閒居野草生游山尋舊屐煮藥試新鐺別久空相憶疎鐘隔水鳴

寄劉敏叔

一生貧樂鬢成絲前輩風流及見之道外無營偏愛畫靜中有趣只吟詩雲生茅屋湖山近秋滿荒園橘柚垂見說地幽人罕到自同妻子種江蘺

贈孤峯

拄杖尋幽古寺中雲容淡淡雨濛濛歸來一笑春多事野杏

山桃各自紅

寓雲川

王戴溪頭小隱仙漁翁引上雲溪船幾回倦釣思歸去又爲蘋花住一年

吳潛

潛字履齋一字毅夫溧水人柔勝四子嘉定丁丑進士第一官至參知政事進左丞相封許國公謫化州團練使安置循州卒贈少師有履齋遺集四卷宋史有傳履齋遺集四卷明宣城梅鼎祚輯未能賅備考

宋梅應發寶慶四明續志錄履齋詩文詞爲鼎祚所未見者幾至兩倍而建康志至元嘉禾志寶慶會稽續志錢塘遺事仍多可采奏議六十三篇八世孫宗周悉編於年譜中皆有日月分爲四卷

喜雨歌

南州六月天不雨千里川原成赤土禾黍盈疇强半枯桔槹遍野民勞苦望雲仰見日在天旱魃肆虐如焚煎馮夷匿淵恐波竭夸娥走海愁山然天外悠然片雲起倏忽走騰八埏裏猛風驚雷白晝昏霹靂一聲蛟蜃起馬上誰把天瓢傾須臾陸地波濤生禾黍芃芃復故秀羣黎載道生歡聲秋來尙見時豐阜會須售粲三錢斗官家燮理當有八太史還看書大有

睡起行北園

睡起卸冠簪園行獨自吟山昏知雨到樹密覺春深竹外童相報門前客見尋歸來卽敗意誰者是知心

甯川

十日爲商客今朝問水程沙橫疑港斷灘迅覺舟輕遠近村

春合高低漁火明回頭忽蒼莽一望一關情

送何錫汝

風雨一樽酒此樓誰得知三春花老後千里客歸時浩浩人
閒事悠悠身外思君能袪物欲林下早相期

送曾阿宜往戍

幾年西戍暫歸田又向澄江買去船劒閣山巒雄蔽日昆明
池水濶浮天故園此際同明月蠻域明朝隔瘴烟此去須期
成大志丈夫勳業在安邊

和章子美閱武見貽

事業諸公鬬長雄謭才惟願課田功誰知絃管江南地漸有
弓刀塞北風大獮未須搜猛獸先驅聊用習驕驄還知武備
資文事要在人心可即戎

春日雜詠

門前春水滑柳外夕陽斜欲識春風面滿城桃李花

京廨即事

春陰漠漠護輕寒春晝無聊午夢閒幽鳥不知人意改銜花飛過小闌干

勸農翠山

小隊旌旗上翠巖松風十里鎖禪關水深水淺高低澗春淡春濃遠近山鄉思猛隨蒼鳥去客心暫與白雲閒天公已是多情殺(去聲)特把淋頭雨放還

老守憂民若已傷三回奉詔勸耕桑周家綿遠農開國漢室興隆穀腐倉麥緣少地錯山種水怕多流壘石防田里熙熙如樂土更祈四表共平康

和景回胡計院數字韻就送其行

與君託鄉閭東野連西墅誰知俛仰間各各歲年暮當時同隊魚十已九捐故君抱圭璧姿方獲展寸步梁棟須羣材榱桷共支拄生從匠石園一一居王所何必効鷗鳧江湖任來去但須飽讀易細衍奇耦數問之何所迎終然抱璞素砥柱三門津波瀾自流注

明仲小姪歸江浙餞之西渡有感

軆軒從此入山谿阿阮同途反舊岑老大分攜朋友意死生契濶弟兄心碧雲悵望家千里白髮飄零酒一斟歲晚情懷易感觸不堪衰淚忽霑襟

謝惠計院分餉新茶

乾坤正氣清且勁長挾春風作襟韻不惟散滿詩人脾還入

靈根茁茁穎顧山仙人曇滯家帶春手摘黃金芽擣碎雲英琢蒼璧旋瀉玉蕊浮白花半甌和露沾喉吻甘潤透肌香貫頂孔光賢處不脂韋長孺直時無苦梗平生腐儒湯餅腸不堪八餅分頭綱多君鄉味裏將送謂我詩情應得當分無蛾眉捧玉椀亦之撐腸五千卷活火新泉點啜來儼若少陽人覿面飲散登臺嗅老香卻憶家山菊徑荒明朝便作玉川子兩腋乘風歸故鄉

絕句

編茅爲屋竹爲椽屋上青山屋下泉半掩柴門人不見老牛將犢傍籬眠

張學士故居

春來物物攪愁腸排遣惟應鬧醉鄉無柰督郵風味惡桃花

流水願分嘗

秋風歎四首

長鯨海上來，壯士田間起。登城復何悲，禾稼秋風裏。

誰將訟風伯，謂天懲雨師。天閽幾萬里，瞶瞶安得知。

軍書督戰急，縣吏催租還。力盡將何訴，浮雲深九關。

嘗聞海客談，白浪海風惡。祇是欺舴艋，那見催蛟鼉。

聽琴客周信民彈秋泉

故里泉聲不可聞，攜琴相約鮑參軍。山瓢只繫經行處，落葉空山好覓君。

陪陳立道中書泛湖

幽幽池館鎖蒼苔，萬朵芙蓉取次開。卻似昭陽舊宮女，含嬌只待翠華來。

絃管叢中畫舫行都人一一荷昇平飛鴻不識人間事猶帶窮邊腸斷聲

吳　濟

濟字巨川一字度卿秘書正字有廉靜集吳氏譜先世在梁為吳越王太保敬忠居於潛至仁壽官南唐容州水陸轉運使家甯國至誦生丕承娶茅城劉氏遂家溧水丕承生柔勝柔勝長子澤字說民澤生長子珩璜珩生錯錯生皋皋次子淵字道父參知政事長子瑾官承議郎瑾長子寶先寶先子鍾正奉次寶信寶信子銈淵次子璋三子珮三子潛生璞湻祐甲辰進士官至吏部尚書璞長子寶謙寶謙子銈次寶禮官轉運使寶禮子銳潛次子琳琳子寶儒寶儒子瑛次子鑰三子瑜一名龍翰官奉議郎瑜子二長榮次華潛三子璧一名寶光官朝奉大夫子員資四子源字逢其屯田郎中五子泳一名海字宗臣朝議郎子琬六子拾一名澄字蘊吾著作郎子球琪七子濟字度卿秘書正字子珏與宋史所云柔勝子四源泳淵潛詳略不同

鮑家田

搖旆家家酒扶犂處處村草深迷井口槿密擁籬根綠水明秧本青山失燒痕多應忌蠶事畏客閉柴門

野水即事

橫木渡前溪藤深路欲迷瘦筇諳亂石老屐帶新泥盡日綠陰合有時黃鳥啼多情雙蛺蝶飛傍帽簾低

周　省

省溧水人嘉定壬午進士官翰林學士御史中丞謚文裕相傳爲公瑾之裔世居溧水省子察從父於臨安舅氏吳柔勝薦之嘉熙二年尚公主湻祐間命府孟珙修築居以磚爲垣周一里明初城金陵其裔周昭坼垣赴工先成太祖嘉之賜昭名先授太倉鎮海所百戶今垣尚有遺址磚有孟氏記俗傳周瑜故宅在今高湻南二十里溧水又有劉鳳嘉定十年進士官翰林學士其詩不傳

平陵故址

策馬平陵認舊基楚江殘壘不勝悲秋風禾黍平王廟夕照椒漿史女祠興廢當年眞偶爾恩讐此日更存誰眼中只有湖波綠潮落潮生似昔時

周端臣

端臣字彥良建康人御前應制國子助教有葵窗藁宋嘉陳雷舩菴集有春日懷周葵窗助教詩江湖後集戴葵窗詩一百五首其中書俞太中壁等十八首見魏野集漳州開居一首見潘閬集

西京少年行

西京少年兒生長豪貴族光浮兩臉紅春留雙鬢綠常騎大宛馬多佩于闐玉明珠博美姬黃金酬麗曲朝從咸陽遊暮向長陵宿朱門八候歸夜夜然紅燭

毋忽

毋忽咫尺水中恐有伏龍毋忽尋丈山中恐有毒蟲是以古君子不敢欺盲聾審密言語閒戒謹闇室中幾微怠所防敵國起奴童事固不可忽理亦不可窮周室八百年成於垂釣翁

聽無悔琴

悟琴如悟道神閒若無營在心不在指以意非以聲鏘爾風篁韻泠然天籟鳴曲終各一笑相對無虧成

物蠹

太虛運元氣萬物皆遷倚物或有所遷氣亦隨而否肉蠹則生蟲木蠹則生蟻嗟哉政亦然於焉起姦宄蠹人不可爲氣靡物自毀但得元氣存不患蠹不死

送翁賓暘之荆湖

君不見司馬子長志橫秋少年足跡不肯休胷中盤屈奇偉氣筆力直與造化侔又不見杜陵子美夸壯遊一身幾走半九州吟懷吐納天地秀作爲篇章光斗牛君今去去幾千里匣劒囊書赴知已知已從來素有情奮然投袂邀功名功名豈有坐能致莫辭跋涉長江行長江四月南風起武昌魚飲秦淮水南風不久又西風食魚休忘鱸魚美天涯別夢思城東何日一樽重與同草橋夜醉月明下桃關晴吟春色中不堪蜀魄相催去卻憐檣燕相留住一片離情去住間正是遊人腸斷處荆湖古道分南北勢與中原豈懸隔五湖膏血互吞噬萬里烟塵入謀畫莫如子長子美但能事文章早歸來獻平戎策

觀潮行

吳山越山相對青中有衮衮長江橫長江誰道不曾改年來一半沙填平潮生潮落何時了萬古人間一昏曉歲歲吳儂來看潮不知潮送吳儂老酒樓笙歌喧醉耳客帆翻覆雲濤裏悠悠哀樂永相忘空山落日秋風起

真州梅

欹倒幾株梅黏枝半是苔相傳前代種曾歷太平來山冷雪猶在春深花始開亂離無酒買嚼蕊當銜杯

書冷泉亭壁

一酌野泉香翛然俗慮忘靜聽山鳥語如笑世人忙近水苔長溼無風樹亦涼老僧閒似我清坐到斜陽

聞滁陽失守憶表兄

猶憶歸淮甸何期陷敵塵祗聞殘破慘未得死生眞夢不諳

長路書難附，便人吞聲無限淚，一滴一傷神

湖天

湖天初過雨，晴意有無間。春水半侵路，曉雲多礙山。酒煩春店暖，詩就野亭刪。風静無啼鳥，垂楊樹樹間。

登駝巘嶺

登頓來忘倦，閒常到亦難。西風揺短鬢，落日倚危欄。山迴江湖小，秋高天地寬。故園何處是，空遺客眸酸。

重陽後一日偕翁賓暘張敬之江樓分韻得臺字

一笑江樓把酒杯，闌干倚徧重徘徊。風生别浦潮同去，雲暗前山雨送來。秋冷丹楓先葉墜，節遲黄菊未花開。凭高引領還興感，昨日誰登戲馬臺。

古劍

籀文漫滅蘚花殘膽怯旁人不敢看飛去暗防風雨夜握來光射斗牛寒曾成歃血諸侯約肯受無魚下客彈寶匣秘藏英氣在提攜終擬斬樓蘭

古斷腸曲

髻雲鬆滑嚲鸞釵淸減羞臨玉鏡臺蛺蝶也知人寂寞一雙飛過杏牆來

秋曉

一抹涼烟曉未收露籬疏雨溼牽牛不知天上秋多少昨夜西風到小樓

春月送人

一湖春綠染初成柳色東風二月晴燕子來時人卻別梨花雖好負淸明

元夕

小院春寒月到遲閉門閒課上元詩南來父老消磨盡耳畔無人說舊時

內人燒香圖

花底燒香深閉門宮鴉棲了已黃昏君王未識無人妬雖不承恩卻感恩

朱門

朱門茅屋偶爲鄰北阮那憐南阮貧卻是梅花無世態隔墻分送一枝春

王朝佐

朝佐溧水人

貞義女祠

瀨水何泱泱攜筐來水旁低頭事漂洗不惜溼羅裳晨出未暮歸老母在高堂三十不願適焉知繡鴛鴦道逢困丈夫行乞良可傷一飯婦女仁況有殘壺漿終焉感禮義出詞何慨慷貞潔恐無知清流見肝腸悲哉伍子胥百金何足償惟有鴟夷心可與增輝光

張　珪

珪句容人

玉蝶泉

仙人修煉地玉井著神功日月雙輪見陰陽兩竅通可堪清徹底那更施無窮尚冀丹砂力當澆塵念空

秦　綱

綱建康人武健有膽略詩文多悲壯寶謨閣學士劉

克莊薦偕方伯孺使北凡三至嘉定中復從信孺守韶州赤水洞賊亂綱募兵討之深入谿谷士卒多亡揮戈奮前格鬬而死韶人哀之祀于光孝寺

讀柳子厚集

嶄然頭角異年少鋭功名身爲才高累名因官謫成山川助奇氣騷雅變遺聲千古羅池祀昌黎報友情

江萬里

萬里字子遠一字古心句容人寶慶丙戌進士僑都昌累官參知政事元兵至城陷赴水死贈太師益國公謚文忠崇祀句容忠義祠宋史有傳江文忠家祠在句曲崙山句邑令趙天爵撰碑云文忠世於句曲而僑於豫章之饒陽當恭宗時遭國多難以天子元老大臣一死生之節正君臣之義而終於止水者也厥後子孫奉其遺衣冠歸句曲建祠崙山世祀之江君左偉復修

之又大學士史嵩直撰碑云公成進士於理宗寶祐四年非也弟萬頃前知南劍州亦遇害

水亭

結亭臨水似舟中夜雨瀟瀟亂打篷荷葉曉看原不溼卻疑誤聽五更風

絕句

草際春回殘雪消强扶衰病傍溪橋東風不管梅花落自釀新黃染柳條

龍虎山

鑿開風月長生地占卻烟霞不老身虛靖當年仙去後未知丹訣付何人

包秀實

秀實字子華上元人湻祐丁卯進士

伏龜山

暇日登臨興不窮伏龜樓敞俯晴空停杯別有傷心處四面青山似洛中

汪立信

立信字誠甫一字紫源新安籍建康人淳祐丙午進士累官端明殿學士江淮招討使元兵至建康扼吭死贈太傅宋史有傳金陵新志紫源淳祐丙午赴建康試登進士第又嘗通判建康馬光祖辟充策應使司及本司參議官先居建康興政坊葬溧水都堂山子麟亦不從降走閩以死其姪天麟爲撰年譜云

金陵懷古

勝地尚存龍虎氣荒臺已失鳳凰蹤六朝文物山川古霸氣終歸指顧中

李盌

盌溧水人同子寶祐癸丑進士屯田分司

吳成都通判童國秀

殲敵平生志陰霾捲朔風身危投虎口路險失蠶叢力戰功尤偉捐軀氣獨雄蜀天悲萬里揮淚弔孤忠

吳景伯

景伯字季甲江甯人寶祐丙辰進士寶祐四年登科錄一甲十七人吳景伯字季甲小名昌孫小字隆叔年五十曾祖稔保義郎祖微之父鈌本貫建康府江甯縣三甲二十六人李仲龍字堯佐年三十五曾祖京祖嘉猷父仁顯迪功郎本貫建康府江甯縣三甲二十八人朱大德字元鼎年五十一曾祖顯忠祖友良父邦祖本貫建康府江甯人五甲一百五十六人吳璞字元美年三十三曾祖丕承祖柔勝父潛本貫建康溧水寄居甯國府是科建康府共四人

趙宣撫府上命賦何處難忘酒

何處難忘酒神州灑淚中荆襄鼙鼓急吳越賦財窮欲掃乾坤霧還希管葛風吐茵遊幕府報國是英雄

朱大德

大德字元鼎江寧人寶祐丙辰進士

東冶亭

東冶亭聯白下門問誰走馬謝公墩梅炎一樣搖蒲扇惟有清風後代存

吳璞

璞字元美溧水人淵之子寶祐丙辰進士錢塘武林山有吳璞題名云金陵吳璞吳琳眉山袁炎發宛陵李雲龍淳祐庚戌右在翻經臺側磨崖正書五行字徑四寸又題云淳祐壬子春仲之九日吳璞吳琳重偕行薛可久在翻經臺側磨崖正書五行字亦徑四寸

晚春

開盡荼蘼白晝沉枝頭聲已變春禽落花莫遣東風惱小立閒庭愛綠陰

吴珩

珩溧水人澤之子

龍興寺在昌化縣千頃山

松檜陰中六月清異花靈草不知名客從瓊液山頭過人在水晶宮上行千尺翠嵐分月色一軒寒籟動秋聲登臨不厭躋攀峻貪看雲從舃下生

梵安院在昌化縣石筍山

山腰小徑細如繩山鳥關關喜弄晴黄菊有情留客醉白雲無事伴人行野流合處堪分字草藥枯來欲問名回首渡頭詩思逸漁舟一笛晚風清

法會院

地占金山勝泉分銀漢流杉篁能護翠猿鶴似驚秋秖恨登臨晚甯辭取次遊列峰饒遠秀不惜上層樓

朱紹遠

紹遠溧水人處之曾孫開慶己未進士

池上作

生涯幻吹沫功名黏上竿魚豈知許事人意强相干春風一鼓盪芳池生碧瀾逐隊半畝餘樂有江湖寬世路無險易心閒自達觀悟彼蝸殼涎空轉蛣蜣丸

平天祐

天祐字允吉上元人開慶己未進士

山齋夜坐

悄然人不寐山館意何深落葉添寒色幽蟲助苦吟青燈憐
夜永白髮帶愁簪天末懷良友音書雁影沈

房元龍

元龍字乾甫上元人景定辛酉進士懷遠軍節度判
官

江上秋感

淘盡英雄氣未平西風觸緒倍心驚愁人髮湧三千丈國士
胸吞十萬兵杜老裁詩多慷慨祖生擊楫自縱橫芙蓉搖落
哀鴻切無那滔滔日夜聲

彭烈

烈字子勳上元人景定辛酉進士知池州

題馬伏波像

眉目眞如畫英姿迥不凡識高能擇主功大不勝讒馬革忠何壯壺頭怒尚銜誰甘騎欵段長服野人衫

王先莘

先莘字長庚溧水人咸淳丁卯鄉舉後以隱終

幽居

斗室依山曲如巢伴鶴棲風鳴窗紙破雨濕爨烟低古致巖松外秋聲野竹西潺湲聽澗響流不出橫溪

劉愈

愈字初心金陵人咸淳甲戌進士宜倫知縣

秋熱

金風不司權赤熛逞餘怒大火欲西流忽爾迴中路雲峰仍鬱蒸雨汗體淋注午爔不可避喘息待日暮燈燭更助虐況

復蚊蚋蔫安得入洞天岸幘看瀑布

劉應炎

應炎字景暉溧水人綰之裔咸淳甲戌進士官御史忤賈似道謫景陵知縣不赴遂歸

悲歌

悲矣乎杞人之憂兮天莫支權臣秉鈞兮社稷危外夷相侵民流離大廈將傾誰設施悲矣乎吾將抱徐衍之石兮歌箕子之黍離

笑歌

笑矣乎冰山之高兮不可恃炙手之熱兮有時已暮燕釜魚門如市歸去來兮尋栗里笑矣乎孤松可撫菊可餐浮雲富貴過眼矣

張璹

璹金陵人咸湻中進士

竹節亭

結構華亭歲月深形如竹節俯山陰規模自壯中山邑基業猶存萬古心窗外豈無猿鶴唳簷前時有鳳凰唫夜深神鬼驚聞響月下誰彈一曲琴

朱南强

南强字德方句容人髫年作賦爲太學生有聲宋亡無意仕進隱居句曲之古隍溪水東流林木如洗因號東溪鄉人遠近咸稱長者歲大饑爲粥賑濟年七十三卒王去疾銘其基趙松雪書之崇祀鄉賢有甗

醆稿

古隍行

茂林修竹恒蒼蒼畦蘭畹芷騰幽芳鬱葱佳氣藹禎祥小小一村名古隍屋西有山名虎耳東流抱抱長溪水三茅筆架卓面前背後駒驪翠屏倚遶簷數頃祖遺田儘可容儂耕曉烟摘山釣水美且鮮南窗笑傲北窗眠三餘祗把子孫教不俾趨炎競浮躁先於道誼後文章事長謙恭事親孝桑麻芋栗小園收杜醞茅柴逐旋篘但得官親徭役省此生温飽復何求

王景雲

景雲字仲慶溧水人咸湻間以薦爲青流主簿兄弟友愛有怡怡亭

怡怡亭

老年常聚首兄弟共怡怡並坐間揮麈交斟醒設卮雙聲頻檢韻讓道更敲棋自是天倫樂嬉遊似少時

王景華

景華字季光溧水人景雲之弟

怡怡亭

怡怡亭畔路兄到弟隨肩花徑同調瑟蘭窗共擘箋看山攜老杖分果憶兒筵底事常相忍張家未是賢

李伸之

伸之建康人官統制爲金人所獲不屈死

告帥府經歷

一飯感恩無地報此心許國已天知胷中千古蟠鍾阜一死鴻毛斷不移

侯　蕃

蕃字仲宣句容人以隱終

漁樵詩

漁樵結伴住山谿蓑笠生涯路不迷洞口桃花春水滿峯頭槲葉夕陽低故人莫遣尋嚴瀨太守何須說會稽換得酒來歌得曲大家不惜醉如泥

呂　江

江句容人居四平山自號四平翁

栖白庵

門外竹千箇崖巔兩徑分奔泉流碎月高樹礙行雲游客倦欲卧道人言少文但言秦學士曾此遇茅君

金陵詩徵卷八終

上元劉文炳校字

金陵詩徵卷九

上元朱緒曾編

元

楊剛中

剛中字志行，世稱通微先生，上元人。辟主江甯縣學，擢升郡學錄，正徽州路教授，丞相脫歡薦爲翰林待制，兼國史院編修，崇祀鄉賢。有易通微說、詩講義、霜月齋集。附載元史楊載傳中。通微祖遂仕宋，知黃陂縣，父公溥，鄉貢進士，追封上元縣男。通微少與兄敏中友愛，師事張須，家貧，力學竭力養親。仕閩海，獨處公署，行李蕭然，扁所居曰霜月，與吳草廬、王文江、西不濫取以充額，兩主浙闈，文衡得士，尤多官翰林。月餘，謝病去，卒年七十四。其甥李桓述行狀，御史中丞張夢臣撰碑，門人雷秉義刊霜月齋集四十卷。

儼思齋詩四言

理究斯明爲殊爲同學求斯詳疇初疇終匪心斯圖何彰弗蒙既端爾容既肅爾躬冥凝虛遊視遺聽空思而在斯無徵不通跛倚踞欹必弛於中矯笑躁言必隳而功戒哉無忘惟道之融

衢州開化縣修學詩 并記

泰定二年二月壬午衢州路開化縣大修孔子廟學越五月戊寅訖事乃八月戊寅合凡縣之官若吏與其學之耆耋壯稚祇栗咸會用釋菜以告成初廟暨學既燬于兵曠閱廢隳十年始復然搆生斷濕給采一時膏液未收蠹居已潰曾未逞久岌岌思扶易瓴甓絢黝彤三葺飾而弊彌極外華中悴愚既奉省檄來蒞學任顧瞻怵惕奔謁縣庭正貳趯然壹是諧允取凡儒生挈其疇倫謂果吾承吾役吾更諸生受言靡厲斯勸輸貲悉力不日勸趨遴材召工何遠弗至削礱架甃舉中軌程於是殿堂廡門翬翼炳焜珠旒繡藻華炫巍隆罔間塑繪表顏植主朱弈金輝黼座有嚴報均食教畫戟桓桓宮垣盤盤誦肄有居庖廩咸峙又爲尊爲爵爲勺爲坫曰俎曰籩曰簠簋豆籩罍洗無不備下至熏華器設冶鏤亦精費以中統計

者爲貫萬有八千以日計者八旬有八日工旣畢功吉蠲薦告胼鑾旣達神嚴如臨凡在駿奔咸若孚感遂琢石謁辭願紀其事夫知圖其廢之所從興盍亦知興於學者之不可廢乎乃作詩以系之其名尹頭者時監其縣宰縣者郝侯名守中儒生之徐姓二曰唐孫金孫程姓二曰國銓曰棨 姓者曰合孫皆發其貲財以供費侑之者劉侯文瑞詩曰

古初建學隆化之基居學何爲曰徒曰師有嚴其崇有耽其雄匪道是從胡豐斯宮先民爲道究通達會爾質靡疵爾累舉外渟渟而盈涵涵而淵與天爲徒抑揚周旋學方興奮士用是訓及厥教慭居亦圮僨於越之塗姑蔑之隅孰良厥圖爲茲渠渠旅盈旣閑儀像旣肅豆籩爵尊敦堅華縟聖道洋洋遠招爾揚盍升斯堂游居無忘曠舉廢葺莫宏茲邑咨爾後人毋墜成績

鼓山水雲亭

飛構表林崇下與層雲平陟嶠巳超況乃臨滄瀛盤盤汀
樹分離離海帆征曙發沙旭近秋澄潦區明憑高慨徂暉撫
往空遺名混混弗自期營營定何成
名舉冒南州靈境仍幽深春結丹樹梯秋明紫烟岑峻遠遂
眞賞淸曠舒遐心惜無同懷登共引芳醑斟冷風奏飛淙絕
澗調翺禽誰爲鍾子期續此雲海音

劉應昂

應昂字景文溧水人綰之五世孫至元中以薦授國
子祭酒至兵部尚書謚文襄

吳大帝廟

日輪入夢冀吳都瑞兆黃龍集赤烏繼志父兄開大業同心
將相建宏圖斫餘霸氣猶存桊捋後英風尙起鬚虎踞龍盤

猶故地年年簫鼓賽村巫

孔杓

杓字端卿句容人宋末隨父官浙遂至永嘉辛巳六月從軍發四明自神前山放洋三日至耽羅又三日至日本泊竹島八月朔夜遇颶風舟師殲焉杓得不死附破舟登合浦過高麗平壤涉遼陽歷胡女眞契丹境由平灤州孤燕山得南歸仍家句容有東征集

莫忘吟

歲紀重光大荒落舟師東征赫且濯泊向竹島更月箭其日甲子仲秋朔夜未昏雨風色惡昧爽白浪擁山岳陽侯海若紛拏攫艨艟巨艦相躪轢檣摧纜斷如斧斫千生萬命魚爲槨百舟一二著山角跳躑爭岸折腰脚依然蒐爽歸遼邈幸

者登山走如奡敖各切軀命雖存神已索有舟獨在冀可託傳
令傳艀爲渡権海豈権渡眞戲謔大將爲誰何齷齪起蓬自
去爾爲樂忍聞孤嶼笑咿喔何辜烏鳶死者啄將軍歸來渾
不作宴衎相處作音樂我獲生還莫忘卻

蒼苔

凡有蒼苔處先知此地淸不隨芳草暗偏襯落花明點竹添
瀟洒粘梅助老成比錢無乃俗幽意要詩評

孔文昱

文昱字光昭溧水人潼孫第四子大德中辟爲浙西
廉訪使主采石書院與兄文昇纂曲阜平陽江南宗
譜載闕里志並趙松雪集

卜居遊山鄉

世運有變遷詩禮無歇絶梟繹雲勃興雁湖波皎潔中原勢已傾南渡疆復裂故鄉隔烽烟回首空嗚咽我聞遊子山曾留聖人轍栖皇適楚都救世至今切爰居復爰處俎豆幸無缺儋墻守舊銘子弟勤誦説耕稼餕在中勿歎謀生拙憂道不憂貧饑寒勵豪傑

王國傑

國傑字儁父上元八六安州籍祖珏贈訓武郎父應辰武舉及第仕至武功大夫知杭州徙居建康國傑於元初官建康路學正溧水縣學敎諭充徽州路紫陽書院山長授柳州路教授有北山集卒葬建康南門祖塋子野默夥

溪亭月

幾人對月黯傷神千里關山逐夢頻無恙溪邊長照影閒情輸與打漁人

郭　淵

淵字巨川六合人宋季築蔡堡禦守入元爲耆宿世稱盤城先生巨川父詥以詩書俎豆化其鄉人於是棠邑多儒宋季築堡拒盜入元尤多義行永嘉李孝光爲作墓文葬盤城俗以爲唐汾陽王墓誤也明宋景濂稱其叱丞相奴賑粥還金救驚柩救人爲之哀辭孫士言元末貢國學嗜學善諧論說驚人下筆綴辭如海市蜃樓可喜可愕宋景濂稱爲奇男子後以兵亂死豫章士言弟士中將遊長沙王褘忠文公贈以序云士中講說經史其文渾雄奇崛變態橫生以爲長於遊而無愧於司馬子長云元時又有郭節之善琴有聽琴卷與化成廷珪贈詩曰六峰隱者吾故人得天下名亦琴耳

弔汪紫源少傅

巫陽誰遣與招魂欲愬高穹不可捫三策激昂遭相忌一坏

乾淨答君恩風塵慘淡長江潤社稷蒼茫落日昏恨殺木棉
庵內鬼相逢地下更何言

孫轍

轍字履常金陵人晚僑臨川省憲交辟不就以遺逸
特舉不仕學者稱澹軒先生元史有傳澹軒少孤母蔡氏教之讀
書家居教授學官歲時致廩餼皆不受元統二年卒年七十三爲文明潔整嚴紆餘曲折吳文正公序其集云所謂仁義之人其言藹如者也與同郡吳定翁仲谷齊名定翁清修文雅最善爲詩事附轍傳

擬古四首次楊志行韻

涉江綵芙蓉江水何澄鮮朱華映朝旭窈窕薰風前相望不
盈咫風波艮獨艱攬之置懷袖撫玩空長歎春榮衆所慕泯
默無復言

孟冬寒氣至眄彼庭中樹忽得故人書中有相思句故人隔

異縣相望良獨苦候蟲鳴廣除落葉被衢路淒其對搖落登高詎能賦白髮生鏡中荏苒流年度故人歲寒姿亦有濟勝具相期飛霞觴共飲金莖露

靑靑河畔草春至不復腓延緣被陂坂飯彼牛羊饑荏苒時序遷王孫終未歸西風一蕭瑟楚客空傷悲安知壯士心金石乃不移陰陽無停運垂柳生金絲鳥鳴百花開迴首乃爾爲丈夫貴自勗千載以爲期

明月皎夜光出自河漢東衆星粲以繁牽牛正當中永懷乘槎人上與河源通溯遊往從之杳杳將安窮至人凌倒景千載幸一逢願言攬其袪一洗塵埃空乘風游汗漫歷歷天九重有志未能就憂心徒忡忡

王進德

進德字仁甫上元人北山詩話王仁甫事母余氏以孝聞與兄君祥君玉相友愛郡

庠火爲搆講堂高壯宏敞禮器一新又買宅區割田九頃以建江東書院朝錫以額設官掌其教做范文正公義莊以贍親族每歉歲施米鈔粥麵疫則市善藥延良醫至戶治療寒則施楮衾貧死者施棺木以斂天歷二年卒年八十四配于氏有賢淑稱君祥子子清君玉子子淵子渭子澄仁甫子子雲子霖壻徐應隆涂煥章呂元知趙良弼于德淵戚光皆有文學詳吳文正公澄金陵王居士墓誌葬安德鄉石子岡孫瑜瑄玉璐珵璉琇珏璹子清子珩琚璜瓛

盧龍山懷古

洛陽不可見誰復見盧龍卻把江東地權名塞北峰聞雞空慷慨渡馬自從容何代無人賣丸泥笑爾封

張文盛

文盛字彬之自稱巽隱翁句容人曾祖慧祖仲父端行文盛性穎悟自力于學讀書通大義工草隸尤邃

於醫蓄方藥以濟人卓犖有康世志至元乙亥元兵
南渡破建業守者宵遁兵四散掠旁邑文盛與兄文
浩侍母谷氏疾守死不去先鋒至叱曰何敢然欲兵
之文盛與兄泣告曰母病不良於行請以身代死帥
義之曰孝子也遂去之且戒麾下勿擾其里又予之
檄使招集流散復爲計然之術致富晚好吟詠意致
淸佳客游淮南與名士唱酬往來卒葬黃塘原江陰
陸文圭爲墓誌

詠草

饑卽堪餐嗅卽香天無棄物地皆良君臣佐使無非用當日
神農卻遍嘗

王鈞容

鈞容字受甫溧水人自稱三湖居士至元戊子膺薦
辟授江陰知縣革火化溺女之俗世稱循吏擢戶部
郎出知廬州

固城湖

春來楊柳綠盈隄一望湖天烟樹迷幾度問津尋釣客落花
飛處片帆低

乳鴨初飛湖水平菰蒲分綠上檻庭荷錢遍買烟波趣不繫
漁航伴月明

滿湖紅袂朵蓮歸絶浦初看獨雁飛落景涼颸孤棹急莫教
新露點秋衣

衰柳嘶烏月冷時黄蘆落雁折霜枝冰寒湖静空收釣欸乃
長歌歸獨遲

吳琳

琳字禹玉，一字存吾，溧水人，宋丞相潛次子，仕元，討台州賊楊鎮龍有功，陞江東招討使，鎮金陵。吳師道云：存吾書法奇逸，詩亦高勝，早年倅婺，題詩鹿田西寺壁，既去之明日，遣小吏持片紙覆其上。予以至治壬戌與張子長遊寺中見之，後數年，爲宣城錄事，館存吾故第，其孫鎮出家集，乃缺此篇，因寫遺之。宋詩紀事云：寶祐四年進士，倅婺州。按題名錄有吳璞，無吳琳，今從宛陵羣英集。

題鹿田西寺壁

爲從吏隱招提宿，相望城中隔幾塵。雲暗雨來疑是晚，山深寒在（在一作重）不知春。鉏松得石添幽徑，接竹通泉隔近隣。此去又尋三洞約，初平應怪我來頻。

吳寶儒

寶儒字叔武，溧水人，宋丞相潛孫，招討琳子，仕南雄

路總管

舊宫人

憶昔昭陽搗守宫幾將瓊臂點嬌紅晨陪龍馭來雕檻夕薦鸞帷宿綺櫳鬟壓寶翹金錯落髻横瑞燕玉玲瓏于今棄擲長門裏回首君恩似夢中

吳寶光

寶光溧水人

和趙陽山招挽歌

江國同宦游憶昔壯歲時投簪各辟地間闊傷亂離坐閱滄海塵夢斷邯鄲炊君抱河汾學著書擬古遺肯甘草木腐祇重禾黍悲鹿門守苦節耆舊今其誰譽子媿孤陋衰暮空棲遲三復甲子編撫卷爲吁嘻

世事固不常人生竟何爲城市多紛擾林泉有幽奇伊人共歆慕何事獨嗟咨窮達等浮休達者自悟之委順付造物佚老足自怡寄傲北窗卧舒嘯東皋耔名教眞樂地何憂復何疑天未喪斯文文其不在兹請輟楚人些載歌盤谷詩

吳欽

欽字敬之溧水人淵曾孫至正時避亂徙居郭村港

和子彦弟柳枝詞

嫋嫋何因舞未休更拋飛絮惹行舟年來慣領烟波味攬盡春風不解愁

吳鏌

鏌字子彦溧水人宋丞相潛曾孫總管寶儒子以蔭仕福建鈔庫提舉歷來陽知州

夜坐

微月耿窗影，回風遞鈴音。幽孑方獨坐，警此中夜心。湛然體太虛，不受塵滓侵。明朝接世事，何必論浮沉。

杜門

杜門養我拙，將謂得自安。豈期窘人事，朝夕生百端。東家子乘龍，西家女乘鸞。試將謀諸婦，婦言良可歎。子不義居鄉，而以廉居官。今玆用不足，羞澀將誰看。我當鬻簪珥，日爲治杯盤。上堂奉我姑，怡然有餘歡。請君秉素節，瑣瑣毋相干。

有之老師下過留宿

龜峰之西結茅屋，南岡先生夜投宿。開門出迎喜欲舞，童子烹雞酒新漉。別來三月意顛倒，自言豸冠相遇好。披圖見畫復見詩，筆法遠過東巖老。燈前細酌尊易空，僻居甚媿無鮮

醲連床醉臥不知曉覺來山寺鳴霜鐘

再用有之老師韻以謝

黄昏炊烟起鄰屋獨樹槎牙鳥爭宿新醅香動喜客來螘泒蛆浮不須甁戲酬交處玉山倒燈火頻開爲詩好勸君適興須盡歡昨日朱顏今日老書囊無底非談空令人心醉如酒醲他年佳話起今夕應笑寸筳撞巨鐘

象山書院卽事

我本閩中客因人得勝遊泉聲晴亦雨山氣夏先秋舊友能青眼新知豈白頭開懷盡樽俎更爲月嚴留

送麻仲德提點三茅觀

麻姑連峰秀仙人昔游盤之子稟清淑皎然冰雪顏羈貫慕沖素從師造天闕朝采碧珠華夕驂白雲鸞嘉命被恩寵飄

飄暫南還七寶得眞境三茅領仙班送別相與期行當一登攀願乘泠風御翺翔五雲端

遊道巖題葆眞觀

道巖啟奇秀混沌竅天工崚嶒若外屏虛明乃中通天池玉泉注香鑪紫烟濛瑁簷抗浮雲寶蓋凌層空秋蓮試砥礪金液鍊芙蓉題名刻蒼壁飛酌臨春風淸境信瞻戀巖程惜倥偬

舟次硤石避雨古廟

漠漠春雲起巖谷白雲飛空亂如鏃牧兒狂走過橋西遠樹微茫數家屋浪高雪陳風忽顛移舟小泊古廟前坐待天回日西照江流不盡山蒼然

舟中

依稀殘夢水聲中落月餘輝入短篷似聽鄰舟催喚起今朝趁得上江風

吳銓

銓字子衡溧水人治中寶謙之子延祐甲寅領江浙漕司鄉薦授湖州錄判轉進議副尉集慶路錄判擢監察御史遷御史大夫以從護軍宣城郡公歸里第

子衡官監察御史時造佛寺於壽安山上章極言八君當好者四事曰修身任賢勤政愛民所不當好者六事曰佛法道術遊玩田獵聲色刑罰力救成珪等不當竄逐

壽子山學士次貢泰甫

令君莫歎鬢毛蒼鍊就芳名座亦香朝罷校書趨藝苑公餘退食自含章雲龍氣運符千載魚水精神會一堂望望長庚與東壁乾文昨夜炳祥光

吳鉉

鉉字子玉一字省庵溧水人知縣寳信之子好遊山水百觴不醉

鑑湖晚釣爲陳希聖賦

霜鏡飄飄落暮天亭亭清碧浸星躔短蓬豈畏風濤迴長釣非關鱠鱖鮮縹緲空江浮野燒周遭別渚冐寒烟一聲欸乃滄洲趣不向君王乞剡川

吳鑑

鑑字子明一字譽潭溧水人轉運使禮之子善八分楷篆官浙江廉訪司典書

答子衡兄以有勸出意

潦倒一窮閻胸襟即太虛紛忙忘懊惱幻妄息趦趄醉去還

芻酒醒來便讀書何須韶節下杖履自如如

吳鑰

鑰字子啟一字拙遠溧水人總管實儒次子築室扁曰寄傲廉訪使陳齊盧公薦以歲貢儒吏辟

環翠樓為龍門王伯達

白龍堆下仲宣樓十二欄杆曲曲幽劍葉拂筵山鳳舞虬枝迴檻海濤浮雲陰覆地清如洗月影橫窗翠欲流試向烟蘿深處望寒泉絡石下金牛

吳鍇

鍇字子堅一字拙善溧水人領浙江省舉授大理司直除秘書省正字轉著作佐郎太子副司經政國史院編修與纂集大元通判制擢太府丞子堅築室於南國扁其樓

日紹芳言繼履齋諸先烈之芳聲也

盛文舉還平陽

千里平陽一日還別情偏是客中難來朝遥上蕪蔞望雲樹亭亭涿鹿山

吳鍾

鍾字子豐一字足軒溧水人縣丞寶先幼子

樵夫答華相公惟誠

荷擔平明入翠微捫蘿攀磴不知疲蓬邱未采千年藥石室貪觀一局棋城市歸來非昔日斧柯重覩異平時桃源恐是荒唐説未必山深歲月遲

窈窕雲亭石欲頹春風藜杖共徘徊拂筵語燕留人住隔水花香撲面來和露折葵烹冷炙剜苔劚筍送新醅百年四美

難井得元晏先生笑口開

答白鹿汪季歷見寄

迂徐最愛水雲鄉卻瞰清湍結草堂萬里乾坤隨俛仰一襟風月恣徜徉枕邊淑氣喨山鳥鏡裏春風發野棠獨歎中原烽燧警恨無頗牧鎮邊疆

吳臯

臯字舜舉潛之諸孫臨江路儒學教授有吾吾類稿

北山詩話吳舜舉吾吾類稿三卷採自永樂大典錄入四庫全書洵祕冊也前有胡居敬序云先生殁其子均彙次遺稿屬爲敘先生世家臨川履齋丞相之諸孫早游吳文正之門緒曾按吳履齋子孫多處溧水舜舉之父不詳何名或因游宦僑寓臨川然既爲履齋諸孫當錄入金陵也其詩爲顧氏元詩選所未載彌足珍矣

題息軒

盛寵龔奇患林邱貧曠逸未彌兵革艱遺榮推達識於焉世氛絶最恃耕鑿力豈伊農畝儔畢志偶沮溺開軒面場圃充棟浩羣籍學耕非二致安計作與息作息本自然含哺便終夕

題清隱軒

巨浸渺横流懷襄日湯湯竟朝閲羣籍時繹心所臧客言叔度賢襃然遠騰芳豈依泉石幽深中膏與肓甘旨奉嚴親力耕道其常懿彼桀溺儔爰與寵辱忘羡子陟危亂不失居井鄉奈何參商居未獲覯清揚不得同巧笑永永遥相望蹇予困行邁何由際時康

三月廿日得幼兒消息聞在崇仁故里

承檄赴鰲磎兹辰乃還鄉于時際昇平欣覩憲度章歸來踰

兩載（庚寅七月樂安秩滿壬辰兵起）海宇糜寇攘乃知十稔後不得霑泰康
遊宦寓滇碧中途逢虎狼重罹檢剝苦所幸脫死亡癸卯秋
告仲兵勢日熾昌孤城寡不敵破陷俱倉惶四門守軍律閉
禦示故常丈夫且莫越童稚焉足當刲復負荷重竄逸莫可
臧于焉被毆執仍慮或見戕父子不相保東西各彷徨亂後
永相失爲已懷抱傷有客來故里具言居處詳會面良可必
聊且慰衷腸

擬古十首次劉誾廷韻

逆節圮崇綱橫潰肆狂㻌宗王炳麟史昧此謀甯綏民彝詎
宜泯四維遽云斷疇能靖羣凶未覺事功罕豈不念無辜憂
來氣恆短卓彼一匡功其人獨稱管
騎射息芳辰餘閒端可卜戲玩足娛心轅門抛蹴蹴高齊

浮雲式駭衆觀目將軍誇巧捷接踢最稱速噫彼暴殄餘窮
欲未云足恢恢天弗私惡稔禍胥促
自從喪亂來東西安所之山谷弗可居浮海弗可期餘黎靡
子遺中邊悉如兹藩維弛臣節不靦死獨遲遁辭尙可托徒
勞播聲詩媿爾忝章甫哀號希用悲
夷叔卓傑識時議駭且驚始也義形色終焉心靡平登山迹
旣薖薇蕨豈可生去余已千代昭然無隱情後賢昧厥旨較
若失萬程何須重此文修辭費將迎
子房閔韓亡捷足騁高志修名列三傑或侈運籌事圯橋期
屢失詎謂偶相值鍾姿良粹美神降會元氣明哲旣保身聲
名照天地荆楚兹遼哉邈矣隔淮泗飛鴻墮遺音云有帛書
字

光覺著高節明王禮不賓藏深靡求衒高蹈豈無因商嶺芝可茹楚澤蘭堪紉買斧事樵採茲焉畢晨昏伊人不守沔胡爲乃栖鎬俯仰終媿怍信罹邅與迍

負固擾南紀從昔著苗民虞廷一振旅舞干義帝陳秖緣類莫殄宥此弗順身祇敘仍黷武徒勞邏與巡綱維遽云斷那能一朝伸元端習儒服亦復岸此巾徒守子雲學漫誇首陽仁投畀息羣憤毋令浼斯人

世無柳下惠疇敦此夫薄全生已虧行奚用咨流落摛詞縱工麗未足禆述作邊廷馳羽檄擾擾夜喧柝流血川谷殷瘡痍曷淸廓忠臣炳休光鼠輩尙安託

經德貴不回吾否悔甯晚事去莫知非暝行亦亡返堂堂尋陽守重義知所本捐軀著忠節欲救天步蹇修名光簡冊不

娩巡與遠爾獨念鄉井歸心入私忖安成不可即何計遂畊墾漫補登山屐徒懷浮海舟孰抱樂毅才誰卧元龍樓往事成悒悒來今悵悠悠戈舸雜遊卒川塗不可遊疇能念塗炭積此已十秋人命亦可憐倏忽水上漚皇風被九宇謳吟良不休

憶東湖舊居

問我歸歟日茫然未有期十年經戰伐六合徧瘡痍川瞑滕王閣雲深孺子祠向來幽隱地陰燐晚風悲

不到東湖上相將又十年道邊皆甲冑城上暗旌旃落日歸心絕寒空殺氣塡無由問親舊翹首一潸然

用韻貽周愜

春風華館重留連悵望幽期好信傳爲客自憐彈鋏放懷
曾約棹觥船誅茅喜結雲根屋洗硯仍分石罅泉不厭臨池
頻洗耳清風爲我奏松絃

寄李伯昭兼柬守吾

仁里曾聞好辟兵敢入于我費逢迎落花風雨殘春酒遠道
東西倦客情珍果引苗懸翠檻乾螢分燄上書檠西齋自守
吾元在甫問仍煩寄一聲

偶成二絕句簡魯威學士

雲物淒涼小雪初半庭殘菊蝶來疏連朝筆硯多忙事借得
東泉學士書
病起頭顱不可風南窗晴日正融融天憐老境無差使乞與
詩篇酒醆中

寄歸學士彥温時寓夏縣

老筆文章史漢間喜聞華髮映朱顏司空舊隱王官谷開府今稱庾子山一色黃金丹竈火十年清夢紫宸班與君歲晚方相見久辦歸田疏乞還

雷秉義

秉義字直方江甯人南郊德恩寺有古井篆書雷山義泉四大字至正戊子雷秉義書

送李晉仲之餘干州教授

職領宮牆鶚薦年世家風度自翩翩龍河風暖舟離岸彭蠡帆開浪接天可但文章驚俗子要看禮樂紹先賢供匡丹井吟聲徹定有仙人許拍肩

謝宗可

宗可金陵人有詠物詩汪澤民序云金陵謝宗可爲詠物詩數百篇涵蓋精微詞必新理必正事必工字必謹絢靡而不傷於華平淡而不流於俗於是求公之心槩可知矣謝氏詠物詩與瞿宗吉合刻者僅百首元詩選亦不出此百首之外水絲館單刻本上下二卷四百餘首其下卷皆秀野草堂所未選者考歸田詩話云謝宗可賣花聲詩今在上卷汪澤民序亦云數百首則百首非足本矣近又得明朱蘭嵎侍郎詠物詩刻本一卷其遊絲竹粉等三十八首俱見謝詩上卷其落花美人手等三十九首俱見謝詩下卷一字不異豈蘭嵎有和謝詠物詩後失其稾其家子孫誤以謝詩入梓耶然落花詩貽羅阿嬌金屋今載歸西子館娃空周吉甫亦以爲蘭嵎詩蓋其誤已久矣

睡燕

補巢銜罷落花泥困頓東風倦翼低金屋晝長隨蝶化雕梁春盡怕鶯啼魂飛漢殿人應老夢入烏衣路轉迷卻怪捲簾人喚醒小橋深巷夕陽西

睡蝶

不趁游蜂上下狂。閒舒倦翅怯尋芳。花房舞罷春酣重，草徑棲遲曉夢長。貪困有誰憐褪粉，返魂無力去偷香。漆園傲吏忘形久，莫到蘧蘧枕上忙。

雁賓

地北天南萬里身。驚寒昨夜過邊塵。暫隨沙漠秋來夢，留得湘江社後春。水宿雲飛同是客，風嘹月唳自相親。荒汀斷渚年年路，應認蘆花作主人。

龍杖

鱗甲光搖玉一枝。幽宮躍出袖中持。多因掌握提攜晚，休恨飛騰變化遲。綏策不愁山雨溼，醉橫長有野雲隨。會看挂壁風雷起，莫待詩翁過葛陂。

虎頂杯

骨醉於莵一掬春掌中白額氣如雲南山月暈夢初醒北海
風生酒半醺暢飲自懷班定遠酣歌誰酹顧參軍醉鄉亦有
封侯地笑綰金符便策勳

琉璃簾

澄江搖碎一庭秋瑩碧玲瓏綱浪浮淨練懸風晴未落明河
接地曉難收氷痕半捲銀鉤冷繡帶低垂玉縷柔纖手怯寒
輕揭起不妨月影上南樓

雪燈

一炬燒寒照夜長玉蟲飛入白紗囊氷壺吞月涵秋影海蚌
懷珠吐夜光六出自隨飛燼落寸輝不受積陰藏渾疑凍壑
寒匣底忽見東風轉太陽

蟠梅

縈青絆碧裂蒼苔歲晏寒香宛轉來蛟蟄凍雲休骨瘦龍眠夜月玉鱗開風霜氣勢從千折鐵石心腸亦九迴祇為東君甘自屈不教枉占百花魁

茶烟

玉川鑪畔影沈沈澹碧縈空杳隔林蚓竅聲微松火暗鳳團香暖竹窗陰詩成禪榻風初起夢破僧房雪未深老鶴遲歸無俗客白雲一縷在遙岑

游絲

搖曳春光百尺輕烟綃舞斷任縱橫暗縈芳恨應無力亂綰花愁似有情一縷縧楊風正軟半痕紅杏雨初晴莫教飛到天機上空誤龍梭織不成

紅樹

楓塢梨園醉曉霜纈衣零落舞金商半山留日樹無影一徑
有風花不香蕭寺烟晴秋易老御溝水急恨空長詩人自愛
停車晚還記清陰六月凉

松枝火

蘇骨誰教刼火侵欲將春意破窮陰鱗鬣光動紅雲起膏液
香融紫霧深餘燼尚留霜後節死灰難滅歲寒心有時焰起
隨風轉猶是蒼龍澗底吟

白蓮

三千宮額翠雲房洗褪鉛華淺淡妝仙掌月明應自怨東林
夢遠爲誰芳波澄夜靜花無影露冷風清玉有香舞罷霓裳
誰得似六郎清瘦比何郎

行根筍

琅玕林立拂雲高詰屈盤根茁土膏龍尾挂厓鷹攫爪鳳味
銜石蟹舒螯濤陰只擬過鄰屋玉版何期飫老饕好待春雷
抽犢角長鑱不用費爬搔

劉 鎬

鎬字所照金陵人愈之子延祐乙卯進士官御史

正覺寺覩吳正肅碑記有感

梵宮徙建自新亭來讀遺碑感妙齡欲仿文翁鑴石室遍羅
禮器聖人經

袁 矩

矩字子方建康人延祐乙卯官著作郎

羑石山

翠阜晴光動烟嵐染最工人行山市店花落酒旗風細路蒼

苕滑平橋野水通前村簫鼓鬧新服走村翁

廖　毅

毅字宏道建康人元鍾嗣成點鬼簿廖毅字宏道建康人泰定三年丙寅春余友周仲彬與之會即叙平生權時出一二舊作皆不凡俗天歷二年春抱疾卒於友人江漢卿家漢卿與黃煥章買棺具殮公能書善行文不草率題伍王廟壁有折桂令一曲人間未得注金甌天上先敎記玉樓恨蒼穹不與斯人壽未成名已上荒邱歎平生壯志難酬朝還暮春又秋爲思君淚滿鷫裘

題伍王廟

浩浩凌雲志巍巍報國心忠魂與潮汐萬古不消沈

劉　梓

梓字彥敬溧水人應昂孫泰定中進士官至廉訪使

彰教寺

湖光圍不住山作鳳凰飛古寺穿雲溼疏鐘出樹微老僧方

入定遊客欲忘機何事搜唐碣無言對夕暉

戚光

光字子雲江甯人集慶路學訓導有集慶續志南唐書注釋金陵新志吳後主紀功碑至治二年臺掾楊益得之臺廨草間輿敎授湯彌昌訓導李光戚光丁亨中丞石公珪治書郭公思貞募民舁置廟學門內之左

月華橋

流水涓涓繞路斜故宮春盡散啼鴉波聲何處尋吳苑月色依然似趙家幾縷陰晴歸柳葉百年興廢問桃花旁人指點稱行在想見當年帳殿霞

李楙

楙字子才江甯人璽之孫天歷己巳進士饒州路鄱陽縣丞金陵新志至治癸亥郡人李桓江浙省第二十七名明年會試下第恩例授餘干敎授天

歷己巳郡人李楙江浙省第十六名明年會試中選殿試二甲同進士出身受將仕郎饒州路溧陽縣丞元詩選癸集謂子才至順庚午進士第與弟桓同榜誤

寄贈華陽洞隱者

句容郭裏望三峰綠翠芙蓉杳靄中安得與君騎兩鹿碧巖深處聽松風

天上神仙白玉扉春雲誰繡六銖衣人間傳得新詩句爲有高僧到紫微

李桓

桓字晉仲江甯人楙之弟至治癸亥領鄉薦至順龍飛初榜特加優異授餘干州教授累遷江浙儒學副提舉龍南縣尹附載元史楊載傳中元詩選癸集云晉仲祖居溧水嘗自稱中山李某居官頗稱廉簡以文鳴江東紆餘豐潤尤善小篆金陵新志上元縣學後至元五年縣

令田賢重修進士李桓有記又雨花山清源觀碑李桓撰八分書今存元釋覺岸釋氏稽古略有桓序句容重修學記亦桓書元程端學積齋集送李晉仲下第南歸序云晉仲家建康教諭上饒五千里來京師而不得志於有司其儕或戚戚至感泣而晉仲不一變其色且曰吾學未充命未偶耳君子求其在我者自外至非所論也非養之有素而不但爲科舉之學者能若是哉

題越國進西施圖

一笑端令國爲傾春風歌舞學初成此行便覺吳爲沼戰勝何須十萬兵

題謝龜巢辨惑編

世降周姬王化凌夷異端並作日衍月滋其惑非一風俗以衰迷罔或悟匪氓蚩蚩死生鬼神祭祀蓍龜謨訓孔昭典法具垂昧彼正途蹈於他歧妖怪是徵淫邪是祠癘疫是畏巫

覡是祈禁忌之拘時日之疑葬必求利喪禮則虧曰相曰命爲妄爲欺至於老佛與聖背馳陷溺其中胡乃弗思事事物物惟理可推是非有無孰外於斯理苟明矣或安所施何以明理格物致知辨惑之要庶其在兹卓爾特立有見者誰維子蘭氏大雅之資篤信力行俛焉孜孜悼昏閔愚戒勸箴規爰述此編採輯靡遺善行嘉言可效以師于以辨惑瞭如妍媸家傳其書人習其辭勿謂無益俗變風移人心既正善治之基嗚呼識者爲余寶之

王謙

謙字一和復元子世其學至正間出爲鎮江路總管尋授嘉議大夫寶慶路總管致仕

贈集虚先生

久客京都喜遂歸日長風細撲征衣歸來相對青山坐杉頂
丹光繞翠微

胡澤民

澤民字宗尹號莘隱句容人曾祖元震祖南父庭桂世有隱德澤民性孝友家蓄書甚富邑士求書者必之胡氏性儉約布衣終身明窗淨几湛如也子體仁字長卿亦有文學葬城南五里岡江陰陸文圭爲墓誌銘稱爲醇儒云

題艾宣畫孟浩然見明皇圖宣金陵人志稱其善畫花鳥

山人野服兩鬢禿驟見鸞輿驚匍匐中允引導獻新詩意在薦達登形墀北闕上書苦不已南山高臥慵不起君不棄臣臣自棄放臣還山臣去矣吁嗟乎漁陽鼙鼓烟塵昏凝碧池頭聲暗吞浩然乘舟歸鹿門

金陵詩徵卷九終

江甯翁長森校字

金陵詩徵卷十

上元朱緒曾編

元

楊翮

翮字文舉，上元人，剛中子。元末官休寧主簿，至正五年歷任提舉江浙學校、太常博士。明初充纂修，後以譎死。有佩玉齋類稿。

虞道園云翮之文因事以明理不以艱險自窒盡言以伸義不以曠達自高職勞而事繁有進學之益得所當言而止無出位之思楊孟載悼文舉博士詩云白髮蒼髯老奉常亂離終喜得還鄉八分書古追東漢七字詩成到盛唐譎死已無書滿屋病多惟有藥成囊我慙同姓曾相識宿草西風淚數行吾鄉元人文集惟佩玉齋類稿有傳本余假鈔於文瀾閣後又得舊鈔本增十之二蓋文舉官休寧主簿時所編詩僅附於文末然如丁檜亭集序朱右白雲稿序俱未載是文亦未賅備也楊孟載稱其詩到盛

唐似當別有詩集今止於雅頌正音中畧見一斑而已謝肅密菴集詩注纂修同事有楊翮姓名孟載詩有謫死已無書滿屋之句知其被謫而死也文舉有弟名牖字文開見送索都事詩序及吳復輿跋中文開亦有集吳跋云鄉寓景仁魏君書塾獲與江甯楊先生鄰壁相聞先生季子文開以盛作見示嘗贊語編末是也有妹名柔勝適龍興路學正孔友益讀書通大義見孔門楊氏墓誌中元代鄉邦文獻寥寥文舉集中可稽者如趙漢章居秦淮發源處築松澗堂葛信民居溧水起索齋孔肅夫居呂山作靜齋柳巽居秦淮造有融齋及文舉自建長宜軒以貯鼎彝此堂宇之名僅見者也至於文人名姓如楊宗訓爲撫州守楊公之孫劉建中爲南臺御史楊公之徒質直之士曰陳希賢以薦爲贛州學正富室之子曰王中父以薦爲信州照磨明道山長湯子遜寓官馬彥翬中山王處士求雨此耆舊之名僅見者也若夫胡天祺譯史余東卿秦淮棹歌江永之雷鍾小藁唐本道九曲韻語王仁甫邾留詩孔肅夫自然亭詩李蓮之詩藁此著述之名僅見者也當亟梓以廣其傳庶諸人亦借以不湮沒云

建德縣三皇廟碑詩

維古聖神繼天立極俾我生民貴出羣物彌億萬年曷贊其

德於皇天朝崇祀有秩凡有民社莫敢不式翳此建德池陽之邑邑侯孔仁仲剛氏辛聖神是欽惠此邑人大營新宮庸報本始皇居謐清烜赫峻偉瞻敬有嚴式稱完美玉峰盤合蘭水清瀰奉時春秋禎祥止止麗牲有石刻辭是紀昭示來者敬嗣成軌

送御史梁公赴任江南行臺

維古宣歙觀察是設皇道使節來訪來諏侯誰嘉賓梁公其人公孝於親敬共爲臣恂恂其質介介其特乃踐乃歷風紀所出自公來東歲饑而戎我民之窮公遭其逢公有謀畧甦我民瘼拯其溝壑兵莫敢虐民求其原載公之恩願公子孫既碩且蕃公作御史式躋顯仕愛莫能止壹原贊喜公曰崇哉將其復來將其復來慰我民思

秦淮送王庭訓赴惠州照磨

子之好我兮日與子游今子遠邁兮我心悠悠神京西北兮雙闕雲浮羣仙翺翔兮呼朋儔遨哉天南兮甯久留

金谿縣孝女廟樂詞

有元至正元年撫州路金谿縣新作二孝女廟成拔二孝女姓葛氏在唐寶應間以官責其父沛斷鍊白金事不勝暴酷皆發恚投冶中焚死父因獲免并其邑除坑冶之害以迄于今是宜血食其土矣國子博士吳君師道旣文之石而祀神之詩闕焉上元楊翮撰爲樂詞三章俾金谿之民歲時詞之以祠孝女其辭曰

靈之來兮兩旗張導旌幢兮鏘琳琅繽晻曖兮相頡頏並輈軿兮歸故鄉歸故鄉兮民所望昭肸蠁兮胥洋洋庭燎煇兮夜未央椒蘭發兮鬱芬芳民報祀兮弗敢忘心屏營兮咸肅將靈格思兮民樂康

靈之留兮澹容與雲凝凝兮翳堂宇瓊筵陳兮合簫鼓列尊罍兮酌清酤牲肥腯兮承雕俎女巫進兮傞屢舞誦神德兮謌頌舉執捐軀兮悟時主齊英英兮惟孝女繼茲今兮饗終古靈醉飽兮民樂胥

靈之去兮將安之儼欲施兮猋上馳亙招摇兮爛祈祈遵雲路兮眷威遲金有賦兮地不遺竭貲産兮民力罷我邑井兮咸熙熙賴神惠兮獨弗罹千萬禩兮神是稽薦蘋藻兮答神釐靈遊逝兮民聿思

酬孔秀才

達人樂高蹈褰上躭遠遊遠遊欲何之禦冬無重裘棲棲道路間四顧誰與謀溫言忽相慰慶愜復焉求三復緇衣詩調高安能酬薄言寫心曲終覺懷慙羞

春遊次韻

白日諒難羈流光遽侵尋春風萬餘里觸景愁我心出門將何之高步凌嶇嶔纍纍邱冢間古木殊陰森昔賢日已遠朱絃尚遺音千秋百歲後有酒不可斟傷哉雍門語感之淚霑襟榮名安足羨行樂須在今夙興聽鴻雁嗷嗷尚哀吟

送索都事赴浙東憲僉

挾策事明主出入承明廬一爲淮南賓藉藉播清譽制詔擢御史行臺在東吳閒歲陞幕府遄聞復超除賓客出相送飲餞西城隅持節往何之直指婺女墟東甌抗於越會稽薄海隅行部列郡中山川鬱盤紆長吏走上謁縣令爲前驅駟馬何奕奕高蓋擁路衢觀者咸歎息云是今大儒誰言鐘鼎貴曾不由詩書區區刀筆吏安能適亨塗

遊廣教寺次李生韻

勝日欵禪宮蒼苔印屐蹤雲間聞梵語烟外聽齋鐘樹列千年檜林深百尺松明珠光錯落幽壑舞驪龍

寄于清叔

暖沁香篝宿火温絳紗紅燭照黄昏自憐不廢千金夜帳底吹笙倒玉尊

梅花亂落雪紛紛兩袖東風酒半醺春月滿堂歌舞散高情渾欲夢梨雲

樊淵

淵字浩翁句容人以孝旌門仕至廣東清遠縣主簿崇祀鄉賢元史有傳北山詩話明金華王忠文公偉有孝廉樊淵記略云江南被兵之初句容樊淵奉母遁於茅山爲邏卒所獲母不行將加以刃淵年十七抱母痛哭願以身代死卒矜其

情各截其髮縱之後以儒貢從事憲府欲迎養而母不待居喪哀毀憲副廉公促還職再三四弗應服闋憲使傅公召爲掾亦弗應歲時展省於墓春秋薦奠於家朝夕饋食於室如親之生存時鄉鄰述其孝廉之行遂以上聞及旌表命下廉公以浙東憲使爲大書旌表孝廉樊氏之門八字淵母既喪十有五年仕於浙西憲府歷三期又七年仕於廣東憲府歷一期選主廣州清遠縣簿作詩得詩人興味蓋有實行又有文采云按句容志孝友傳不具始末故詳録之元時句曲又有樊仲式受易於新安胡炳文同郡李桓服其文今所傳有重修社稷壇碑又有趙作礪字公砥少爲胡炳文吳澄所器重爲嘉興教授調武康後爲衍聖公薦除闕里教授

題雙瑞圖 録一

鯉湖蓮幹雙涵德芝莖九古來天地間嘉瑞亦云有芝蓮信異美未必可糧糗何如貽麰麥待哺悦衆口不見春秋時筆削若魯叟有瑞皆不書無麥乃深告麥登已足喜何況兩歧秀富媪出秘珍夫此事豈偶何來瑞漁陽歌詠鏗宇宙自從

音響寂何人繼其後句容本山邑田少草木茂去歲罹旱灾
民食炊劒首冬雪兆宜麥大嚼晲田畝今年春雨多尚恐雷
車騶豈意漁陽歌復歌千載后此歌賢令尹彼歌賢太守固
知天人應政出造化手令尹不爲功益以謹自守但云麥雖
瑞未必禾瑞否民間病已多一瑞未足救願言推君仁溥作
八荒壽舜風妙長養傳霖澤枯朽豐年多黍稌三四錢米斗
飽飯山中人黃雞酌白酒 右雙岐麥

哭錢浩翁 句容人

雲黯龍岡淚木枯孝心煉得鶴形癯青燈組豆三生話淡墨
衣冠九老圖雷動花城聞薦牘月明蓬海憶還珠祇應身後
香名在好種梅花繞墓廬

嚴瑄

瑄字國珍溧水人至正辛卯進士分宜縣丞

和王叔明聽雨樓詩

層檐集飛霤深砌走鳴瀑餘聲發天籟清風入林屋風波任喧洶燕坐瞑雙目寘身得蕭爽洗耳絕塵俗香穟鬱水沉簾花映湘竹篝燈動春酌翦韭留夜宿與客對牀眠清談未云足

史侯廟

窈窕風林石徑斜古碑文字走龍蛇一方祭祀傳荆俗千古衣冠出漢家春雨落花沾鬼蝶夕陽高樹噪神鴉我侯因錫斯民福時駕飈輪躡紫霞

史貞義女祠

殘碑拂拭認前朝萬古貞魂不可招惆悵瀨江東去水野烟

汀樹共蕭蕭

袁當時

當時字艮所溧水人至正丁酉舉於鄉先世家丹陽避紅巾亂因卜居中山遇茅山異人授以方書遂懸壺遁跡端木孝文欲援引之竟不可得有秋堂賦詩集

適固城湖

北風獵獵響黃蘆高挂征帆疾似驅一片好山看未了扁舟又過固城湖

成廷珪

廷珪字原常又字禮執六合人有居竹軒集京兆郜肅彥清中山劉欽叔讓輯其詩劉溧水詩人也

明蘇作睿六合縣志有成成原贈六合令伯士甯詩見成廷珪詩居竹軒集廷珪字原常訛爲成原今六合多成姓江浦白馬鄉成姓聚族而居六合元時屬揚州故元詩選以爲揚州人年七十餘卒於雲間

寄謝察院高德進憲史寄來楊友直書居竹軒三大字

三字封來墨未乾堂軒舒展對琅玕高人不待籠鵝換好客多從載酒看月夜有懷通白下秋潮無信寄長干清臺翠柏應千丈靜想風霜卷地寒

簡西江宋子與令尹楊翼之李斯立二先生

八月涼風催早寒家山空憶路漫漫滄江無處問書信白日何人生羽翰曉霧漲天迷故國夜潮流月到長干諸君莫責王夷甫我輩深慙管幼安

八月十五日聞眞州官民潰竄道路蹂躪而死者不可勝言黄軍因之剽掠則天長六合蕩爲邱墟矣

白沙消息苦難眞軍事危如火上薪老去未能生報國愁來只與死爲隣豺狼夜嘯逃亡屋貔虎秋驚戰伐塵悵望天長一條路王師何處渡淮津

戚戚行

戚戚復戚戚白頭殘兵向人泣短衣破綻露兩肘自說行年今七十軍裝費盡無一錢舊歲官程猶未得朝堂羽書昨日下帥府然燈點軍籍大男荷鍤北開河中男買刀南討賊官中法令有程期笳鼓發行星火急阿婆送子婦送夫行者觀之猶歎息老身今夕當守城猶自支更月中立

射鴨謡

阿儂手挽竹枝弓射鴨綠楊湖水東三三五五似學武一箭誤中雙飛鴻前船唱歌後船哭月黑湖中夜潛伏東海健兒

不敢過人命幾如几上肉老翁入縣前致辭夜夜全家猶野宿丁甯門戸且莫開明朝又怕官軍來

聞中原河決盜起有感

中原九月黃河水平陸魚龍吹浪起飛霜肅肅吹雁來禾黍漂流桑棗死大風怒號揚飛塵白晝剽掠如無人官軍不誅海東賊縣吏乃殺西村民夜聞羽書起丁力老稚嗷嗷向誰泣我當六十將奈何扶杖淮南望淮北

六月十三日聞邊警甚急有感而作

邊風六月作秋聲世事驚心百感生臺閣故人猶嗜酒閭閻小子亦談兵紅巾似草何時盡白骨如山幾日平甚欲移家渡江水老來幽獨最關情

悲徐州

彭城八月風塵起數郡義兵多戰死良家子女復何辜盡作黃河水中鬼髑髏塡海幾時歸千古沉冤無處洗王師一日天上來虜船夜斫浮橋開守橋將軍不敢敵狂瀾倒瀉聲如雷三山回望平如掌野曠猶聞金鼓響軍中少年當封侯爭入轅門請功賞江邊老翁死即休血淚霑襟空白頭

送李斯立

南國風塵滿西江道路難鄉人問家信津吏識儒冠短髮何由黑孤心只自丹放歌聊縱酒努力且加餐

同張仲舉蓊夜宿寒橋

柔櫓聲乾破寂寥青山磯下宿寒橋乾坤萬事雙蓬鬢風雨孤舟半夜潮丹鳳不來秋已老玉人何處水空遙幾時重醉秦淮酒細聽漁樵話六朝

題崔原亭竹深處余家有竹數竿人號之居竹軒原亭城西亦有竹數竿人號之竹深處余與崔君通家來往所好相同故及之

居竹軒中也自寬不愁無地著琅玕文公胸次空千畝李洞門前只一竿天與老夫醫惡俗日憑童子報平安崔家別墅尤高致遲子歸來守歲寒

題張天民先生移居圖

舊隱荆溪第幾村手栽松檜至今存大茅峰下千年鶴遲汝重來問子孫

送王止善歸茅山

句曲仙人止善君亂離何處避塵氛獨乘一葦凌滄海誰共三茅管白雲丹井洗瓢分石髓寶函封檢秘天文他年定有

方壺約幾夜蘇臺候鶴羣

董　甫

甫字伯大上元人

金陵節婦王氏閩閫幕官闞文興妻也文興死漳寇地遠不能返葬火其骸王氏亦投火死

夫爲婦之綱義與君父俱結髮爲夫婦生死誓不渝柰何俗日降詩詠淇梁狐衛風首柏舟萬古昭良模傷哉闞氏婦故家石城隅從夫事戎幕遠涉瘴癘區一旦失所天曷託千金軀昔爲堂燕雙今爲鏡鸞孤平生皦日心肯受行露濡捐身赴烈焰如雪投紅鑪夫以身殉國婦以身殉夫忠貞各自効節義同一塗飛魂逐炎烟殘灰委寒蕪行路爲慘怛卓行絕代無茫茫海天鶴寂寂雙林烏天倫事至重世教孰與扶潛

德苟不彰何以厲下懸賴有直諒士紀實悲遺珠堂堂揮椽筆耿耿發幽姝篇章極摹寫是乃良史徒

王雲起

雲起字霖仲上元人安上裔孫有友山遺稿吳文正公澄王友山詩序宋三百年文章歐曾二蘇各名一世而荆國王文公爲之最何也才識學行俱優也弟平甫子元澤亦卓爾不羣英哲萃於一門出於一時噫難乎其繼矣文公季弟純甫之遠孫雲起字霖仲胷懷坦坦如青天白日無掩蔽無晻曖言論挺挺如迅雷烈風無阿倚無留藏其徵於文也亦然韓子云昭晰者無疑優游者有餘霖仲蓋是也平甫元澤之後而復見斯人乎王氏其世有人矣哉

宋觀察使劉虎拒戰於五河中矢洞腹死妻王氏居建康守志五十餘年其子裕述其事因賦是詩

五十年前事危城力不支心驚飛矢地髮怒裹屍時夢醒孤鸞泣魂歸匹馬馳忠臣應有後式穀最堪思

王造

造字依中江霄八至正間主吳簿值元季兵興僑居光福

奉寄艮夫有道

羨君才思獨飄然愧我家無負郭田衰老未曾婚嫁畢積書猶望子孫賢一溪流水琴三尺萬樹梅花屋數椽倚杖衡門紅日落前村遥見隔林烟

立春感懷

韭黄蘆白簇春盤又見東風换苦寒萬里乾坤容短髮百年日月走飛丸㕶唇椒酒愁中飲過眼金旛夢裏看湖海飄零常作客舉頭見日憶長安

王諶

諶字之常江甯人造之子元詩選癸集云王處士諶喜爲詩有唐人音韻於岐黄尤精教授於鄉子皜洪武間任蘄州訓導

震澤陸氏新居

隱者新營水竹居秫田蔬圃附茅廬妻能手織兼供饋子肯躬耕更讀書百畝逢年家已給一尊終日席無虛亦知志士非高遯塵世王臣懶曳裾

江行二首

萬里長江一葉舟片帆西去水東流江汀楊柳如相識搖蕩春光繫客愁

翠柳牽風二月天畫船輕槳蕩晴烟楚江無浪平如鏡漁叟高懸網罟眠

馮椿

楷字庭幹金陵人

奉寄耕漁高士

朝耕鄧尉足暮漁震澤口出門星滿天回舟月在柳山芋甘如飴湖鯿大如手歸來脱野服談笑飲三斗

嚴貞

貞字宗正上元人

和拙存王先生竹深軒賞杏花詩韻兼呈上尊舂叔

春日軒窗面面開杏花朶朶出牆來終朝且盡尊前樂薄暮還從竹下回醉眼坐看迷遠近繞欄吟詠重徘徊東風最是無情者莫放殘紅滿緑苔

謝起東

起東上元人蕪湖教諭

叵山

欲浣征衫塵土痕白雲何處覓前村亂山匹馬踏寒葉滿地斜陽破寺門

趙鑑

鑑字叩之溧水人江西行省都事封句容縣男北山詩話趙叩之性好施里中飢者多賴以存活

題元祐姦黨碑

倒置忠姦榜國門諸賢翻賴姓名存京鏜有意師童蔡恨少豐碑刻慶元

夏疇

疇字君範句容人有北村集北山詩話夏君範好學能文詞賦尤善駢儷顏其亭曰疊玉

花碌山村

始信山居樂茅簷抱麓斜潺湲雙澗水彎兜一村花翁醉開顔笑童歌拍手譁蘧然蕉鹿醒十畝足生涯

吳復興

復興溧水人復興詩見宛陵羣英集蓋亦吳履齋後人也楊文舉佩玉齋類稿有復興跋

送賈憲使中書郎中

仙官夙製芙蓉裳爲乘白鹿來江鄉江鄉水淺不可駐卻眺薇垣歸帝旁薇垣庶政如蝟積破竹持衡需左掖上璅英主開太和下副蒼生望蘇息皐夔接武登淸朝羣公鼎鼐公能調就中吐握在所急誰肯詢釆遺芻蕘江水東來豈肯淺中有鯨魚逢蝘蜓願公咳唾轉陽春老驥尚堪千里遠

題四御史詩

煌煌明光宮螭頭惟御史諫諍乃其職安用論生死二人同心可斷金何況四人同一心補天正有回天力豈料白日黲雲陰雷霆震擊無不裂豈料分爲生死別極知臣罪固當誅豈料恩波爲昭雪吁嗟往事無復云但逢芹曝思獻君休言折翼不再舉到底薑桂彌芳辛死者已爲逢與比不作曹蜍泉下鬼生者常笑伏下立誰能孤負南牀食

贈吴子彦

獨步詞華起縉紳西江夢澤簡書頻文淵去國常思弟潘岳閒居只爲親香遠亭前荷葉老歲寒座上栢枝新當年祖笏分明在滿眼孫劉總後塵

陰元圭

元圭字君錫句容人池州教授辟江浙行省掾遷杭

州主簿以母老乞歸世稱石澗先生贈溧水州判

石澗吟

澗古絕人跡巖棲深復深牽牛時就飲逐鹿遠相尋世路有清濁空山無古今涓涓流不斷漱石作高吟

陰元愷

元愷字君舉句容人元圭弟台州學正改崇德縣傳貽書院山長世稱東野先生

暮春

細雨吹寒上小樓落花天氣十分愁也知春去無情思猶盼天涯客子舟

孔克齋

克齋字行素一字靜齋至聖五十五世孫祖宗善爲

建康路教授卒官父文昇字退之爲建康書掾因家溧水邑山贅於溧陽沈氏憲司薦授黃岡書院山長國史編修元末避兵台州著至正直記裔孫節之明正統間以詩名一夕賦梅花百首爲衍聖公所奇

句曲山房造熟水法以沉香釘插入林禽中置瓶內沃以沸湯密封瓶口久之乃飲其妙莫量

等閒一勺笑相嘗未識仙人有禁方泉挹柳洴調熟水火分丹竈試新湯雪山空憶頻婆果炎海爭思篤耨香何似華陽來小飲花甆啜罷洞天長

胡　晉

晉金陵人

慈姥山新開至治河

大江東馳瀉寒碧岸束碕盤相蕩射掀騰勃怒圭吳津慈姥
橫來抗勍敵雄磯虎踞當鋭衝猛浪鯨驅擣堅壁洞波亂石
吐復吞犀伏蟆浮惡難測極遷商旅繁貨貲百死求生脫咽
嗌鼕鼉節號羣挽牽分寸躋攀萬牛力抵巇失勢窘莫支巨
舸稠人紛破溺空聞千古嗟地險誰與設謀逃鬼域使君臨
郡知爲政幕府賓僚贊奇畫轉山取道鑿新河畚鍤雲從歡
服役當肘劈箭上驚湍忽見澄流布平席楚帆越棹積如林
米市酒鑪行可緝河名至治應紀年五馬觀遊賓彥集洞開
天門瀉清風催喚蛾眉添黛色舉觴相屬樂功成變易安危
在咫尺連艘大賈恩入骨斑檝舟師手加額願公紳笏居廟
堂坐使邦家固磐石

王 翥

翥字元翬句容人同時會稽亦有王翥字元翬俱見謝應芳懷古錄

封門晉侍中顧榮墓

晉人之墳近宰樹周瑜有孫能枉顧指點荒邱千百年卻憶長江五馬渡將軍衣冠没黃土下有六丁長守護我昔披榛謁古祠草露如珠溼芒屨西風蕭蕭白楊古淺碧粼粼遠洲露好事當時無一人荒烟落日秋雲駐萍蹤南北兩如夢白髮俄驚歲月暮今逢縣令立新碑再拜古祠生蘭慕

嚴謙

謙字益之溧水人自稱胥溪隱士元末明初徵辟不起永樂初知縣趙文振奉勅祭其墓

踏青有感

草草勞人思不禁年年春色一番青紅塵幾輩誇珠履輸與

芒鞋識淺深

汪　珍

珍金陵人

贈中山琴士焦茂卿

中山處士家軒轅譜法傳自軒邱仙世人有耳但聽箏與笛何曾識君指下弦爲我彈高山天台泰華高連天孤猿抱樹叫不住寒厓疊壁藏飛烟爲我彈流水黃河到海深無邊驚風涌波魚出壑疾雷起陸龍騰淵高山流水兩絶唱坐客不語心惺然花間窈窕囀春鳥葉底幽咽吟秋蟬琅璈瓊珮下寥廓盤車礙石行回旋關睢汝濆久不作黍離麥秀荒芊芊鈞天夢斷古意絶城郭雖是人民遷丹邱何處有瑤草辦取布襪青行纏相逢可惜俱是客何時弄月梅花前

夏　鑑

鑑字文明溧水人隱居不仕有漁樂集溧水志略漁樂少有氣節抵掌談天下事謂易理耳弗能就時格竟不仕掃一室藏先人遺書兀然其中曰足老我矣巨族爭延致之弗許也老而授徒鄉里門下多雋材或曰先生弗顯門下必有顯者漁樂大笑曰爾欲以北海太守榮鄭康成乎有司累辟不就壽七十五終詩宗長慶書肖率更

重過興化寺

十年不到延安寺今日重來感舊遊門鎖白雲千古意窗含紅葉萬山秋庖厨冷淡家風別樓閣晴明宿雨收吟罷夕陽歸路晚據鞍慵上紫驊騮

趙　嘉

嘉字景先句容人宏治句容志云趙景先資性穎敏篤嗜學問所爲詩文能追配古人有豪邁不可及者洪武十二年以博學薦試春官力辭不就職嘗自贊云謂爾爲儒學不逮古而粗能讀

其父書雖係有司之薦而乃推而弗居謂爾爲農四體不勤而手不曾把犁鉏然則何爲者閭閻偃蹇之士山澤之臞也夫

贈茅山道士趙希微

葆眞養性攝天根魯國靈光喜獨存遥望三峯若圖畫蒼烟映帶日雲根

姜石山

花外提壺柳外鶯杖藜扶我向山行春風更助騷人興杜碧衡紅一路生

王德甫

德甫字體仁句容人眞州知州棄官歸隱自號菊叟

北山詩話元季句曲王氏有二隱一曰德昇至正間累辟不出一曰德甫棄官歸田明初累召弗起又有湯禹賢者搆屋祖塋傍耕田教子以詩酒老

歸隱

挂冠匆促製荷衣回首浮雲始覺非昨日夢從今日醒出山心與在山違百年眠食歸蓬顆萬里關河悵夕暉新署頭銜爲菊叟青峯擁我讀書幃

袁　正

正溧水人官戶部主事

邑山曉雲歌

大坤濕氣蒸蓯龍油然勃然連蒼穹曙窗注望東邑峰須臾不見青芙蓉初疑博山噴出紫烟縷又疑蜃精海底推起龍王宮東西模糊總一色上下變幻知幾重既非芒碭山中隱劉季又非陽臺神女遥相通養文山豹隱丹壑失巢老鶴迷青松忽見千株萬株老古檜化作千丈萬丈蒼精龍斷崖滴

翠睛灑灑落花細雨春濛濛金烏欲上海水赤神光盪射生青紅狂飈捲地忽吹盡依然繡出金屏風奇奇怪怪渺無際且將浩興收拾塡心胸

趙丞相城南遺址歌

君不見宋祚昌將軍賜第耕溧陽又不見宋祚危將軍力竭難扶持黯黯烟塵塞天地夜半江東將星墜英雄不作二姓臣一擊青蛇化鯨去惟遺別墅瀕江湄斜陽慘慘風悽悽洗馬池乾秋草綠斷八石在荒臺欹金甲沉江流水墨寶劍墮地蒼龍飛至今英氣猶烈烈地老天荒不磨滅一尊無處酹忠魂空向江頭酹秋月

史侯廟

白水眞人握赤符將軍崛起輔皇圖奮身幸際風雲會舉手

曾將日月扶萬戶封侯資上邑千秋廟貌瞰平湖仍孫奕葉綿爪瓞尚有功名繼踵無

笪元德

元德金陵人官教諭

琴趣

枯桐渾不理朱絲古調高彈識者稀風蕩楊花春去遠窗橫梅影月來遲閑中不盡登臨意妙處深涵動靜機千載淵明應冷笑無絃清味少人知

趙由儕

由儕字德齊溧水人號中山居士

思親詩

余讀魯齋許文正公七月望日思親詩因見其天理沛然自胸襟流出承感者聞之即增其悲具慶偏侍

者由此甯不加敬自思兄弟往年當喪亂之餘不幸失怙藉慈母養教成人眞昊天罔極之思輒推廣其意而述五言古詩一篇五十二句以紀平居之懷紬之書藏示後人俾知所自云爾庚戌歲二月望日中山居士趙由儕識

一自先君逝行將四十春音容尋舊夢感慨試詳陳已歎生緣淺還思故國屯吳江悲血戰粤嶠困車轔共叱艱危甚尤驚賦歛頻朔風吹廣野赤日照流塵旣灑呼天淚方爲辟地民撫時非往昔感憤竟湮淪翕霍傳梅外倉皇問水濱諸孤隨弱母大慟向秋旻越歲甯戈甲歸鄉辦窆窀酹觴號雪夜扶柩履霜晨家緒中微甚人間事一新孩提慚不肖操守賴慈親絡緯燈前教禮褕膝下馴田廬勤保任門戶幾憂辛文獻由先德扶持荷化鈞宣華明晚景荆樹際芳辰眉壽斟瓊蟻春暉奉繡茵雖非登執要自不厭清貧努力尊天爵勤心

報大倫歸全期不忝化俗冀還涫信墨存家乘傳芳待後人
年年思雨露歲歲有松筠至忩通天地長歌感鬼神珍藏歸
韞匵大孝慕終身

周子固

子固溧水人

丞相趙葵遺址假山石

礧砢本奇極園林入眞趣自得元化功何當米芾遇當軒風
月覓峭壁烟霞護人去石尚存令人興慨慕

題太白酒樓

神龍不可覊竟脫萬乘屣舊事寄金鑾遺跡委荒址凭闌意
無限風月空自美不見騎鯨人吟情渺何許

寒光亭

簷影流不去天光蘸波碧開軒足清致遠山暎佳夕輕風入座隅水紋浮枕席魚鳥喜相親灑然脫塵迹

秦臺觀

聞說口南盤白山異哉仙境在人間千年樓閣空中起一片湖山畫裏看煮藥爐邊雲氣濕步虛壇上雨聲寒明朝捧詔朝金闕好借雙溪一鶴還

舒迪

迪字道原句容人自號華陽山人

寄白雲唐先生

春夏不瞻唐博士此情繾綣勝三秋遂令茅塞生方寸争奈氛埃障九州翻覆世情雲雨變盈虛天數日星浮紫陽家學傳眞派夜夜文光射斗牛

王元賓

元賓字國寶上元人元末不仕北山詩話王國寶父昇淵以才名著江左意不可一世而獨奇國寶國寶少從楊通微學事親孝交友義善料成敗子顯字微仲自號溪漁子與天台林右張轂皆負高世志人目爲狂有奇策元末以計獻御史大夫福壽殺賊潘甲方正學爲之傳

梓桐山

南郊景物趁初晴策杖閒隨麓足行濁酒有情常醉客好山無處不啼鶯枕流孫楚名心淡荷鍤劉伶世慮輕古寺花開春欲暮老僧一笑遠相迎

張復

復字光奉上元人北山詩話張復光奉與喻詢張士安元末以詩名又張繼先精於禮俱金陵人見梁寅石門集又郝常伯賣藥於市自稱青谿釣翁

秦淮醉題

南北興亡轉眼驚金雌詩讖未分明醉邀賀監呼狂客戲叱蕭郎作騎兵刼火紅羊銷世界浮雲蒼狗幻功名新亭座上南冠客帶得幽燕擊筑聲

蔣時中

時中溧水人

大石山

大石山頭兀盤石下有靈物阻深宅珠宮弄月躍泉光墨地飛雲沛甘澤瘦藤倒挂古洞前仙壇秋静明翠烟龍子冬卧春乃起素鱗鬬雪飛上天

寒光亭

寒光亭上寒光浮寒光亭下寒光流一川秀色浩欲舞白日浴波天鏡秋于湖才調世所敬曾此徘徊賞幽勝不妨驚起

舊沙鷗遠渺高風發孤詠

祖儁

儁字志遠一字丹湖又字澹齋元末居湖陽里溧水與當塗接界之區有繼杜集時未有高淳邑迨明宏治四年分溧水置高淳與則丹陽石臼固城三湖屬高淳而湖陽里隸高淳與當塗相鄰當塗鄉賢祠有祖儁因儁館於邑令張岩故爲之請而高淳置邑稍後故邑志未爲之立傳明永樂中召修大典七載書成不欲仕與楊欽琛齋同丐歸返舊隱欽從子深與當塗令張岩之子從受詩學時同邑夏鑑魏文綬邢養浩王以文袁均齋共徜徉於三湖年八十三丹湖集元詩選明詩綜未錄桐鄉金氏文瑞樓書目專詳明人遺集補詩綜之缺亦不載蓋流傳至罕也余幸得其梓本元末遺老入明不仕可謂高矣故急錄之

寄朱隱士斯實

美哉朱隱君幽棲謝塵土樓臺傍水開倒影日將午英英氣益豪不入漁樵伍吾儕自昔交駸駸幾寒暑竹林共流連殷

勸置樽俎醉酣花下筵倒著接䍦舞八事馬牛風世情雜今古信知范與張約不負雞黍望中惜別離疊疊江山阻揭來重見之腰折如傴僂呼酒更開顏形忘話爾汝時序數番新頭白已如許江上早梅開一枝聊寄語

浦雲軒

隱居愛幽獨結屋丹湖曲瞻彼浦南雲長日伴棲宿身與雲俱閒瀟瀟出塵俗縹緲素練輕芬芳翠帷馥笑傲雲水閒浩然清興足堪鄙八閒人升斗徇微祿何似田園居保身寡榮辱

飛雲曳南浦有人心夙好去住本無心閒中意同調幽棲厭奔競況乃趨非道所以恥虛名居然肆高蹈圭組豈不榮市朝亦易到潛淵等神蛟藏霧類文豹採菊希晉令餐芝企商

皓瞻彼衡宇外浦漱足娱眺雲飛影悠揚窗戸景窈窕隨風
畫披拂件月夕窺照依依鄭谷耕蟜蟜蘇門嘯將無愧二賢
千古有眞操

爲夏文明作溪山漁樂賦

君家久住舟湖曲歲歲牽蘿補茅屋吟哦興裹風月清欵乃
聲中山水緑隱君養親惟讀書以漁而樂樂非魚春擷幽芳
采蘅杜冬春軟米炊雕胡庖中有魚尊有酒酌酒烹魚介眉
壽酒酣耳熱歌烏烏富貴浮雲我何有自言蹤跡寄江湖短
蓬烟雨無時無山川歷歷舊遊處盡在晴雲舒畫圖此生獨
傲漁家樂浦雨溪風隨處泊有時蓬底醉瞢騰一任楊花如
雪落君不見嚴陵掉頭歸富春羊裘自分終其身帝須物色
訪故人等閒舉足摇星辰又不見太公昔釣磻溪水白髮蕭

蕭垂兩耳偶逢西伯獵非熊天下宗周從此始大賢出處雖不同總是烟波漁釣翁高高名節皎如日一絲千古留清風方今海宇昇平日天遣英材爲時出溪山風景亙足佳第恐徵書訪遺逸先生漁樂焉可必

可竹居

劉君劉君雅好竹辰日移來種林麓春風滿地長兒孫萬个森森美如玉碧雲遶戶生陰寒白日盈庭散晴綠幽人獨愛此中居瀟灑幽深遠塵俗鳴琴酌酒對扶疎終日窗前看不足書罷悠悠一事無散步逍遙自捫腹七賢六逸歸同心千古芳名繼遺躅何當杖履一追尋爲君對此歌淇澳

寄夏友直

優詔容投老年來雪滿簪詩書應有味軒冕卻無心鳥倦江

村遠雲歸嶺岫深齋居無一事時奏五絃琴

靈谷道中

爲言靈谷好太古色重重烟雨半巖草風濤十里松春途多滑馬晚寺但聞鐘自愧求名者無由寄隱蹤

清溪書舍

結屋清溪曲翛然盡日閒敲門無俗客開戶有青山詩思微茫裏琴聲杳靄間肯容分一榻此地共怡顔

寄同謝闕楊君欽

乞歸優詔許獨樂故園春四野蒼茫興三朝老病身年光隨處滿世事逐時新何日乘餘暇重來莫厭頻

贈聶先生館勝果寺

華館開方丈悠然興趣高詩從閒裏得禪向醉中逃竹露朝

霏雨松風夜鼓濤野人幽興孰來往未云勞

宿彰教院今王村庵

步入叢林日已曛老僧禪榻許平分醉來夜半不知雨夢覺山前都是雲齋鉢尚餘香積飯經筵未了貝多文上方喜在無塵地世事匆匆總不聞

重遊彰教寺

書罷行吟興轉賒尋幽重過梵王家老僧忙掃竹間榻倦僕緩停花外車怪石當途蹲虎豹枯藤繞樹絢龍蛇年來我亦嫌紛擾欲向山中度歲華

寄彰教寺僧

渺渺丹湖湖水涯上方樓閣碧參差石潭波靜龍眠久巖樹烟昏鶴上遲海內風塵僧未識山中境界客曾知何當載酒

尋蓮社共向閒中禮六時

謝闕還家

天上承恩下九重竟攜琴劒向江東半篙水足夜來雨十幅帆開午後風白鳥去邊汀樹緑青山盡處夕陽紅回瞻金闕遥離處五色祥雲繞碧空

送友左遷黔中

王郎才彦出金閨匹馬之官庾嶺西路轉瀟湘雙水合天連衡嶽萬山低桄榔葉緑蠻烟暗躑躅花紅越鳥啼此去不須傷宦謫好宣王化沐黔黎

暇日出郭

步出都門數里賒紫泥香軟少塵沙春風緑遍蘼蕪草曉雨紅催躑躅花流水板橋行客路淡烟茅屋野人家人生得意

須行樂莫遣清霜點鬢華

送溧水徐友

君家奕世舊箕裘宅卜南湖境最幽流水有情長傍戶好山無處不登樓雨隄白露蒹葭曉萬頃黄雲黍稻秋珍重南州高士榻阿咸曾爲十年留

聽松軒

舊種蒼松已滿林軒居無復市塵侵八窗虛籟三秋爽四座蒼雲六月陰花落晝閒人對奕鶴歸夜静客彈琴我來洗耳閑聽處雅亮都忘鄭衛淫

咸溪

曉乘清興過咸溪風景蒼茫望轉迷如意好花當馬落盡情幽鳥傍人啼數家茅屋牽蘿補幾畝沙田帶雨犂薄暮欲尋

歸去路小橋流水夕陽西

萬壽寺

樹遶祇園水繞隄市塵渾不到招提半窗白月見猿挂一榻綠陰聞鳥啼座擁金襴僧設講壁垂玉筯客留題年來我亦耽瀟洒幾度重遊散馬蹄

畫梅

不改經霜節渾開帶雪枝此心眞似鐵只有廣平知

春夜述懷

滿抱淸愁耿不眠月明花暗夜如年人生莫作江南客處處春山啼杜鵑

王　錫

錫字伯陽上元人

詠竹西山人截雪軒

竹西屋上長堆雪疑有天花雨法幢乘興偶忘居陸地浮家仍似在寒江蒲團夜白生虛室柳絮春陰覆短窗炎暑不爲融釋去定知滕六破收降

淮南偶書

郡邑蕭蕭百戰餘瘡痍未復尚征輸交情誰似周公瑾才學寧無董仲舒漢末英雄金刻璽淮西音捷羽傳書清江擊楫增高興故國無勞自索居

居仁

仁字仁恕世稱瞻菉先生句容人洪武初徵入朝不仕辭歸闢軒面竹披閱經史見元史同恕傳

夜宿茅山

華陽一入遠塵氛便覺仙凡兩地分聚散烟霞隨處變疾徐鐘磬隔林聞猿來洞口啼殘月鶴到松梢踏破雲掃石焚香尋羽士夜深相伴禮茅君

燕敬

敬字叔誼金陵人

秋日遊凌歊臺

千年霸業水東流古寺鐘聲落遠洲臺榭不興歌舞夢江山空結古今愁雲開天影蛾眉曉霜落潮痕采石秋幾度倍臨惆悵處（一作登臨倍惆悵）夕陽依舊渚（一作水）邊樓

秦元之

元之字習菴三原籍金陵人元末南臺侍御史（習菴元季侍御與周良卿邱某爲金陵三老明太祖取集慶路以禮延接元之薦陳靜誠於太祖考丁檜亭已有送

秦元之赴太禧同僉詩則元之至明初年甚高太祖尊禮之而未强以官也靜誠不受爵元之更可知矣劉炳春雨軒集有贈三原秦習菴侍御詩注名元之知習菴其字三原其本貫也劉思敬存徵錄云秦元之名從龍陳孝廉榮乃靜誠之裔出習菴與靜誠倡和詩因錄之

答陳中行

神皋毓靈秀蔚然人中英太邱衍厥緒鏘鏘鳳皇鳴顯晦關世運不受圭組榮長揖談仁義前席籌蒼生伊子遭世患四海沸奔鯨龍翔舊宮闕再過成榛荆停雲偶思友潸然寡所營燭武老且憊豈能佐承平轂城有高躅辟穀朝玉京願子崇明德皓首以爲盟

楊嵐

嵐字子山金陵人嘗避兵臨安至正末淮張迫典書記不就遁跡平望後隱居黎里號黎邨逸叟有清白

亭集

平望城

孤城三里近一望水雲平棹破鶯頭月旂開雉尾城烽烟卷暮氣鐃吹沸濤聲何日安江左秋風醉步兵

金陵詩徵卷十終

上元羅運經校字

金陵詩徵卷十一

上元朱緒曾編

明

高帝

帝姓朱諱元璋字國珍句容人事詳本紀

神鳳操

鈞天奏兮列丹墀俄翩翩兮鳳皇儀斂翱翔兮棲梧枝彼觀德兮直爲我辭

鍾山賡吳沈韻

嵯峨倚空碧環山皆拱伏遥岑如斂戟邇洞非茅屋靑松秀紫厓白石生元谷巖畔毓靈芝之峰頂森神木時時風雨生日日山林沐和鳴盡啼鶯善舉皆飛鵠山中道者禪隴頭童子

牧試問幾經年答云常辟穀

陳　遇

遇字中行上元人元温州路教授棄官歸爲明道書院山長太祖初入金陵以禮致之授禮部尙書不拜學者稱靜誠先生崇祀鄉賢明史有傳靜誠先生曾祖執中淮南都統制祖文德溧陽縣判父幸之元淮南鹽課提舉子三欽誠恭弟遠字中復工書畫翰林待詔遠子孟題亦善書

秦元之與周艮卿邱某同以德行徵稱金陵三老

贈三原秦習庵侍御

麟闕淪日光鯨翻立海水一龍躍天飛蛟螭供驅使煌煌溢京都被服盡金紫舊日柏臺吏亮節莫仰視宣室不能呼萬乘臨玉趾功在奠蒼生爵祿若敝屣此意誰得知靜含造化

理箕子悲殷墟陶公耽栗里

夏　煜

煜字允中上元人太祖丙申定金陵辟爲中書省博士戊戌調浙東分省兼巡撫明史有傳宋太史濂孫伯融詩集序云元季有丁仲容先生自天台來建業以能詩鳴當是時夏煜允中爲入室弟子其氣韻酷類而橫逸濟沛過之伯融進受指畫於先生退交允中士大夫稱之曰是肖乎允中者也又云伯融死於難後三年允中亦殁訪允中遺藁三十餘首錄藏青蘿山房云云緒曾按孫伯融死於壬寅允中没於後三年乙巳灼然可據而明初事蹟及俞本記事錄謂至正癸卯允中以家人販鹽敵境投黃鶴樓下大浪中三日而死乃妄說也

哀孫炎

垂老戎馬間相知復何有幼與孫炎交于今俱白首炎也雅好詩落魄惟耽酒醉中有神助不放持杯手才豪不受羈高

骨事田畝精勤脫頴出盤錯迎刀剖淚迹帝王州結交英俠
數喈喈朝陽桐濯濯新春柳南北暗兵塵妖星下天狗我皇
入金陵一見顏色厚高談天下計響若洪鐘叩卽拜丞相掾
奉身事明后再分太守符兼綰都官綬栝蒼實重地豺狼白
日吼皇曰汝孫炎其往總制某再拜謝不敏寵命敢虛受一
年風俗淸二年民物阜三年遠人歸上表請官守文章曹劉
亞政事龔黃右舊遊過金華與炎適相偶寒燈半夜花春盤
雪中酒終宴竟忘疲落月斜半戶臨別各上馬攬輿復立久
爲言有小女離家方襁負今來已五周見父能認否未必到
家期封書附姑舅置書篋笥間纔隔一月後墨色尚未乾語
音猶在口胡爲內變生失我平生友復恐是夢中仰天當戶
牖斗柄昏建辰月魄夕在酉今知眞死矣慟哭吞聲嘔後闕

遇害時拼刀落雙肘奮怒髮衝冠大駡血漂臼維時東南天彗出芒如帚淫淫苦雨愁煜煜驚電走魂兮早歸來空山不可狃我過孰與規我病誰云炙春酒釀薔薇莫子墳山缶西京七葉貂零落脱草莽既有千載名焉用百年壽峩峩馮公巖與子同不朽

康郎山奉旨 按鄱陽之戰儒臣惟劉基與煜二三人侍命煜等草檄賦詩此即應詔所作

三軍戰罷日重輪好雨東來爲洗塵絶壁秋聲清潄玉白沙月色爛堆銀氣成龍虎如王者兆應熊羆得老臣半夜內宫催草檄燭花影裏繡衣新

孫　炎

炎字伯融句容人明祖渡江辟爲掾累至處州總制壬寅苗將賀申等叛遇害葬聚寶山追封丹陽縣男

崇祀忠義鄉賢祠有孫左司集四卷明史忠義有傳

伯融祖文嗣父顯卿皆爲儒伯融身長六尺餘面黑如鐵一足偏跛從丁仲容遊得其詩旨嘗與夏允中對飲拈韻各出奇相勝每得一雋語槌案大呼譁聲撼四鄰子毅有父風門人蔣敬編其詩宋太史濂爲作墓銘並爲詩序

迎日詞

鳳炙兮麟脯瑤席兮桂俎樂萬舞兮如雲吹笙竽兮龍二女干子子載以輿六蒼虬歷天衢雲霈霈兮夜未艾執長轡兮久相待

宛轉詞

流黃機響春閨織成幼時華綵衣玉爲容水爲瞳二十嫁與梁家鴻妾歌瑟郎鼓琴海枯石爛同一心雲母屏夜向冥郎是明月妾是星鞭珊瑚障流蘇郎騎高馬妾坐車女蘿枝延

兎絲綿纒到老郎自知徑寸珠水中居團圓到老妾不如

題好溪圖送憲使黃繼先

君乘馬望君來栝蒼下君乘舟望君來好溪頭好溪水生玳瑁魚好溪水生明月珠好溪水生青珊瑚使君來此月再樞惟飲此水無一需使君之清水不如臨別贈君青絲轡隨君馬頭行萬里相思之心有如水

寶劍歌贈劉伯温

寶劍光耿耿佩之可以當一龍只是陰山太古雪爲誰結此青芙蓉明珠爲寶錦爲帶三尺枯蛟出冰海自從虎革裹干戈飛入芒碭育光彩青田劉郎漢諸孫傳家惟有此物存匣中千年睡不醒白帝血染桃花痕山童神全眼如日時見蜿蜒走虛室我逢龍精不敢彈正氣直貫青天寒還君持之獻

明主若歲大旱爲霖雨

龍灣城

龍灣城壯如鐵城下是長江城頭有明月明月照人心不移江水長流無盡時

奉使還途中聞東征捷音

南來萬里淨邊塵衘璧歸朝盡大臣城上玉繩浮婺女帳前銀甲擁天人出師已略扶桑國奉使須通析木津遂有江黄慕中夏可無書檄諭全閩

題縉雲少微山次周伯温韻

少微方丈擬王宮詩版流光射碧空處士大星能比月詞臣異代亦同風壇邊樹老爲龍去井底丹砂與海通飲水也能生羽翼骨青髓綠髮如葱

鄭大同

大同江甯人

山寺尋僧不值

旃林獨愛離世情尋僧遠過城西程泉聲欲斷忽不斷樹色將晴猶未晴澗戶無人行寂寂松林有鳥鳴嚶嚶不知飛錫向何處一片閒雲將送迎

周湞

湞字伯甯江甯人明初自饒州長史遷湖廣都事洪武二年任刑部尚書尋降惠州經歷明史有傳緒曾按明史周楨字文典江甯人周湞字伯甯鄱陽人江西十才子之一俱官刑部尚書太祖以唐宋皆有成律斷獄惟元以一時行事爲條格胥吏易爲奸詔定律令周湞與焉考劉嵩槎翁集有寄秣陵周伯甯及題上元周伯甯所贈惟善山水小圖詩則周湞字伯甯乃上元人或湞原籍鄱陽明初亦徙于金陵路氏入文

略周禎字文興長於詩則誤矣

槎翁集劉永之序秣陵周湞鄭大同亦以歌詩自雄予高與之馳騁上下名聲相埒案周公湞事詳明史經濟文章俱無遺憾鄉賢祠中所當補祀

劉昺春雨軒百哀詩周伯甯諱湞江表人詩律清競號才子士林延賞西社之俊也官尚書大雅何寥寥制作思述古藻思追大歷流英繼才子青海文魚翔赤岸天雞舞靈槎泝天河傷心睇遥浦

始發建業登龍江山祠感懷有作

去國思舊游尋山發幽眺遥淩天門石恍對臨海嶠神闗列雄鎮粉堞抱遺廟天水遠自空雲霞近爭耀客行始多感世事紛難料同俗豈素懷趨時固殊調既爲達士恥復被逐臣誚塵淚應言垂江容帶愁照秋陰散微翳炎景煽餘燎行矣庶無欺忠信庶可到

池口舟中見九華山

貞履無素期勞生意恆窘誰云戒殘路曾是返初隱水宿淹長晷山行阻修畛縹緲對雄標巑岏發奇蘊巖回氣如熉峯去勢猶引刻峭冠青蓮雕鏤矗丹笋嵃霞上斑剝石乳下碖磵山鬼從文貍淵靈閟元蜃睠言志藜藿未遂采芝菌觸事情已悲懷賢跡俱泯潛矣愧梅福去汝羞閔損入德險未夷天道明可準皋蘭豈徒歇岩桂芳未隕歲暮山中人結言候歸軫

聽楚君彈明妃引錄寄典籤劉彥昺

楚君爲彈明妃引始拂清絃還促軫別馬悲鳴坂路長元雲四起淒風緊明妃遺恨已千春寫入哀絃更苦辛太荒陰沈飛雪白掩抑摧藏共沾臆漢日長懸去國心胡雲不改懷鄉色卻憶明妃未嫁時黃金不買畫蛾眉縱令得免風沙苦生

長深宮那得知

孔克仁

克仁句容人洪武初爲行省都事進郎中出爲浙東按察使以事被逮明史有傳

春遊曲

鳳闕朝陽萬象春綠楊三月覆通津乘驄屢訪新豐市恐有鳶肩火色人

孔克讓

克讓句容人

水德婦李氏節行

水家貞婦蕙蘭姿廿載孀居節自持陶女矢歌黃鵠操共姜誓死柏舟詩感時顧影臨鸞鏡舉案傷心對繐帷只恨同生

朱同穴九原無路不勝悲

馬琬

琬字文璧金陵人洪武初仕爲撫州知府有灌園集

文璧受春秋於楊鐵厓元末寓雲間與清江貝瓊善

精小學篆籀作偏旁辯證一書貝序云文璧善古文

詩歌書似顔魯公畫似董北苑又序其灌園集云凡

詩五百餘篇輟耕錄載文璧漏卦一首亦善謔者也

又郝常伯賣藥於

市自稱青谿釣翁

題游彦洪池南書室

誰築池南室幽人自讀書竹光分硯沼花氣襲衣裾聽雨篝

燈後聞鶯對酒初長安游俠客回首竟何如

題顧阿瑛白雲海

片玉山前衆香國高秋亭館正鮮新竹間馴鶴明于雪石上

稺桐長似人庫書新置太平覽家釀屢熟羅浮春鴻文最愛

新堂記筆力端能輓萬鈞

陳勉

勉句容人送子從征詩蓋陳友諒圍南昌明太祖親征之時作見容山鍾秀集

送子從征

玉花驄寶彫弓肩戈擐甲行匆匆兜鍪貫勇向前去挺身突出參元戎元戎曰壯士狀貌何其雄丈夫有如此唾手成奇功吾兒事親素云孝當知報國尤在忠腰間寶劍始離匣秋水灩灩光搖空只今年華才弱冠電掣岩下瞠雙瞳陣前擬斷渠魁首草染刃血郊原紅明過鄱陽重回顧句容縹緲江之東南昌在望應咫尺金湯深固郡方同雄樓傑閣倚霄漢民物秀異天所鍾王師自出大江右城狐社鼠皆潛蹤楚山漢水只依舊太平深喜無戰攻來年二月秦淮路望汝歸帆

乘便風伯勞啼處百花媚一統山河錦繡中從斯萬物皆得所憂心不用恆忡忡父慈子孝遂天性滿家和樂無終窮

端木復初

復初字以善以字行溧水人洪武四年超拜刑部尚書明年爲湖廣參政坐事召還卒明史有傳宋濂溧水端氏家牒序略云惟端氏出於子貢有遷居汴者一在曹門曹門之裔某府君者爲里之蕭氏贅壻宋南渡初蕭氏通判昇州府君與之俱寓居烏衣巷中府君之弟四人亦來依久之蕭遷居溧水之巉山有地曰東村遂定居焉大署其門曰曹門端氏府君生某某生序序生進義校尉萬以材雄于鄉統縣兵爲保障盜不敢犯民懷其德爲之立祠進義生省省生壽皆以樂善聞壽生時中性最嗜學朝夕沈酣經史間發爲辭章沛如也時中生安不幸早世安生邦遠字國用幼孤能自振其家每以澤物爲務借貸而不能償者焚其券國用生復初字以善精敏通疏有爲治之才初由樞府屬連佐大府遂以政事聞復初生四子曰仁慷慨有奇氣亦早卒曰義能負荷家事弗貽親憂曰禮曰智從金華許文懿公門人游循循雅飭有士

君子之行

述志

吾族本曹門卜居茲琛山連甍數百家桑柘繞迴環揭來遭兵燹荒墟埋蒯菅盛衰若倚伏匆徒淚潸潸天心翊興運龍鱗一朝攀結駟豈不願締構思維艱言詩有家風師友相往還瑚璉成令器勗哉立朝班

褚傎

傎字本中金陵人金陵瑣事盛仲交遊祈澤寺從佛龕中得敝紙上書詩一律末署友人褚傎呈雪庭法師座前清覽洪武辛亥暮春書清隱小軒傎字本中不知是金陵何許人也

贈祈澤寺僧雪庭

研池滿座落花香墨透纖毫染漢章靜臥衲衣雲似水高懸紙帳月如霜杯浮野渡魚龍遠錫振空山虎豹藏幸對爐烟

坐終日煮茶清話得徜徉

薛　益

益字克恭上元人明初構竹西草堂於秦淮

劉槎翁題薛克恭金陵竹西堂歌若有人兮懷竹西乃在鍾山之下秦淮之湄十年道阻風浪惡東望但恨歸來遲當時種竹堂西畔新綠扶疏出窗半手招鸞鶴下風雲目送蛟龍上霄漢豫章南遊消息疏卻眺鍾山思舊居女牆月昏潮水落萬玉濯濯今何如憐君清修好風格漂落經年歸未得安得相攜招八公載酒來遊竹西宅上元周楨吾故人別來五見桃花春昨朝卷中誦題句使我感慨懷清真我家珠林小江口棄置頻年事奔走亂餘斬伐叢竹廢敗屋空餘數株柳聞君竹堂心眼開陶令何時歸去來清泉白石有貞操六代繁華安在哉

答劉職方見贈

六代青山繞四圍竹西深處閉柴扉旁人若問磻溪事笑指沙邊鷗鳥飛

周以中

以中字道和江甯人洪武初南康知縣明嘉靖南康縣志云周以中字道和江甯人洪武初知縣事廉以律已信以示民先是民頗荒阻慢令以中能信服凡有召役給片札無後期者

桃水流香

蠻溪開遍小桃花溪頭兒女怨芳華落紅戀樹不飛遠流水無情天一涯

偰斯

斯字信軒溧水人哲篤子元末以父蔭知嘉定州洪武初起授尙寶司符寶郎再使高麗出知河間府七年內擢戶部侍郎晉尙書十年謫任山西布政使十三年擢禮部尙書致仕卒祀鄉賢

貞義女祠

偶因一飯饋將軍滅口沉淵信義存謾說有金堪報德卻憐無地可招魂春風瀨沚江蕪綠落日荒祠野樹昏滄海桑田任遷變貞名終古照乾坤

周紱

紱字子華金陵人高帝渡江以糗糧迎授武甯主簿南畿志云唐有周惟長居橫山與李太白往來者即紱之先世陶學士安云金陵城南三舍地名同山有大族周氏由宋初卜築其地紹興以來同居者九世歷二百餘年老幼千指功緦以降幾至親盡朝夕聚處雝雝怡怡出則同門食則共爨爲其長者類皆尊而能勤富而能儉用是家法嚴明人心齊一孝友慈愛毫無間言也

天台陳庭學築望雲樓於金陵以思親也因賦以贈

赤城遊子久不歸夢魂日日思庭幃高樓縱目望親舍故山

不斷雲常飛顯親揚名男兒事安能老戀山中薇況復金幣
徵賢俊煌煌建業開帝畿在山出山俱養志梁公心事眞無
違朝登夕眺如定省一片春風舞綵衣

李詗

詗字孟言上元人自號樗散生賣藥金陵市宋濂潛溪云孟言修善藥活疢疾少學詩於楊鐵厓又陶學士安稱金陵谷美之輕財好施

過姑蘇作

鳳笙龍笛醉琵琶畫戟珠簾將相家滿眼牡丹開富貴只愁
無地爇桑麻

陳登

登字從善句容人明初參贊戎務有西掖稿

江南曲

春江潮水滿歌舞起朱樓但知今日樂不解昔人愁

張文昱

文昱字蒲塘句容人自號散人洪武五年辟邵武知府後陞刑部侍郎北山詩話張蒲塘善詩文尤精於畫政有清望

遊長干天禧寺

叨陪豹尾鳳皇城休沐今番喜趁晴脫卻朝衫騎欵段長干半日聽鐘聲

杜　環

環字叔循應天人廬陵籍官晉府錄事陞工部主事崇祀鄉賢叔循父元字一元自吉水遷金陵有才氣能爲詩行臺張起巖辟爲掾不就欲以茂材異等薦又不從侍父疾目不瞑母沒服喪得古禮儒學教授張紘以事黜出金帛貲其行其子四歲失母元命婦鞠之如己子兵部主事常允恭醉卧家失火無賴子將劫之元卒少年數十輩爲出其篋笥寶

貨於外隣人陳鼎舉室死於兵怨家害其小兒元救其大兒抱匿他所部運吏輸糧少三千斛受笞榜號泣元爲貸於大賈以償御史掾趙宏中坐法罷元徒步俱行百餘里僦屋而居之都事楊惠被劾人莫造其門元獨持酒與飲宋楊忠襄公廟在城南歲時率人上游寓者具牲酒祭焉尤工醫金陵大疫和藥走給之不得食者以薪米餽之卒葬南門外鍾家山宋太史濂爲墓誌載其事元有子二長珙早卒次郎環也宋太太史稱其賢而能文精於書得晉人筆意

客座贅語載叔循父執常允恭死母張無依自九江來依叔叔循率妻子拜留事之如母母性褊急少不愜即怒訴戒家人勿慢如是十年母念幼子伯章成疾叔循遇之嘉興具以告踰半載來値公初度相見大哭家人忌之叔循曰此人之至情何傷伯章不久訖故去母疾遂劇又三年將死擧手向公曰吾累杜君吾累杜君願杜君子孫賢如杜君言訖卒爲治喪葬後且時祀之

題畫

每愛江山趣停杯看畫頻千峯青不斷萬里碧無垠雲樹參差晚鷗波浩蕩春扁舟何處客飄泊正愁人

朱純

純字子一句容人南强曾孫洪武間授句容教諭崇祀鄉賢時有黄瑛字良潤官應天教授亦句容人爲宋景濂所賞亦能詩子銓以工書選翰林銓子中中子敬皆工詩文書法

白都山

石壁青蒼削玉膚荒祠疊鼓醉村巫野籬編槿六七里古磴盤松千百株落日飛鴻下平楚西風走馬踏殘蕪升沉莫問塵寰事願訪仙人白仲都

蔣敬

敬字行簡上元人學詩於孫伯融爲苗軍所害行簡編其遺集

夜坐懷李謹之

苔徑沿籬曲山深與世違涼風動庭竹素月上窗扉蛩響頻移砌螢飛巧入衣知音如過我相對理琴徽

李　源

源字克中句容人自號無益居士明初以碩德徵不就

秋林讀易圖

深林默坐誦羲經門外曾無車馬停夜久不知堆落葉一天秋水浸寒星

林　泰

泰字伯亨上元人洪武初聘爲賓幕出使松江楊維楨爲作永思堂記云自幼齡事親以孝聞年弱冠不幸二親俱逝悼其祿養不逮自顏其先廬曰永思之堂昔君家孝子楷以至孝承貞元之詔表其闕號闕下林家永思之堂其得旌乎見鐵厓漫稿

安陸侯妾楊氏金陵民家女也侯薨楊氏自縊以殉詔
封貞烈夫人安陸侯吳復薨于黔陽

將星天上落旁帶小星行巾幗生前寵笄珈死後榮黔山悽斷色江水暗吞聲燕子樓前望千秋並擅名

陳恭

恭字仲復上元人靜誠先生遇之子洪武甲子舉人官至工部尚書太祖嘗謂靜誠先生曰卿老矣有子可帶刀宿衛靜誠固辭長子欽次子誠皆卒洪武用人以徵辟至洪武十七年始舉行鄉試之制靜誠第三子恭首登其選靜誠即於是秋卒恭以父喪不及會試太祖即授以官其爲尚書亦在洪武三十年以內事迨革除間恭避甯波卒葬於鄞宣德中其孫始還南京仍有一支留於四明緒聞於其裔孫陳孝廉榮字覲光所説如此及閱甯波府志有明工部尚書陳恭墓與孝廉之言合明初人才以徵辟舊府縣志薦舉表洪武中銘善吏部尚書周時中吏部尚書尤仁翰林博士王興宗甌甯知府杜環太常寺丞薛原義知州陳祥知州陳世舉太常寺

卿鄭琳主事王昹按察使永樂中嚴岳知州姜濬按察司副使正統中八通禮部主事皆上元江甯人舊志有徵辟一門呂府志一概削之此文獻所以無徵也洪武十七年始開制科呂府志科貢表洪武三年忽有舉人趙權劉德洪武四年有進士趙權何不考之甚也

戴叔能九靈山房詩

婺女鍾神秀九靈何巍巍山翁舊遊地烟霞深竹扉延目娛清景冥心契元機掩書聽鶴唳隱几看雲飛竹映山罍酒花落石枰棋莞爾成微笑優哉想當時世亂苦羈旅時平猶不歸還從定川上來居慈水湄曉日散鳧鷖晚風垂釣絲流寓終寂寞首邱頻夢思隆暑方可畏出行殊未宜稍待秋風起歸訪牧羊兒詩見建溪集云恭字仲復

齊　泰

泰原名德字尙禮一字南塘溧水人洪武甲子解元

乙丑進士賜名泰滐陞尚書受顧命輔太孫燕王立被執不屈死之嘉靖中賜謚節愍明史有傳溧水志云齊暘彥齊襄城齊大愷齊時汞皆尚書叔父也齊敬齊宗齊宰皆尚書從弟也盡執至京文皇曰姦臣齊泰爲爾等何人暘彥等曰泰何姦之有篡逆忠良天下後世自有定論遂駢戮死後里人葬之於蒲塘名七賢家嘉靖中以其六世光裕補弟子員尚書有子六齡逃免故被誅時有後天啟中豁免宗黨楊保元駱應鵬等四十五家回籍

木犀臺高淳志云木犀臺在縣西南二十五里宋紹興初王小山僑寓永寧鄉之麓見其土阜峻廣遂卜居焉植桂數本復構臺護之數傳後花開五色芬香異常至明洪武間或以聞諸朝遣使采花進御歲以爲常後以中使暴橫建文時尚書齊泰奏罷之齊蓋王所出也曾爲詩以紀其事舊志將中使任賢詩亦誤作齊詩今各爲證正

聖主當陽萬象新敷天草木亦歸仁中山地接南都勝下邑花分上苑春甘訝秋香開五色甯知淑氣轉三辰窮檐已奉

蠲除詔豈復輸將困爾民

甘霖

霖字沛之高淳人洪武丁卯舉人福建道監察御史擢浙江左參政謫永州同知以病乞歸燕王立强授江西布政使不就職遁居懷甯復起御史中丞復不就受誅崇祀忠義祠明史附傳沛之高帝見其狀貌異之問其名曰霖因日浙江大旱汝往霖之以六月至至之夜夢神告某地廢井有泉可濟民渴旦往掘之果得大泉已而祈禱大雨隨至殉難後葬官墩萬歷初祀表忠祠乾隆三年祀高淳忠義祠公曾寄籍懷甯懷甯鄉賢亦並祀焉

過采石

流恨吳江泣靜暉樓祠李白出層巍潛來醉月人今逝帶血啼鵑何處歸

郭鈺

鈺字景南營國公第八子贈定襄伯靜志居詩話景南最爲方正學所器詩亦具韋左司體

對雨贈方希直先生

小齋頗幽僻窗扉亦豐敞新槐檐上綠細草階前長寂無人事喧但愛雨聲響緬思同心人吟懷共清賞

夜坐

庭虛初月上樹響微風入棲鵲聽猶驚流螢墮還拾沉沉寒漏緩隱隱餘鐘急坐久不知疲衣涼露吹濕

李疑

疑字思問上元人北山詩話李思問居通濟門外構聽竹軒有隱德讀書工文金華范景純病館於家事之不避穢惡景純死出己財買棺殯於城南聚寶山以書召其二子并所寄四十金按

籍還之平陽耿子廉械送京師其妻孕將育俾婦邀以歸產一男令婦事之逾月宋景濂爲之立傳方正學爲作聽竹軒後記在遜志齋拾遺中

丁檜亭故宅

令威鍊詩得仙骨亭前雙檜垂碧陰城郭空在鶴化去風雨怒作龍長吟天台老子不住世地下修文何處尋酒星挂樹動芒角高情藻耀懸古今

嚴恪

恪字叔敬一字愼齋溧水人洪武中上書忤旨發戍滇南建文四年齊泰特薦召還除給事中改國子監助教永樂中累官至左春坊司直乞致仕尋加祭酒銜愼齋元季從游楊廉夫東湖書院和廉夫白燕詩有穿簾羽拂銀釵落入幕尾分玉翦長之句廉夫稱賞之

高淯志云嚴氏破齋在唐昌之胥溪嚴祭酒恪讀書處恪少家貧環堵蕭然風雨不蔽嘗篝燈夜坐朗誦不輟年甫十二有題破齋詩人稱誦之

元季溧水濮友文爲宋石山長嘗歷江甯武康教諭詩有高致又徒彥和三世居溧上長子伯淵有吏才次子仲淵爲姑孰學録有文章陶學士安爲作徒氏世德詩又贈伯淵詩云中山才子吏律研邇來筦庫廉而虔

題破齋詩

一番風雨一番顛捲我茅簷屋頂穿紅日漏光來枕上白雲拖影到牀前小窗煮茗烹明月古硯濡毫醮碧天昨夜小齋讀周易燈花直射斗牛邊

乙　瑄

瑄字如玉江甯人洪武甲戌貢禮部郎中

中流曲

碧雲天四合打槳向中流蘋末微風起誰乘青翰舟

李　詠

詠字太素一字靖庵上元人以儒醫名有此樂樓集醉吟稿北山詩話李靖庵得昔人詩文未刊者必手自抄訂築此樂樓自號太虛散人尤工書潛心易學洪武中以醫徵者有徐李東一名昱字靜庵亦上元人構怡晚樓諸子百氏日事披索得異書必手自抄訂年九十不倦葬江甯萬善鄉燕湖村有怡晚樓集孫鎮亦英俊好學倪文僖謙爲之墓誌有冶城訪蔣靜學詩

鈔書

移山測海計終虛老去生涯寄蠹魚白髮數莖疏夕照紫藤花下自鈔書

俞　允

允字嘉言一字月山應天人華亭籍洪武癸酉鄉舉甲戌進士賜名永縣拜魯府紀善授魯山知縣尋遷禮部主事奉命使楚坐還失期謫長沙通判有山月軒讀書記春曹詩稾南雍志進士題名碑洪武二十七年三甲五十八名俞允應天府江甯縣人

傳幢小品俞嘉言少時爲人疏節倜儻不羈然能力耕以事其父天性樂施嘗有羽衣道人策杖過之謂允有奇氣異時當奉大對爲天子命吏始折節爲儒補博士弟子是時江南甫定經學失傳允獨得一二傳於蠹簡中玩味久之欣然有得乃以春秋舉畿內高第至是果舉進士

雲間集略云允革除後不仕是也謂召入史館局在永樂初似誤雲間志略亦載方正學幼子德宗事豫章劉子欽曰嘉言少好學即與袁海叟陶宗儀陸達夫陳主客伯仲結詩社社中呼爲小友其山居詩有池草生新句禽言得異名倚松指鶴舞冒雨問花安晨炊野鳥呼夜戸生麋守花底課書嚴隊伍山中吹籟奏笙竽青蛇作龍匣底鳴翦取吳江千尺水達夫嘗稱之曰俞子穎秀咄咄逼人所謂生乎吾後其聞

道也吾從而師之洪武甲戌中制科人競指曰此詠匣底青龍者其推重如此緒曾按京學科第志洪武二十七年開制科應天籍鄉舉首陳恭進士首俞允蓋明初徙富戶實京師故俞允以華亭人入應天學籍也路氏未詳其世系仕履今取姚宏緒松風餘韻所引志乘併采其詩允之父顯字彥達子倪字士怡號樵雲道人孫琳字世美

題米南宮雲樹山水畫卷歸葉宗行

遠岫送流水遙林拂層雲百川皆朝宗一峰迴出擎棟粱寄巖穴慶喬慰黎民吳淞久洚澇聖主深憂勤治水有殊績授官報奇勳會得圖中意永以持贈君

贈倪雲林畫

青山隔橫塘疏樹散幽徑山中人未歸閒亭秋色暝

李泰

泰字叔通一字仙源祖居鹿邑州洪武丁丑夏榜進

士丁丑有春夏兩科泰乃夏榜三甲五名博學知天文掌欽天監遂入南京欽天監籍私謚安敏先生有集句詩二冊月令節候考姚福定軒詩話先師安敏先生李公名泰羅官居南京爲人性樂易疏直有鄉僧來京盤桓營中久不去人頗以爲言先生曰此易與耳乃作律詩一章以贈中一聯云莫待留衣來海上要知納履在瓜田僧得詩怒曰我也不是大顛你也不是韓子明日拂衣遂行

十六樓詩集句胡元瑞筆叢云十四樓語近出足爲詩家新料案金陵本十六樓今稱十四樓而遺南市北市二樓何也陳石亭金陵世紀少淸江石城二樓各樓每座皆六楹高基重簷棟宇宏敞顏以大書名扁

南市樓在城內斗門橋東北

綱景乾坤大南樓縱目初規模三代遠風物六朝餘耆舊何人在登臨適自娛皇恩涵遠近莫其酒杯疏

北市樓在城內乾道橋東北

危樓高百尺極目亂紅粧樂餘過三爵遐觀納八荒市聲春浩浩樹色曉蒼蒼飲伴更相送歸軒錦繡香

集賢樓在瓦屑壩西

迢迢出半空畫列地圖雄魚水千年慶車書萬國同長謌盡落日妙舞向春風今古神州地康衢一望通

樂民樓在集賢樓北

江城如畫裏迢遞起朱樓白日催人老青樽喜客留百年從萬事一醉解千愁帝德同堯大洪恩被九州

謳歌樓在石城門外

西北高樓好閒宜雨後過凭欄紅日早回首白雲多廣檻停簫鼓深江淨綺羅千金不計意醉坐合聲歌

鼓腹樓在清涼門外

翼翼四簷外居人有萬家盤空齋慶薦舞破日初斜小酌知誰共新詩敢自誇聖圖天廣大爛醉慰年華

清江樓在清涼門外

涵虛混太清時轉遏雲聲湖雁雙雙起漁舟箇箇輕世情何遠近人事省將迎談笑逢耆老終身願太平

石城樓在石城門外

翠袖拂塵埃煩襟出九垓清光依日月逸興走風雷鴻雁幾時到江湖萬里開文章成錦繡臨詠日盤桓

來賓樓在聚寶門外之西尚有來賓橋

地擁金陵勢烟花象外幽九天開祕祉八極念懷柔造化鍾神秀乾坤屬遠猷吾皇垂拱治不待詔書求

重譯樓在聚寶門外之東尚有重驛橋

使節猶頻入登臨氣尙雄江山留勝跡天地荷成功干羽三苗格車書萬里同聖朝多雨露樽俎日相從

輕烟樓 在西關南街

久坐惜芳塵鶯花不棄貧關心悲地隔有酒縱天眞不問黃金盡應慙白髮新登臨聊極目紫陌萬家春

澹粉樓 在西關南街

郡樓閒縱目風度錦屏開玉腕揎紅袖瓊巵泛綠醅參差凌倒景迢遞絕浮埃今日狂詞客新詩且細裁

鶴鳴樓 在西關中街之北

翠挹凭欄外樓高不倦登抑揚如有訴悽切可堪聽白日移歌袖青天掃畫屏古來形勝處重到憶曾經

醉仙樓 在西關中街之南

自得逍遥趣乾坤獨倚樓天籠平野迴江入大荒流待棄人間吏來爲物外遊蓬萊自有路雲雨夢悠悠

梅妍樓在西關北街

天地開華國招邀屢有期風烟歸逸興鐘鼓樂淸時對酒惜餘景逢人誦舊詩平生無限意莫信遂中吹

柳翠樓在西關北街

白幘岸江皋開筵近鳥巢交疏靑眼少歌罷彩雲消落日明孤塢青山見六朝平生愛高興回首興滔滔

王艮

艮字善之溧水人祥符籍洪武中由薦辟仕至浙江按察使永樂初斬使者自焚死居官有苦操嘗隱於壽國寺同邑有王貞者字可貞洪武二十四年辟爲明經授溧陽訓導凡八年徵入翰林預纂經

籍永樂初爲魯王府紀善宣德元年魯王乞陞授長史致事仍留教書逾年歸里卒學者稱正固先生有瀨上貞女碑詩

寄廬山

薄宦風塵東復西江山憔悴敝征衣郵亭春色他鄉過戎馬刀頭破鏡飛雙節門高慈母逝三槐堂舊故人非相看不厭廬山面頭白歸來已忘機

尋蕅花道人

泉鳴知宿雨木落見秋山避世紉蘭佩尋僧扣竹關無心移物表有道託身閒高節能如此忘形談笑間

姚敬重

敬重字克仁溧水人元末授溧水訓導洪武初薦除駙馬府學錄兼五經博士擢左贊善陞左副都御史

太子賓客謚文林先生同邑有柳全者亦能詩

題春山對酌圖

栗留呌遍山花紅花前日日皆春風一客科頭坐古樹一客踞石偎籬東舉杯相侑儼對笑鬚眉欲活神情工伯倫步兵庶幾似醉看萬象歸烘濛

朱潤祖

潤祖溧水人洪武中以明經官溧水訓導湄安教諭有寓軒集十卷同邑蔡孔昭釣鼇亭詩有云持竿漫學任公釣倚柱頻聽孺子歌

寄巉山端木孝思

巉山才子多年别高士南來話起居衰老何由見顏色滄江渺渺倍愁予

湯景賢

景賢字思齊句容人北山詩話洪武時力辭徵辟構屋祖塋側耕田供祭祀飲酒賦詩與陳雪厓澤瑜唱和

訪陳澤瑜雪厓不遇因題其壁

君已扶筇侵曉出我來結伴稍嫌遲案頭一紙淋漓墨讀是遊山昨日詩

魏　澤

澤字彦恩溧水人官刑部尚書永樂初謫甯海典史崇祀忠義祠存徵錄云魏尚書原籍溧水世居金陵人初錄其家時方正學死節宗族坐誅者八百七十三有後謝文肅公詩孫枝一葉是君恩謂此方氏幼子尚名德宗有台州余學夔者知德宗匿公所乃變名佯狂乞食過公之門作狂歌有願效程嬰語公叱之去兩日又過于塗歌如前公乃以德宗付之方九歲一學夔攜之匿海島中彌月乃循海濱歷華亭青村隨一僮善結網兩人亦學結網爲生上海進士俞允正學門人也家居不仕學夔攜德宗訪之三叩得見允大

驚喜收育爲子遂冒姓俞學夔赴海去不知所終德宗之後有爲南昌司訓鄉人葉琰爲置田宅要之歸台奉祀至今高魏尚書之義云

過侯城里有感 方正學先生故居

笋輿衝雨過侯城撫景依然感慨生黃鳥向人空百囀青猿墮淚只三聲山中自可全高節天下難居是盛名卻憶令威千載後重歸華表不勝情

羅衡

衡字景伊一字松軒晚號樂閒洪武初由吳縣徙實京師入應天籍有松軒樂閒集 岳正蒙樂閒先生墓表略云少負奇質師金巨川盧爲己鴻臚少卿潘暘俱異之兩親遘疾朝夕侍奉弗應試母服禫父風痺卧起與俱者十數年同產弟荥出征世父居北京女弟適錢無出咸賴以養宗戚貧以嫁娶殯葬疾疫醫藥雖門灾之家不爲避同舟者匿其金弗與訟曰非不知之蓋隱其盜名耳其人感愧歸金同里史公謹金文鼎謝孔昭皆願

交之家有壽椿堂夢萱樓挹翠樓與徐竹軒最善里居相比徐性直名軒以竹景伊性介名軒以松謂士勵志於物景諸子既長琴奕詩酒得趣忘形故又號樂閑其所著名松軒樂閑集葬鳳西鄉子麟中書舍人婿進士蔣誼按景伊父名文忠以貲徙見嘉禾獻徵錄文忠嘗居秀水

春園閒步

簷雨破殘夢曉起池上行花光媚相泣綠蔭有餘清穿籬妨屐滑披衣怯寒輕微風忽吹來幽鳥時一鳴靜境殊自得佳賞天然成何須感遲暮萬慮徒營營

王端賢

端賢名艮以字行上元人建文己卯舉人端賢先世元大原有簡誼先生來幕於江南行臺卜居金陵與陳中行友稱忘年至正己丑年八十一卒葬南郊妻四子肇起肇與肇起長子業娶陳中行女次子艮即端賢也爲方正學所取士革除後隱居業長子一居字中極初爲太常贊禮郎遷寺少卿正統十四年死土木之難贈太常卿艮子一俊字慧極庠生傳嵋至珽

黄景茂孝廉見訪

茅齋小築傍山阿學道無成奈老何一棹野橋秋水滿幾行衰柳夕陽多忘機不覺親魚鳥避世惟堪卧薜蘿爲謝牛醫來叩寂令予千頃挹澄波

方　矩

矩字絜之上元人建文己卯舉人方絜之性恬淡革除後不出試築雲瀾亭於倪塘側與時泰相倡和時字階符亦建文己卯舉人皆方正學所取士萬歷乙未貢時潮東乃泰裔孫

雲瀾亭

向平慕遠遊婚嫁未易辦何如守田園考槃歌在澗一亭水中央雲影弄清盼雲水兩無心萬事悟泡幻此生畢枋榆飲啄等斥鷃呼兒且牧牛泥痕没至骭不熟酒釀成雜坐招親

串閒雲不出山醉眠任嬾慢

李誠

誠字思善江甯人建文己卯舉人余得建文元年京闈小錄第七名李誠知變化之道者二句義考官方侍講批云場中諸卷言數者或遺理言理者或遺數此作獨發明詳盡苟非積學之功則必善於記誦者也宜取之以爲好學之士勸策問三代寓兵於農及府兵之制答問頗詳江甯李氏宋有襄國公琮參知政事回元有餘干教諭桓皆以博學世其家者也是科中式者上元張欽任安方矩時泰萬遠陳暄何潤江甯李誠李簡吳觀史雄王憲王賓陳喜句容劉永溧水孫讓湯茂王滿張禮朱旭經綸宋鎬江浦王輔吳智劉觀六合夏潤今郡志失載陳暄萬遠李簡劉永王滿五人史雄江甯人誤爲江浦吳智誤爲莫智建文二年有進士劉永而郷舉無名尤誤也呂府志多王艮夏廉二人又永樂三年王仲壽江甯人解元而建文元年亦云王仲壽江甯人解元據小錄元年解元劉政吳縣學生非仲壽也

攝山

欲訪明僧紹空山隔世氛泉聲春澗雨帆影楚江雲往事那
堪說高風不可聞鐔冠吾自製常伴鹿麋羣

金陵詩徵卷十一終

上元秦際唐校字

金陵詩徵卷十二

上元朱緒曾編

明二

周德

德字是修以字行金陵人移籍吉安由霍邱訓導遷周王府紀善改衡府預翰林纂修燕兵入自經於應天府學尊經閣下有綱常懿範芻蕘集明史有傳芻蕘集六卷余藏其本公自作周氏小譜敘云遠祖矩顯于南唐後由金陵來止泰和爵舉里云云是公原籍乃金陵也今采入公爲周王橚紀善著修已十箴保國直言二篇王以罪廢乃改衡府衡王者建文之弟允熞也年少未就封故留京師公舊祀於尊經閣右近移於二門之左地較宏敞又按明詩綜程大立字原道崇德人官僉都御史燕兵入自經於應天府學據此今學宮當增祀程公庶幾無憾程公有巽隱集四卷

商婦怨

作木莫作桑樹枝作女莫作商人妻桑枝歲歲苦攀折商婦年年感離別桑枝折盡猶解抽人老豈能重黑頭强龍猛虎皆可執其奈夫壻心難留朔風吹江浪如屋柂樓嘈嘈行色促望殺蒼天哀憤深目斷雲山淚成掬何時化作檣頭燕到處飛飛得相見何時化作帆上風千里萬里長相從爺娘嫁我初何意但道商人每多利門前宴集盡輿馬篋篚聘來足珠翠豈知今日遇分張輿馬珠翠看無光月懸别恨秋宵永花攬離思春晝長妾心豈學道傍柳朝朝暮暮千人手妾心豈學空中雲變易隨時情何有妾心有似南山石雨打霜侵只如昔更看歲晚不歸來化作南山一拳碧

桑婦謡

採桑婦朝朝暮暮南園路出入寗論晴與雨蠶盛愁桑稀蠶衰恐姑怒大眠起來忙更忙寢食不遑兒不顧年年養蠶多繭絲身上頭頭無一縷小半輸官大半賣繰織未成先有主可憐寸寸手中過竟作何人襖衫去采盡桑葉空留樹樹下青青長麻苎山雞角角終日啼桑椹漸紅春雨住妾尚無襦夫少袴

牧童謡

遠牧牛朝出東溪溪上頭溪頭草短牛不住直過水南芳草洲脫衣渡水隨牛去黃蘆颯颯風和雨老鴉亂啼野羊走絶谷無人驚四顧寒藤枯木暮山蒼同伴相呼歸又忙石稜割脚茅割耳身上無有乾衣裳卻思昨日西邊好曠坂平原盡豐草短蓑一臥午風輕長笛三吹夕陽早

枕上憶禮用黃文學

旅枕春夜長雨聲繞松屋窗虛羅幌寂輕飈動餘燭展轉寐不成幽思溢中曲嗟彼同心人言貌温且淑別茲亘已久懽晤靡可復迢迢雲山青沈沈江水綠握手當何時還來盡忠告

莫愁樂

石頭城下春江流城邊十二紅粉樓吳兒打槳動晴綠送妾隨君樓上頭爲君起趙舞爲君發齊謳舉酒勸君君莫愁妾貌強如花妾心強如月花盛有時衰月圓有時缺勸君莫惜千黃金趁取青春好時節爲樂須臾誠可憐人生安得長少年雲收雨散不終夕落花飛絮春風顛

鍾小吏

忠臣必世有烈女何代無倬彼鍾小吏忠烈夫婦俱生同室
廬死同穴此心一誓永不渝奈何一朝遭喪亂六合四海馳
兵車湖南草賊威頗振湖廣舟師氣尤麤據袁陷吉旋破贛
百官贏匿民翦屠驅令降服其剽劫軍中指點煩所圖鍾文
大罵賊惡奴肯將麟驥隨牛驢忠肝義膽彌激烈賊乃盛怒
刳其軀其妻見之亦號呼投井沈溺從其夫後來死者亦無
數堅剛貞節誰能如我朝開國天所命我皇建業地所扶大
軍晝夜急西上神收電掃不足除春風熙熙轉寒谷甘雨沛
沛充旱墟危者以安流者止唯有死者無由蘇嗟哉鍾文不
可得死去常隨巡遠居傷哉其妻亦莫得列傳所載皆相逾
借令國史一遺落此人此死眞何辜此人此死眞何辜一爲
鍾文歌只且奸諛比比穢青史可滅鍾文夫婦歟

遠別意

遠別離楚水深吳山高吳山迢迢起煙霧楚水浩浩生波濤君今天南妾天北欲往相從安可得一朝不見若爲情況是頻年音信絕孤房獨宿耿無寐夢中恍惚平生意羅幃翠被暖香殘珠箔銀屏夜燈細遠別離相思唯有空中雲時時千里能隨君相思唯有雲閒月夜夜千里能照妾妾看雲月長躊躇君看雲月還何如

寄贈白下彭君

磧浦青楓路茅堂白水村落花憐杜宇芳草怨王孫別去冬徂夏憂來旦復昏赤心元自許高誼與誰論流俗難藏器陳情欲叫閽精誠交霹靂忠憤走轒轀鸑鷟翔丹穴麒麟出大宛駿蹄當駕馭逸翮遂飛翻用世材雖重端居道亦存萬家

岐下邑五畝洛中園徑曉晴生竹堂春暖護萱河流通馬頰
山勢鎖龍門洗藥香分澗看松翠滿軒汀沙眠稱鶴巖果盜
隨猿德愧成蹊李名慚學圃樊莫收金鑄錯但保玉無痕感
舊愁空積懷賢慮正煩長歌謝知己浩浩一乾坤

長安古意

長安三月三日時千門萬戶春風吹綺構瑤臺相照耀香車
寶馬並驅馳驅馳照耀皆豪貴九棘三槐夾三市鼎食鐘鳴
將相家珠簾繡柱王侯第王孫公子盛繁華山珍海錯棄泥
沙銀鞍斜渡官溝柳丹轂橫移御苑花花欹柳豔春明媚嬌
鳥亂啼花雨細璚宮錦殿傍雲開鼉鼓龍簫震天起美人內
屋豔神仙鉛華絃轉春爭妍煜煜珠屏交綵幄隱隱羅幃分
琡筵蘭肴桂酒芬芳發象筯瑤杯光彩徹翠釜金罍不暫停

雕盤玉盌紛成列迴瞻複道接飛甍都城佳氣正氤氳雙龍絳闕淩青漢九鳳紅樓瞰紫雲紫雲翠霧碧烟空文窗藻檻何玲瓏流鶯獨繞昭陽殿芳草深迷長樂宮漢代中興富名將百戰功成心益壯閒來賭酒千僕姑意氣相排不相讓半酣徑上寶釵樓赤闌四面俯皇州一羣粉黛成歌舞千種風流生勸酬樓前兩兩鴛鴦度樓下雙雙鳳凰舉鳴璫背解玉纖輕美色凝情羞不語就中心思可誰同平明扶上玉花驄自言百世無衰老自謂千載長英雄可憐光景留難住秋風一夕生庭樹歌亭寂寞荒草寒舞榭蕭條殘葉暮昨日紅顏美少年今朝潦倒那須數將軍舍外無人過廷尉門首堪雀羅吁嗟盛時不復作金莖銅狄隨消磨君不見廣成山中白雲宿安期海上顏如玉軒轅已駕鼎湖龍漢武終歸茂陵麓

別來倏忽三千年海水幾變桑田綠

丁璿

璿字仲衡上元人永樂癸未舉人甲申進士授庶吉士改工部主事被謫復爲御史巡按徐州陜右歷右僉都御史晉右副都御史巡撫滇黔明史附傳北山詩話

丁仲衡謫潞河失盜邏者需認盜仲衡曰吾未嘗失盜時禁盜者死不忍其死也御史張政歎曰仁人也因薦爲御史擒徐州賊張晉祚平衛輝賊撫雲南麓川思任發叛條上事宜悉從之孫容宏治壬子舉人知縣

奉天殿早朝

蓬萊宮闕瑞雲開濟濟冠裳待漏來月色低臨鳷鵲觀鐘聲遥遞鳳凰臺百年禮樂明良盛一代經綸雅頌才豹尾叨陪臺彥後聖恩慙未答涓埃

楊　勉

勉江甯人永樂癸未舉人甲申進士授庶吉士改刑部主事陞右侍郎出爲廣東參政北山詩話永樂二十八人讀書中秘楊勉年最少風標俊偉詩文取法漢唐頌贊歌辭春容典則出諸作者之右

奉天殿早朝

詔許班陪玉署仙禁林春早喜鶯遷蓬萊殿迥雲浮闕閶闔門開日麗天鳳吹細聞仙仗樂龍紋香惹御鑪烟太平盛事輝今古擬奏長楊賦一篇

李　懋

懋字時勉以字行金陵籍居安福永樂甲申進士庶吉士歷至國子監祭酒謚文毅成化中贈禮部侍郎改謚忠文從祀忠義鄉賢祠有古廉文集明史有傳

忠文公在太學一新條教變士習正統九年新建太學成上命王振往視公不爲禮振銜之乃以伐彝倫堂樹旁枝罪公公方坐東堂閱試卷錦衣官猝至先生神色自若呼諸生曰某人某處講非某人次稍勝前某比前不及回顧僚屬曰還須校定高下出榜語畢乃行已而枷置監前諸生三千餘人上疏救解得太后言乃釋正統十一年太師英國公暨侯伯二十餘人奏請詣國子監聽講上命以三月三日往公命諸生立講五經各一章講罷設酒饌惟太師與先生抗禮諸侯伯皆就列坐太師屢辭先生曰秀才家飯不易措置顧太師少寬命諸生歌鹿鳴之詩賓主雍雍抵暮而散公於文皇時下詔獄觸仁宗怒爪棍斷骨宣宗欲殺之令王指揮縛之斬西市王指揮出端西旁門已先爲使者縛入端東旁門中相左公已得面上上憐而立脫桎梏至爲王振枷置凡四受非刑而卒以忠顯

南雍志古廉詩集六卷存一百六十二面失十七面景泰冬門生祭酒呉節刊緒曾按古廉集詩十一卷文十一卷今 四庫僅錄其文十一卷其詩集余鈔自天一閣焦文端謂公著作自書入刻必系金陵不知其徙吉郡何日又按古廉文集云安成之李有二一祖唐忠武王晟曰西平李氏一祖南唐江王景遇曰金陵李氏公南唐江王裔也

竇滔妻詩一章凡七首

深閨有思婦慘悽亦何爲容華不自惜獨理流黃機昔者成
匹帛多裁遊子衣衣新忽變故恩愛從此衰以茲懸懃意翻
作長恨辭
蘭茝被幽畹桃李媚春陽新婚結綢繆鞶衿散芬芳棄置父
毋歡婉婉君子旁白日麗鮮服朗月澄清光矢心以自固願
爲鴛與鴦
西墅起高臺迢遞憑雲岑中有嬌豔女當窗弄清音音聲蕩
以肆居然變古心魚目奪明月讒口銷黃金不見冀中[illegible]惻
愴㞜廖吟
高居擁旌旆輝映漢江曲富貴一朝異窈窕辭別屋含笑落
日遲浩歌湘水綠山川不可踰安得遙相逐佳麗誠足珍涼

薄難見録

滔滔江漢流到海不復返千里得所歸中復厭婉婉在昔枉綏授駕言不辭遠誰知三周御郤道羊腸坂芬芳空自持白日忽已晚

昧旦不能寐攬衣起傍徨織縑與織素誰復知短長咫尺組幽思迴環遂成章緘之戒童御欲以寄遠方宛轉達苦志敢期昔所伉

別久意恒親覽辭念愈結巾車適千里倏忽已超越鳴琴諧古調恩愛感離闊夙心諒所負慚歎對明月睠言固終始皓首以相說

哭李處士

不見柴桑客黃花空自香江通張翰宅人識鄭公鄉三徑餘

芳草孤墳慘白楊秋風平谷里寒月夜蒼涼

廬山

匡廬高起鬱嶙峋翠擁連峯倚斷雲天闊秋陰千里合風清靈籟半空聞松巖雨過泉聲出仙掌霞飛樹色分終古名山留勝槩幾回臨眺到餘曛

杏林詩 廬山

山邊種樹繞林坰幾處曾看此獨名花近藥欄春雨霽陰浮苔逕午風清巖前虎臥雲常滿樹底人來鳥不驚遺跡尚存仙路杳祇應懷古獨含情

廬山瀑布

湖上靑山勢最奇山頭瀑布半空飛浮光曉覺連雲漠霏霧晴看入翠微玉峽暝時疑欲斷石潭深處有龍歸尋幽每上

林亭望風磴嵐輕半溼衣

雲錦峯

片石荒林翳綠苔昔人乘醉數能來空山溼翠沾衣上落日閒雲逐夢回春到不知荒草遍秋深還對菊花開祇今林下無歸客流水柴桑野樹閒

和答復古謝先生

茲山稀行跡嘉木自繁陰我嘗愛山行坐來生隱心陽厓飛清瀑陰谷響春禽會非遺紛慮焉知山水深青苔雨裏滑石路君獨尋參差惜乖違何以愜往忱茲竭歲華力相逐歷青岑

春雨山中謾興寄憶誠辨戴隱君

回風吹雲雜高樹樹底紛紛作疏雨雨多十日未開門前頭

草色連荒村故人不來老卻春山陰獨立愁將昏憶我初遊上京國君獨看人惜離別鳳臺離思逐春雲剡曲閒情對秋月幾日歸來接故園頓分鄰舍對柴關訪舊多尋溪底棹看雲不厭門前山一家烟火人來去野水孤村自成趣仄徑長留松竹陰低檐近引藤蘿霧草深沙路不堪行遲爾幽居須待晴傳語先題數行字有窗多聽曉鶯聲

與黃中書入萬全城訪王主事

聯轡徐行入柳陰連雲雉堞噪寒禽人家土屋風霜苦官府門牆樹木深絶塞孤城千里道舊交樽酒百年心垂鞭信馬歸營去天遠山高日未沈

新梢捧日

密葉新梢長結陰亭亭直節出平林誰言解籜初成竹便有

雲霄捧日心

山水圖爲王給事理題

青山江上起江深欲無路微茫島嶼閒亦有人家住日夕西風來亂捲庭前樹江水皆起立溪雲不能駐小橋架空鑿盡日無人度惟有江上山萬古吹不去

福祿歌 番人呼爲福狸至此改曰福祿狀如騾其文黑白相錯勻瑩淨潔可觀

奇獸生來毛骨殊不與凡類同馳驅元章素質粲雲錦霜蹏繡尾踰龍駒神物尋常懷猛氣倏忽應須籋千里五花連錢難可同玉驄赤驃甯堪擬驕嘶蹴踏長風生朝刷溟海波濤驚崑岡曡曡蒼壁萃雪嶺片片元雲凝驁駘跼蹴弗敢顧廣逵大道騁獨步肯從僻壤困奇材欲向天衢駕鑾輅五雲城闕宮殿開九陌喧傳福祿來玉階立近榮光繞彤墀行逐祥

烟迴漢庭龍馬曾入貢一時驚喜誇歌頌若教覩此奇異姿不遺清名渥洼重

馬哈歌

海天漠漠雲山蒼茲獸之羣特異常體纔數尺不勝量勻圓瑩潔澹積緗頭上雙角過腰長黑如凝漆飛元霜赤日下照霏虹光柔毳熠熠相輝煌或游豐草想崇岡鳴驚巖鹿走山麐豺獺不敢與同行元豹或過猶徬徨遙從鑾徼貢帝鄉天階徐步形安詳有如堯日見神羊豈羨白雉來越裳遠人率服由我皇鴻恩霈澤被遐邦執琛奉贄爭梯航此物亦復陳明堂蠻夷酋長紛趨蹌拜舞長跪獻壽觴願祝聖壽齊天康

白門霽雪送人

漠漠凝雲乍飛雪登高遠眺同天色九重城闕曙光寒萬里

長江浪花白玉樹，璚柯繞石頭。蒹葭白鷺失滄洲，香街積絮隨風起。斷港殘冰帶水流，初晴踏雪都門外。千山萬山出空翠，日下徐看暖氣融。城陰亂落璚瑤碎，此時酌酒送君歸。梅花折盡向南枝，尊前解唱郢中曲。醉後何知有別離，北風正急潮乍起。幾日孤帆到鄉里，憶得都城雪霽時。好教頻寄相思字。

送人歸衡陽

鳳臺春至雨偏多，綠楊晴日鶯聲和。衡陽郡君忽歸去，車馬紛紛擁歧路。嬌歌急管勸春聲，送君多是故交情。卻惜別離容易久，握手更酌杯中酒。繡衣昔者在朝端，臺中懍懍清霜寒。自從作縣別京國，幾處彈琴有成績。去年考最來天官，客中聊復得交驩。片帆曉別秦淮水，倏忽相思又千里。鸚鵡洲

前芳草青洞庭湖裏春波平湖邊識得舊遊處河陽城中盡桃樹樹底東風祇待君歸到花期定無數

寄吾侍郎侍郎嘗許龍尾硯故詩及之蓋去秋在南京時事也

秋風蕭瑟别江干薊北停驂及早寒把筆嘗懷龍尾硯逢人先寄鹿皮冠右軍只擬臨池見司寇偏宜退食看自是文園多病客可能一遣老懷寛

商婦怨

百歲以爲期安知有别離去時兒在腹今已長過眉憶昔結髮時兩鬢黑如漆但恐君歸來白髮不相識

紀夢

往歲居獄夢至一所居室華麗階除淨潔車輿僮蓋喧然而集恍疑仙者之都予作詩一首四句覺而忘首兩句因與諸公談夢記憶前事以意足成之錄于此

鳳蓋蜺旌擁翠霞玉京仙侶集如麻獨將天上雙龍管吹落垂楊幾樹花

顧敬

敬字惟禮上元人永樂辛卯舉人淇縣教諭其先吳人父至善以富戶從金陵廣文有知人之鑒盧公雍方少奇其才識以女妻之子儼字廷望以經明行修薦于朝授嘉興學司訓歷官陝西道監察御史陞廣東僉事平新會陽江賊乞歸結茅城東與故友把酒賦詩世事不以挂齒人皆高之弟濂以楷書薦舉官主事從弟誠宣德四年舉人

南郊偕友尋春

屢失看花約欣逢好友期童挑彭澤酒僧和樂天詩草色沾衣袂風光惹鬢絲耦耕今已遂此願老農知

陳遜

遜字克讓句容人永樂辛卯舉人官同知同邑有陳玉字温瑜

一字雪厓永樂間以人才舉秘閣修書有雪厓集宏治句容志云温瑜博學能詩應制考龍河秋色詩拜官不就卒老於家

提舉祝公水心亭會飲避暑

十載辭家未擬回愛君亭子水雲隈登臨謾有陶潛興笑傲欣逢袁紹杯避釣金鱗依翠藻忘機白鷺立蒼苔分明一片瀛洲景來向君家靜處開

張　益

益字士謙一字惷菴江甯人曾祖永壽由吳縣徙實京師祖榮父豫益永樂壬辰舉人乙未進士授中書舍人改翰林院修撰進侍讀學士知制誥召入文淵閣參機務扈從北征土木敗績奮爭不屈死之贈翰林學士賜謚文僖崇祀孝義鄉賢祠有文僖公集明

史附傳文信少孤事母倪氏以孝聞土木之難與鄉太常少卿王公一居俱死衣冠墓在鳳西鄉西庫村與繼配宋合葬倪居爲誌子翃大理寺左評事翔太僕寺丞曾孫琮宏治三年進士官至右副都御史今江甯縣前有張都堂巷郎琮所居也曾孫恕字嚴亭刻其集二卷首載行實云公母倪孺人性嚴有法頗閑文語公曰文章淑身汝分內事也人來求文者當即搆事思爲之脫稿故凡遇公談棋飲客寫竹圖松必以拄杖擊地曰求文者汲汲而作者悠悠豈所以重好求而尚有德哉公文章實孺人有以作成之也宅舍災上命以太僕少卿鄧某聚寶門內鎮淮橋宅給與益母及弟居住震澤紀聞文信次子翔以官之土木設祭夢父索紅沙馬黎明廄內紅沙馬暴死歸而詢諸父老父老曰此即文信公沒處沒時所乘乃紅沙馬也

題陟翠

行行出松關翩翩躡烟島不知身已高但覺衆山小巾舄嵐氣生林木垂蘿裊雲中逢至人授以金光草歸來和霞飡後天長不老

題謝千戶宅

淸時習隱向林泉每有人來問草元流水小橋遙帶郭蒼松翠竹淨浮烟端如李愿歸盤谷絕勝王維住輞川不是胸中有邱壑何能揮洒出天然

送龍給事歸合肥

靑瑣朝辭玉笥班姥山歸去掩松關浮雲富貴何須較終古功名好是閒舊友漸看今日少深春况復送君還管絃莫奏樽前曲縱有新聲不解顏

題竹

湘江曉寒凝翠波烟光不動山嵯峨祠邊二女鼓瑤瑟靑鸞應節鳴聲和

蒼梧雲深九疑碧葉上溥溥露珠滴老蟾弄影向中宵鳳釵

零亂無人拾

題三顧草廬圖

皇天未厭炎劉德蓋世英雄生帝室戎馬馳驅事興復髀肉生來空歎息關張爪牙雖可憑吳魏方强那易敵展轉思求王佐才殷勤爲問徐元直南陽臥龍天下士隴畝躬耕深隱跡自方管樂人莫許梁父吟成時抱膝將軍願見當枉駕彼非所遇應不出高岡隱然松檜青半掩茅廬春寂寂忽驚車馬到衡門一見歡然如舊識便從席上定乾坤傾誠細論中興策老瞞挾主令諸侯未可爭鋒須俟隙江東仲謀國最險留援還令爲吾役跨荆保益開帝圖魚水誰能喻相得赤壁磯頭敵初破章武紀元立宗祏君臣魚水千載逢託孤我受伊周責蠻服鄰親國富饒卒衆誓將誅漢賊出師之表懸肝

膽豈料街亭先敗績五丈原頭星欲墮四海吁嗟難混一雖
然王業竟偏安萬古忠誠照白日因觀此畫想當年慘淡風
雲來八極

送陸得舉赴灤洲訓導

我年弱冠來射策與公京國初相識公在當時尚未老奇氣
軒昂滿胸臆席上談詩作吳語醉裏從人笑狂客自從別去
向灤河十載無書慰思憶于今復幸盍朋簪我壯公衰兩非
昔阮籍偏憐眼尚青馮唐得遇頭先白喜拜儒官雨露深遠
歸灤水有青衿知公素蘊未曾展伏櫪猶存萬里心

寄張子俊求畫山水

官居城府多歲年阡陌紛紛厭車騎滿眼漫無水木幽怡情
但憶滄洲趣張公爲儒素有聲善繪更得雙毫精興來盤礴

恣揮灑江山頃刻風雲生軒窗每見開圖障咫尺悠然景超曠不似宣和衆畫師吮嚼丹青添俗狀島嶼陰晴遠近分波濤洶湧如有聞乃知妙手能爲此頓覺襟懷無垢氛嗟予素有林泉癖塵事勞形歸未得欲求數筆著溪藤經旬不敢輕催迫茲當盛夏雨未晴深泥滑滑泄蛙鳴于時渴起邱壑想屢欲造門那可行故遣長鬚致縑素願得千巒萬壑披烟霧羣松參天雜風雨清猿挂壁泉落戶使我常持一杯坐其下飄然何由解此深相慕

鄭君克修既以予俊之松索詩復出夏考功墨竹請題濡筆揮之用盡餘興

二十餘年居薊北不歎筵前食無肉但恨眼前無此君夢魂遠落清溪曲考功仙郎孰與儔毫端寫出江南秋綠雲千頃

結不散碧玉數箇殊清幽卻憶山窗風雨夜淅瀝寒聲甚堪訝湘靈鼓瑟促朱絲淵客泣珠滿鮫帕風僝雨僽不肯休白鶴斂翼青鸞愁我時不寐起攬袖獨把鐵笛登高樓一聲激烈破昏黑天際團團月光出扶持老節插新梢相對無言情脈脈鄭君於此意如何擊節歎然和我歌我歌俯仰懷淇澳成德由來在切磋

劉　璉

璉字宗華江甯人永樂戊子舉人壬辰進士官御史進山東參議督理邊儲至戶部侍郎劉宗華與誠意伯長子司名而非一人考明史洪武中誠意長子璉爲胡惟庸黨脅墮井死高祖欲以次子璟襲封璟對以有臣兄璉之子廌在乃以廌襲爵以璟爲閤門使璉安得中永樂六年舉人十年進士官戶部侍郎乎呂府志云見明史劉基傳謬之甚也是年進士陽濤呂府志誤作楊溥題名永樂十年壬辰三甲五十六名進士劉璉應

天府江甯縣國子生史循應天府上元縣劉濬應天句容朱應鯤崑山人物傳劉璉字廷璉永樂十年進士初任陝西道御史陞山東布政司參議洪熙元年參贊宣府軍務宣德十年轉戶部左侍郎仍兼巡撫累降敕褒獎有秉公正之心厲廉潔之行勤謹詳明夙夜無懈等語公勤敏廉謹人不敢干以私在邊二十八年始終一節己巳之變賴公區畫周詳先事有備而開平八驛不與紫荆白羊獨石諸寨淪没失守其後都御史秉總督邊儲悉依其法景泰二年致仕卒於通州貧不能歸即其地櫜葬焉天順三年葉盛參政山西奏璉在邊年久保障有功乞加褒䘏於是朝廷諭祭遣葬崑山馬鞍山下見竹深草堂集

贈賀友菊

四壁圖書富何愁儋石無入林欣把臂琢句苦拈鬚酒秫邀彭澤烟波接鏡湖江東多俊士之子隱菰蘆

桂子淵

子淵字深之溧水人永樂壬辰楷書薦授岐陽縣丞

漆橋

卜居猶說漢平當遺宅憑誰問夕陽雨霽長虹天外挂赤闌野水稻花香

曹　義

義字子直一字默庵句容人永樂辛卯舉人乙未進士選庶吉士轉禮部員外吏部郎中拜吏部侍郎終南京吏部尚書崇祀鄉賢有默庵集永樂中姑蘇陳嗣初爲翰林五經博士閣老以下多以詩文質之默庵題張眞人枯木竹石絕句云一聲霹靂墮天星驚起潛蛟出海溟烟雨滿林秋漠漠一覓從何處弔湘靈陳以爲非唐人意後更不效此體一以唐人爲法從子雲南僉事景字廷章中書舍人冕字廷端梓其詩凡五卷華亭曹安爲之序默庵集余得其梓本和平蘊藉一洗元季纖體之習明詩綜未採蓋未見也曹氏簪纓爲句曲盛族備載邑志科貢表李石麓相國之先世爲其佃戶云

題小畫爲蘇子英作

山中夜來雨嵐氣曉猶溼遠岫聳青螺長溪漾晴碧鳥韻弄晴暉松陰護苔石中有忘俗人鳴琴用自適林莽久蕭條疏篁抱幽獨念彼歲寒盟孤標更清淑瘦影弄月明長梢拂烟綠好鳥何處求飛飛競栖宿

送王得齋

容山有高士術業岐黃技幾年客京師清名滿人耳賣藥不論錢宋清良可比于今謝老歸琴書足行李夜來宿雨餘綠漲官河水去去棹輕橈凌風勢如駛故鄉渺何方三茅白雲裏

題山水畫冊

誰家卜築青溪曲溪上青山壓茅屋柴門半掩白雲閒春水

一灣新漲綠小橋窄窄通孤村幾家烟火自黃昏林深紅落杏花雨路滑綠長莓苔紋望中樓閣嵌雲島白鶴歸來山自曉青松落蔭護石牀紫蘿搖烟覆瑤草尋眞野客丹渥容奚奴相逐攜焦桐手扶鳩杖黃犢健身披鶴氅仙家風我觀此圖增歎息廿載離家歸未得風光彷彿似鄉關欲解塵纓機未息恨無長策報皇家朝回撫卷恆咨嗟乘閒聊爲賦新什歸待兩鬢如霜華

題小畫爲蔣宗性作

何處幽偏境能淸物外心山迴苔徑狹溪遶華門深雲樹霏晴翠烟蘿靄夕陰題詩幽興發幾度欲攜琴

對雨看晚唐人柳中庸江行詩戲和遣興

黃蘆滿汀洲白雁投江渚何處遠歸人征帆帶飛雨

夏日睡起漫興

瓦枕藤牀醉夢醒竹窗幽戶午陰淸隔林好鳥如相約時復來啼三兩聲

山水

雨過溪橋路滑雲深茅屋人閒門掩半林黃葉窗含幾點青山

題林堂書屋圖送王得安

君家住近三茅西書屋卜築臨黃陂黃陂岸上多佳木疏陰密密涵淸漪地偏自喜景殊絕來往渾無車馬客先生樂此非逃名窮年兀兀探遺經紅塵一點飛不到白鷗數箇恆爲盟興來浪跡事登眺不跨蹇驢不乘轎獨攜白鶴杖藜笻行傍孤松發長歗長歗一聲山谷空琪花瑶草生香風仙家琳

館白雲外棋枰茶竈丹霞中有時攜筐採芝朮煉藥燒丹療人疾已聞醫國稱妙手更説鍼龍試神術昔來薊北成壯遊于今華髮不勝秋九重優洽許歸老一葉扁舟還故邱披圖題詩送君去思入華陽隔仙路紅亭綠酒對斜陽從此相思悵雲樹

高志

志字味道句容人永樂乙未進士授工部主事陞郎中改山西按察僉事提督學政兼管勸課農桑

送人歸句容

纔喜逢君又送君鄉心十倍惜離羣歸期正及冰初泮别路俄經日已曛渺渺風波迎客棹依依江樹閤春雲家山到日應相見黃鳥東風處處聞

笪　昕

昕自稱撥雲山人句容人永樂時徵入文淵閣纂修典禮以字見重當世同邑有胡熟字善養洪武中由儒士爲句容訓導胡照字善明宏治句容志云善明天性穎悟同遊皆推讓之出入衣冠肅然雖燕居亦無惰容永樂四年縣尹李濟以人才舉于南京以疾辭不就隱居吟樂以終其身均有題牛頭山詩

下茅山

一峯回首一雲橫雪照疎林思更清惆悵不堪歸路永碧桃花裏又吹笙

朱　銓

銓字士選上元人以薦授翰林侍書歷至南京刑部侍郎改貴州右參政北山詩話朱士選從兄孔暘洪武中以楷書名榜書尤妙大報恩寺額所書也銓從學書永樂中以生員工書薦宣德初預修兩朝實錄洊至少司寇墓在安德鄉吳祭

洒節撰文備言孝友耿介執法廉平天順七年內侍造墳竊用其碑趺忽石龜大吼者兩夜內侍不敢留送還公墓按察副使前中書舍人姜濬篆蓋雲南大理府知府前中書舍人丁震書丹姜丁皆金陵人銓本雲南望姓洪武中徙祖榮父乘文兄日南日鑾從五經博士王汝嘉授學

過石泉里宗元幹墓

古墓掩荆榛日夕尋隴上緬懷宗元幹慷慨志何壯投筆睨羣雄言大無可讓一旦乘長風遂破萬里浪功名震寰區荆州資保障英氣至今存飛雲生疊嶂

張銘

銘字士功句容人永樂戊戌進士授行人陞戶部員外郎改刑部員外郎同邑有徐縉者一名晉永樂甲辰進士弋陽知縣有贈雲谷古泉詩

重遊茅山

碧澗流通洗藥泉重來卻憶十年前自從茅許飛昇後笙鶴蕭條隔暮烟

許英

英字士華溧水人永樂戊戌進士侯官知縣擢陝西道御史

侯官寺僧恃富淫縱不法多殺人刼婦女藏密室中余按法誅之因示士民

僧乃天下蠹况復逞淫慝自棄倫常外好殺更好色白刃刼村墟荆釵苦淩逼婦辱夫被屠女辱父被賊沈寃何由伸仰視天日黑爾僧多結交權要助其力威福頗自擅觸之患不測余聞久切齒負性本剛直三尺法不貸搜捕盡誅殛死者怨既明生者心逾惻蓬鬢返爾鄉閭里驚相識從此安室家

努力事耕織

劉江

江字朝宗江甯人永樂戊戌進士一甲第三名授編修乙養任九江教授終長史

種蘭

誰慕紉爲佩騷人舊賦湘升廷原偶爾空谷亦何傷帶露清逾遠無風暗自香願言陔養潔長此伴萱堂

姜濬

濬字子澄上元人永樂中以工書授中書宣宗命取南雍監生能書者翌日就道匹馬入太學與祭酒選十八人名氏關白禮部而後抵家拜其親歷雲南按察副使晉督學

過玉案山

薄宦滇南路遠攀簪毫白首愧朝班爐香舊吏薰衣在萬里猶過玉案山

童碧瑄

碧瑄字玉壺鄱陽籍徙家應天永樂初充欽天監天文生入文淵閣纂修天文諸書有玉壺集碧瑄爲士昂之父見石倉明詩次集名瑄字碧瑄路氏人文略云名碧瑄字玉壺本於倪青谿所作墓誌長子軒尚書亥子惠應天文學

題隋宮夜遊圖

欄干月轉垂楊影露華如水銀屏冷君王西苑夜未眠紫衣小隊前馳引清歌踏月立調遲妙舞翻雲翠袖低緑鬟侍擁抹螺黛行行按節金蓮齊十六院中多雅趣臺觀縈紆㬅青

翠芰荷池館晚風涼蒻絲爲花能巧製鑾輿馳逐過離宫蓬
萊路與瀛洲通周環佳勝二百里終宵行樂心無窮絳紗寶
燭銷紅雪珠箔重重卷明月宿鳥驚飛花底枝銅龍水向樓
頭咽追歡只謂常如斯興亡豈意皆人爲一朝天下共騷動
始知樂極還生悲向來富貴知何許一代繁華逐流水愁絶
殘垣敗草深幾度疎螢照寒雨

登黃鶴樓

晚晴扶醉一登樓吳楚衣冠歎昔遊黃鶴不來人事異白雲
飛盡古今愁石亭落日迷芳草溢浦西風送客舟極目故園
何處是蒹葭零落滿汀洲

倪　德

德字子潤應天人官指揮僉事有臥雲集德祖旺以都督僉事

以佐命功授世指揮僉事父遴襲其職嘗受業方正學之門孝孺死遴設位奠祭遂不朝文皇怒賜死德逃隱於城南烏龍岡終身不出

答友

墻外無人問落花春風自屬阿儂家白雲不出山中去半護南華半法華

端木孝文

孝文名禮以字行溧水人復初三子永樂中以儒士官翰林院待詔崇祀鄉賢 孝文與弟孝思同為史官善屬文工書法初孝文使朝鮮朝鮮重其才將厚賂之孝文曰吾持一節來耳請以一節返無何孝思復使朝鮮孝文勉以詩後亦以一節還朝鮮榮其事為立雙清館表之朝鮮人收孝思寸楮即寶之曰此小史碎金也劉昺奏秦淮書舍為端孝思賦秦淮水金溶溶羣峯迤邐以走北萬壑曲折而朝東盤礴之秀山川所鍾金精伏地斗牛爛王氣燭夜風雲從以之定九鼎制萬國鳳皇鵲觀之壯龍蟠虎踞之雄春風三月城東路

紫陌紅塵映朱戸萬樹嬌花駿馬嘶千條弱柳流鶯度楚榭春妝玉襯鈿秦樓夜宴金搖步鬆髻秋痕曉霧輕眉分晚黛朝雲妬洛下誰論杜牧狂臨邛不數相如賦故人結屋對江波厭聽朝朝玉樹歌白紵裁成朝隱几黃庭寫罷晚籠鵝芸牕文史三冬足日閱牙籤常百軸志篤孫康映雪勤心嫻車允囊螢讀舌捲波濤隘五湖氣雄島嶼吞三蜀南金赤箭如圭如璋泰山北斗景星鳳皇有志未可量也期爾萬里風雲翔

送孝思弟使朝鮮

我曾持節往朝鮮汝亦承恩下九天手足情深當此日君臣義重報何年雲籠鴨綠江船月風拂雞林土坑烟奉使若無冰蘗操才如班馬亦徒然

端木孝思

孝思名智以字行溧水人復初四子永樂中以儒士官兵部員外郎兼翰林侍書崇祀鄉賢後有端木宏者字仲仁一

字坦齊由溧水寄籍當塗天順丁丑進士官浙江左布政有謫仙樓詩甚雄健

溧水秋詠

暫停車蓋駐輕舟此日湖山屬暮秋燦燦黃花登几席離離紅樹散汀洲傾壺綠蟻杯頻轉下箸鮮鱗網乍收莫向錢塘誇往事白蘇未許擅風流

劉　素

素字太初上元人先世由開封徙實京師永樂中以工書選入翰林供奉復命爲中書舍人北山詩話劉太初父理彥銘洪武中以善篆爲中書舍人太初嗜學能文繼父職兼命典賑濟羈旅賜襲衣楮幣子亘亦以能書薦與修宣廟實錄三代以書世其家

牛首

琳宮金碧映重重景物南郊瑞氣濃一統金陵開帝業不將

天闕借雙峰

尋衡陽寺

碧山深處愛棲禪一道秋聲瀉筧泉只有樵人能識路白雲堆滿寺門前

嚴景

景字克企上元人以儒醫徵永樂中詔送入院讀書其師趙友同吳敏德嘗歎其不羣有頤老集北山詩話嚴克企手不釋卷周學士敘結詩社於青溪克企與焉晚創頤老堂葬安德鄉麻兒村倪文禧爲之墓誌稱其行誼志節有古逸民之風又有嚴秀才純字大純倪文毅有送嚴大純菊花詩卷與賀確嚴景同時以詩名者有王麟字子紱亦上元人宣德己酉舉人儀眞教諭國子監丞四川提學僉事改山東致仕歸年八十三政聲稱最

長干行

憶郎上梅岡江帆出江樹楚尾連吳頭是郎去時路

黃榮

榮字景茂上元人宣德丙午舉人由教諭陞國子博士晉翰林檢討攝祭酒有翰林詩選翰林詩選四卷余鈔自范氏天一閣有助教泰和曾習序稱其才識超邁學問該博出其門者多偉器皓首不離冷署處之裕如攝大司成事益嚴矩度泯纖芥苟且六館之士雅相愛敬致仕家居尤持禮法以示子孫非其人不一輕接諸孫珊長且賢集其平日所著若干卷末有榮自作後序吳理元玉乃其壻云郡邑乘俱不立傳亦不載其集名金陵瑣事存徵錄諸書亦罕稱之王太常一居子嵩守鎮華其婿也

山居即事

徙居因薄宦地僻性相宜澗陡泉流急山高日上遲鵲巢風後結蟻穴雨前移野趣閒中適悠然足自怡

喜得林中佳時新百物甜水聲長繞戶山勢欲傾簷雨過雲

垂幕天空月偃鐮文章吾職分淡薄意恬恬

朱珉

珉字德潤句容人宣德丙午舉人沂州學正陞荆門州知州宏治句容志朱德潤瑯琊鄉人綽有學行善詩人高穀送施以和金陵客子多才華壯遊蹤跡窮天涯平生涉歷書五車作詩往往人共誇紬繹藻思含天葩觀光上國春正嘉白日細看長安花銀箏撥曲和琵琶青絲絡頭白鼻騧只今又泛南歸槎薰薰拂拂吹輕紗江頭話別傾流霞人生聚散何用嗟綠陰黃鳥情交加青山入雲歸興縣門前井樹頻啼鴉佳人望月知還家

春日同友人遊茅山

自別華陽三十載偶逢知己又登臨重尋路入仙源遠依舊雲封洞府深翠靄落花春寂寂綠陰啼鳥晝沈沈窮幽覽勝多清興一度停驂一度吟

徐昱

昱字彦昭江甯人宣德辛亥舉人國子監學正陞任助教崇祀孝悌祠彦昭剸左臂肉療父疾鄉人欲聞諸部使者公曰何居此一時惶迫計無復之耳奈何從邑長老干名乎朱少司寇銓生作壽藏乞墓銘于吳公全節而公爲之先出行狀一時以爲曠達子完貴贈如其官

夏日

小閣青山檻外橫荷衣拂拂嫩涼生輕風乍到蠅徐扇急雨飛來蛙亂鳴援軫石牀絃帶潤攤書竹榻夢都清笑他襏襫者誰子赤日趨炎亦性成

魏榮

榮江浦人宣德辛亥舉人授訓導歷陞國子助教翰林檢討

白馬寺

暫欲滌塵襟思得江山助偶緣踏青來遠逐鐘聲去禪房半日留野蔬香可茹出門白雲封巖回不知處

張天逸

天逸一名逸字伯安句容人以孝友稱崇祀鄉賢北山詩話張伯安少隨兄謫戍赤水事母盡孝兄殁與弟姪友愛篤懇子諫字孟弼正統四年進士仕至太僕少卿居喪廬墓盡哀羣烏集樹靈芝產隴亦祀鄉賢同時戎省躬亦句容詩人

鬱岡山

三茅蜿蜒巍且雄綿亘壘壘相流通眞人鍊眞潛其中大抵冥形林麓東鬱蔥萬古青濛濛白雲杳靄怪石籠獅子幽竄隱穹窿仙人危橋臥飛虹幽光斷碑來神工洗心勺水難終窮我憶構舍近陶公相將追及元洲蹤

張　愷

愷一名塏溧水人宣德乙卯貢官御史

徽恩閣

溧上亭亭百尺樓賢侯公暇作清遊八窗月到夜疑晝四面風來夏亦秋最愛好山堪注目何須矮屋歎低頭誰能作記追王勃雄冠東南百二州

倪　誠

誠字允恭一字坦庵上元人允恭爲倪文僖公之兄豐頤長髯飄然有神仙之度讀書通大義尚簡略厭聲華工詩善飲人有召輒往傾倒終日故自號曰坦庵闢别墅於韓橋江滸畊田釣魚足跡不入城市人言其弟姪之貴郎掩耳而去吳鮑庵寄以詩云垂老頭如雪移居傍白門野橋三畝宅流水一孤村鄉約從耆舊官階付弟昆春江正堪釀日日醉清尊李西涯亦贈云頗憶江南遊此地豈知林下有先生閒看白髮非吾事老愛青山不世情

韓橋別墅

一椽卜築近江濱老我棲遲自在身莫遣閒愁侵酒盞但將清興託漁綸晴橋柳絮風中影流水桃花畫裏人愛看溪山長獨臥朱門到底不如貧

陶元素

元素字希文上元人宣德乙卯舉人正統丙辰進士以親老乞歸養歷主浙江河南鄉試有松雲集萬竹山房稿史雋華山雜著希文登第即乞養教授不仕天順己卯成化辛卯聘主鄉試家居典試重其品也少負奇氣好交友而不附匪人貧甚自守益堅未嘗干人以私自六卿以下慕其高風皆往造其門吉凶禮悉遵文公家禮而以時斟參之手不釋卷經史外星歷卜筮靡不精究詩文渾厚典則卒年七十四

黃孝子歌黃名潤年十二其父當從燕京潤請代官不從潤曰父去日益老兒去日益長聞者異之

父年老兒年少父去日衰衰於耄兒年少父年老兒去日長長於道有司爲兒憐兒辭父徙燕吁嗟兒徙燕兒心日日在父前

金潤

潤字伯玉江甯人正統丁巳舉人官南安知府有靜虛稿南山十秀集心學探微

靜虛年十二能賦詩以鄉舉授兵部司務己巳上欲親征力言于尚書鄺公埜謂細事不足煩車駕又請王公翊胡公濙力諫不報土木之變復言于大司馬于公謙請堅壁淸野以待深爲于公所重以子紳貴遂致仕於書無所不讀兼精通音律善畫山水家居製牀几十事號洞天十友年九十賦詩而逝

題畫

海天氣重春雨多洗出巖岫堆青螺板橋無人流水急幾家茅屋依山阿礬頭磊石攲野樹若翁見之皆畫意常時坐看

白雲生愛此谽山最佳處夜深夢訪古方壺授我五色珊瑚株謂是女媧補天法餘墨染作烟霞圖抉下銀河數千尺洗我胸懷勞眼力不如持向太華峯且對斜陽懸石壁蒼松頂高雙鶴棲摹得霜翎千歲姿麻姑不來玉芝老便當借此一枝騎

劉 蒼

蒼字伯春南京鷹揚衛籍武學生廣洋衛副千戶春伯先世孟維襲鷹揚衛副千戶傳孫輔翼賡三世疊卽伯春父也年十五入武學食祿五十年不聞其過僚佐浮支軍糧當抵法伯春不與乃自補署文案入已名事白人畏其故伯春曰吾素謹吾兒麟方稱奉法吏入信爲誤若諸君何以自白又嘗得遺牒于途乃遠人入糧戶部所給公往候其處還之不受謝顧東橋爲之誌

贈李謹之

昔年檜亭老仙去芙蓉城零落囊中句淒涼後代名君能收
逸稿我讀倍含情師誼眞無負臨風感慨生

金陵詩徵卷十二終

上元張兆鍾校字